한 생각 돌리면
천하가 다 내 것일세

고승열전 21 금오큰스님

한 생각 돌리면
천하가 다 내 것일세

윤청광 지음

우리출판사

윤청광

전남 영암 출생으로 동국대학교에서 영문학을 전공했고, MBC-TV 개국기념작품 공모에 소설 〈末島〉가 당선되었으며, MBC에서 〈오발탄〉〈신문고〉〈세계 속의 한국인〉 등을 집필했다. 그 동안 대한출판문화협회 상무이사·부회장·저작권대책위원장·한국방송작가협회 이사·감사·방송위원회 심의위원을 역임했고, 〈불교신문〉 논설위원을 거쳐 현재 〈법보신문〉 논설위원, 법정스님이 제창한 〈맑고 향기롭게 살아가기 운동〉 본부장, 출판연구소 이사장을 맡아 활동하고 있다. BBS 불교방송을 통해 〈고승열전〉을 장기간 집필했고, ≪불교를 알면 평생이 즐겁다≫ ≪불경과 성경 왜 이렇게 같을까≫ ≪회색 고무신≫ 등의 저서가 있으며, 기업체·단체 연수회에 초빙되어 특강을 통해 '더불어 사는 세상'을 가꾸고 있다.

BBS 인기방송프로
고승열전 21 금오큰스님
한 생각 돌리면 천하가 다 내 것일세

2002년 10월 29일 개정판 1쇄 발행
2020년 2월 13일 개정판 2쇄 발행

지은이/윤청광
펴낸이/김동금
펴낸곳/우리출판사
등록/1988년 1월 21일 제9-139호
주소/03746 서울특별시 서대문구 경기대로9길 62
전화/(02)313-5047, 5056
팩스/(02)393-9696
E-mail/woribooks@hanmail.net
www.wooribooks.com

ISBN 89-7561-191-4   03810

책값은 뒷표지에 있습니다.

· 지은이와 협의하여 인지를 붙이지 않습니다.
· 잘못된 책은 본사나 구입하신 서점에서 바꾸어 드립니다.

에라! 이 좀팽이 같은 놈들아,
큰생각 크게 먹고 크게 좀 살아봐라!
입을 대문짝만하게 벌리고 우와핫핫하,
하늘이 쩌렁쩌렁 울리도록 크게 웃으며 말이다.

풍요로운 삶의 지혜 가꾸시기를…

　금오·태전(金烏太田) 스님은 만공 대선사의 법맥을 이으신 보월 선사로부터 젊은 나이에 오도를 인가 받으실 정도로 근세 불교의 우뚝 솟은 선지식이십니다.
　더구나 은사이신 보월 선사께서 스님의 입실, 건당식을 거행치 못하시고 열반하심에 만공 큰스님께서 수제자인 보월 선사의 법을 이은 법손임을 친히 증명해 주실 정도로 대기(大器), 대용(大用)의 큰 능력을 인정받으신 스님이었습니다.
　스님은 항시 선풍 진작과 교화 중생을 본분사(本分事)로 여기셨음은 물론, 조계 가풍의 전통성 회복과 성직자의 본래 위상 확립을 위해 지도력을 크게 발휘하신 실천적 보살이셨습니다.
　특히 도제 양성에 기울이신 스님의 큰뜻은 덕숭 문중의 기라성 같은 인재를 배출케 하여 오늘날 한국 불교를 떠받들게 하는 지주적 역할을 자담케 하셨습니다.
　이제 스님께서 사바에 삶을 보이시고 열반에 드신 지 어언 20여 성상(星霜). 오늘의 교계 현상에 직면하여 스님의 유법이 절실히 요청되는 때에 불교방송을 통하여 일대 행장이 드라마로 방송되고 카세트로 제작되어 전국 불자에게 배포된 뒤, 다시 소설로 쓰여져 많은 사람들에게 스님의 법문을 전하게 되었으니 스님의 법안(法顔)을 직접 뵙는 것처럼 반갑기 그지 없습니다.
　부디 전국 불자들께서는 큰스님의 일대 시교를 접하시어 풍요로운 삶의 지혜를 가꾸시기 바랍니다.

　　　　　　　　　　　　　　　　　불기 2537년 8월
　　　　　　　　　　　　　　　　　경주 불국사 조실
　　　　　　　　　　　　　　　　　月山聖林

차례

1
거지가 된 스님 / 15

2
대각의 행로 / 35

3
땔나무 예순아홉 단과 백 단의 차이 / 45

4
'이 뭣꼬'를 찾아라 / 57

5
금까마귀 스님 / 75

6
너는 내려가 떡이나 얻어먹어라 / 85

7
둥근 달이 휘영청 떴도다 / 95

8
싹싹 비벼서 없애버려라 / 111

9
마음의 허기는 무엇으로 채우려나 / 123

10
내가 중대장이다 / 139

11
구름따라 물따라 / 153

12
꽃은 피면서 일러주고 / 165

13
운수납자가 갈 곳이 어데며 갈 때가 따로 있더냐 / 177

14
불도(佛道)를 어찌 감히 지식으로 이룰 수 있겠느뇨 / 189

15
근력이 튼튼해야 수행도 되는 게야 / 201

16
잡다한 알음알이를 버릴지어다 / 213

17
독신수좌승들의 수난시대 / 231

18
부처님 경전대로 할지어다 / 243

19
스승의 참사랑은 혹독한 가르침 / 259

20
어찌 모래로 밥을 짓는고? / 273

21
금오 스님의 실수 / 293

22
부처님법에는 대처가 없을진대 / 303

23
법주사에서 큰별 열반하시다 / 311

1
거지가 된 스님

때는 왜정치하의 식민지 시대였던 1933년.

서울 자하문 밖 세검정 산비탈에 위치한 거지촌 움막으로 한 낯선 손님이 찾아들었다.

"여보시오! 안에 아무도 없소! 아, 여보시오, 여보시오!"

너덜너덜한 삿갓을 눌러 쓰고 더덕더덕 꿰맨 승복으로 보아 얼핏 스님 같기도 한 그 손님은 입성이 초라하기가 여느 거지들과 진배없는 모양새였다.

"아, 여보시오! 안에 아무도 없소?"

비록 행색은 초라하기 그지 없었으나 낯선 손님의 음성 하나만은 막힌 데 없이 쩌렁쩌렁 울렸다.

그는 움막 안에 대고 연신 사람을 부르며 주장자로 보이는 커

다란 나무 지팡이로 움막 기둥을 쿵쿵 두드리는 것이었다.
"아니, 대체 누가 우리 움막 기둥을 때리고그래 이거?"
안에서 험상궂게 생긴 걸인 하나가 역정을 내며 달려나왔다.
"허허, 거 마침 주인장이 계셨소이다그려."
그 걸인은 넉살좋은 손님의 행색을 아래위로 쭈욱 훑어보았다.
"아니, 그런데 이 양반이 스님인 게요, 거렁뱅이요?"
"승려도 되었다가 걸인도 되었다가 그러는 사람이오."
"뭐요? 승려도 되었다가…… 걸인도 되었다가?"
그 걸인은 곱지 않은 음성으로 손님의 대꾸를 되받으며 떨떠름한 표정을 지었다. 승려면 승려고, 걸인이면 걸인이지 그런 애매한 대답이 어디 있느냐는 기색이 역력했다.
손님은 여전히 웃는 낯으로 다시 대꾸하였다.
"절에 있을 땐 승려요, 동냥 얻을 땐 걸인이지 뭐겠소, 응? 하하하하!"
영문을 몰라 하던 걸인도 이쯤되면 그 손님이 기실은 탁발 나온 스님일 법한 생각이 들었던 모양이다. 걸인은 다시 심드렁한 표정으로 코웃음을 치는 것이었다.
"허! 이 스님 넉살 한번 좋으신 모양인데, 미안하지만 잘못 오셨소이다."
"잘못 왔다니, 그 무슨 섭섭한 말씀을?"

　손님이 짐짓 놀란 음성으로 되물었다.
　"이것 보슈, 스님! 이 움막을 보고도 모르시겠수? 이 움막은 우리 거지들 움막인데, 설마한들 우리 같은 거지들에게 시주하라는 말씀은 아니시겠지?"
　걸인은 손님이 눌러쓴 삿갓처럼 군데군데 헤지고, 그 승복만큼이나 더덕더덕 기워 이은 움막의 초라한 모양새를 손가락으로 가리켰다.
　이런데도 기어이 시주를 얻어가야 되겠느냐는 투의, 빈정거리는 듯한 시선으로 자신을 쏘아보는 걸인에게 그 손님은 손을 앞으로 내저으며 호탕한 웃음소리를 내었다.
　"하하하하! 시주 얻으러 온 게 아니니 염려 놓으시오."
　"시주 얻으러 온 게 아니다……?"
　"그렇소."
　걸인은 점점 더 알 수 없는 표정이 되어 물었다.
　"아니 그럼 스님이 이 거지 움막에 무슨 볼일이 있어 왔단 말이시오그래? 설마한들 공짜로 불공을 드려주러 온 것은 아닐테구……."
　이번엔 손님 편에서 질겁을 하며 대답하였다.
　"아이구, 거 자꾸 그렇게 스님 스님 하지 마시오. 사실 난 스님이 아니라 거지 신세요."

"무엇이라구? 스님이 아니라구?"
 손님은 걸인의 물음에 차근차근 자신의 처지를 설명해 나아갔다.
 "오다 가다 어느 스님이 입다 버린 승복을 주워 걸쳤을 뿐, 배운 것도 없고 올 데 갈 데도 없는 거지 신세란 말입니다."
 "아니, 그러면?"
 걸인이 눈꼬리를 가늘게 치뜨며 손님에게 따지듯이 물었다.
 "내 처지를 불쌍히 여겨 이 움막에서 함께 살도록 허락해준다면, 그 은혜 결코 잊지 않겠소이다."
 그 손님은 공손히 허리까지 굽혀가며 걸인에게 통사정을 했다. 그러나 그 걸인은 대번에 안색이 바뀌며 삿대질을 해대는 것이었다.
 "아니, 그러니까 우리 이 움막에서 같이 살면서 우리와 함께 거지 노릇을 하게 해달라 그런 말이오?"
 "그, 그렇습지요."
 "허허, 나 이런 참! 별 거지 깽깽이 같은 사람을 다 보겠네. 이것 봐!"
 "예……."
 "거지라고 아주 우습게 아는 모양인데 거지는 뭐 아무나 다 시켜주는 줄 알아?"

그 낯선 손님이 기실은 식객 되길 청하는 거지 신세란 걸 알게 되자, 걸인은 나오는 대로 지껄이며 언사가 점점 더 거칠어졌다.

그러나 손님은 공손히 고개를 조아리며 더욱 간절한 음성으로 청하였다.

"아이구, 저 그러니까 이렇게 사정을 하는 것 아니겠습니까?"

손님의 겸손한 태도에 우쭐해진 걸인은 마치 큰 인심이라도 쓰듯이 따져 물었다.

"거지가 되려면 먼저 세 가지 서약부터 해야 되는데, 지킬 자신 있어?"

"세 가지 서약이라니요?"

걸인은 그럴듯한 선언문이라도 외우는 폼새로 거지가 될 수 있는 세 가지 조건을 하나씩 읊조렸다.

"첫째, 밥은 식은 밥이든, 쉰 밥이든, 먹다 남은 밥이든, 누룽밥이든 가리지 않고 먹는다."

"그럼, 두번째는요?"

"두번째, 옷은 닳아지고 찢어져서 속살이 삐져나와도 가리지 않고 입는다."

손님으로선 그다지 어려울 것도 없는 서약 내용이었다. 청빈을 규범의 으뜸으로 치는 불가의 규칙과 흡사한 데가 있었다. 손님은 그 나머지 세번째 내용이 무엇인지 물어보았다.

"……세번째는요?"

"세번째, 잠은 장소를 가리지 않고 어디서든 잔다!"

"그, 그럼, 이 세 가지 서약만 잘 지키겠다고 하면 함께 살도록 허락을 해주시는 거지요?"

기실은 그다지 까다로울 것도 없는 조건들이었다. 손님은 기대에 가득찬 낯빛으로 걸인의 대답을 기다렸다.

그러나 걸인은 손님에게 속시원히 허락을 해주는 대신에 또 딴청을 피웠다.

"그리고 또 있어!"

"또, 있다니요?"

"해가 지고 나면 똘마니들이 돌아올 텐데, 그 똘마니들한테 장타령을 배워야 해!"

"장타령을요? 아, 그거야 배우겠습니다요."

이렇게 해서 승려의 신분을 감추고 거지 움막에 들어가서 걸인 노릇을 해가며 수행했던 분이 바로 유명한 금오(金烏) 대선사였다.

경북 김천 직지사 조실을 역임하신 후 이어 안변 석왕사, 도봉산 망월사, 선학원, 태백산 각화사, 지리산 칠불선원, 김제 금산사, 팔공산 동화사, 청계산 청계사 등에서 계속 조실스님 노릇을 하셨던

　금오 스님은 이 나라 조계 가풍의 정통성 회복과 불교정화운동에 앞장섰던 분이었다.
　특히나 도제양성의 큰 서원을 세우고 오늘날 덕숭문중의 기라성 같은 인재를 배출케 한 금오 대선사는 후진들로 하여금 한국불교를 떠받들고 있는 지주적 역할을 스스로 맡게 하셨다.
　대한불교 조계종 부종정과 감찰원장·총무원장으로 추대된 바 있는 스님은 1896년 7월 23일, 전남 강진군 병영면 박동리에서 동래 정씨 용보거사를 부친으로 하여 2남3녀 중 차남으로 출생하였다.
　어려서부터 고을 서숙에서 학문을 닦았으며 열여섯 살 되던 해에 금강산 마하연 선원에서 득도수계를 하였으니, 훗날 28세의 젊은 나이로 만공 대선사의 법맥을 이으신 보월 선사로부터 오도를 인정받을 정도로 근세 불교사에 우뚝 솟은 선지식이 바로 금오 대선사였다.

　그러나 이토록 훌륭한 스님이 움막에 찾아들었다는 것을 짐작조차 못했던 세검정 걸인들은 스님을 그저 떠돌이 가난뱅이쯤으로 간주했을 따름이었다.
　금오 스님은 그러한 걸인들에게 열심히 장타령을 배워가며 움막 수행을 시작하였다.

"자, 새로 들어온 사람, 잘 따라 해봐. 작년에 왔던 각설이……."
"작년에 왔던 각설이……."
"올해도 아니 죽고 또 왔소."
"올해도 아니 죽고 또 왔소."
"아저씨 보니 무섭고, 아주머니 보니 반갑네."
"아저씨 보니 무섭고, 아주머니 보니 반갑네."
"얼―씨구씨구 들어간다, 절―씨구씨구 들어간다……."
구성진 각설이 타령을 똘마니 거지들이 선창하면 금오 스님은 천연덕스럽게 그것을 따라 부르며 차츰 걸인들과 가까워지게 되었다.
아침부터 저녁까지 걸인들과 함께 움막생활을 하며 동냥을 다녔던 금오 스님의 모습은 누가 보아도 영락없는 걸인이었다.
다만 광채를 잃지 않고 살아 있는 형형한 눈빛만이 여느 걸인들과 다른 점이라면 다른 점이었다.
그러던 어느날, 금오 스님은 저잣거리의 부잣집으로 동냥을 나가게 되었다.
"주인어른 계십니까? 주인어른 계십니까?"
안에서 컹컹 개 짖는 소리가 들려왔다. 굳게 닫힌 대문 밖의 높은 담벼락 밑에서 주인을 찾는 금오 스님의 음성이 쩡쩡 울렸다.
"여보시오, 이 댁에 아무도 안 계십니까?"

"거 밖에 누가 왔소이까?"

몇 차례 더 외친 후에야 안에서 대문 빗장이 열리며 노인의 음성이 따라 나왔다.

"지나가던 걸인이 동냥 좀 얻어갈까 하옵니다, 주인어른."

창졸간에 걸인인 줄 모르고 말을 높였던 게 분했던지 그 노인은 버럭 역정을 내었다.

"허허, 이런 고얀 녀석을 보았는가! 아 거지면 거지라고 미리 고할 것이지 어찌 감히 양반댁에 와서 손님 행세를 하더란 말이냐?"

"잘못되었습니다, 주인어른. 배운 게 없는 걸인이라 큰 실례를 저질렀사오니 용서하여 주시고 동냥이나 좀 보태주십시오."

금오 스님의 공손한 응대에도 불구하고 노인은 수염을 파르르 떨며 여전히 화를 내었다.

"허허, 이런 못된 거지 같으니라구! 감히 양반을 희롱해놓고도 동냥을 달라?"

"자고로 적선지가에 필유경사(積善之家, 必有慶事)라 했사오니, 적선 좀 하시고 복을 받으십시오."

문자까지 써가며 동냥을 청하는 걸인인지라 그 노인은 더욱 노기등등해져서 버럭 소리를 질렀다.

"듣기 싫다! 썩 물러가거라!"

노인은 대문을 쾅 닫아버리고는 헛기침을 하며 안으로 발길을 돌렸다. 감히 양반들이나 읊조리는 문자를 써대는 해괴한 걸인이 매우 언짢은 모양이었다.
 그 당시만 해도 양반과 천민의 구별은 형식상으로만 존재하지 않을 뿐, 행세깨나 한다는 집안에선 천민에 대한 차별의식이 뿌리 깊게 전해내려오던 때였다.
 "허허, 거참 안됐소이다, 주인어른."
 금오 스님은 닫힌 문 안쪽에 대고 혀를 끌끌 차며 소리쳤다.
 "너 방금 무엇이라고 그랬느냐? 안됐다고?"
 대문이 다시 열리며 노인이 고개를 내밀었다.
 "그렇소이다, 주인어른. 머지않아 세상 떠나실 어른께서 그렇게 인색하셔서야, 원……."
 서슬이 퍼런 노인의 기세에도 아랑곳없이 금오 스님은 태연히 대꾸하였다. 노인은 더욱 부아가 난 얼굴로 걸인인 금오 스님을 노려보며 되물었다.
 "무, 무엇이라구? 머지않아 세상을 떠난다구?"
 나이 든 노인이 오래 살지 못한다는 말을 들으니 한편으론 찜찜한 생각도 드는 모양이었다.
 금오 스님은 그 노인의 기색이 한풀 꺾이는 것을 보고는 짐짓 돌아서며 한마디 덧붙였다.
 "보아하니 오래 살지는 못하겠소이다."

노인은 분을 참지 못하는 가운데 갑작스런 걸인의 예언에 당혹해 하며, 돌아서 가는 금오 스님의 뒤에 대고 고함을 질렀다.
"여봐라! 너 이놈, 거기 서지 못하겠느냐!"
"절더러 하시는 말씀이십니까요?"
"저, 저런 발칙한 놈을 봤는가! 이 골목 안에 너말고 또 누가 있단 말이냐?"
금오스님은 빙그레 웃음을 지으며 돌아서서 노인을 바라보았다.
"자, 그럼 분부대로 이 자리에 섰으니 말씀하시지요."
노인의 다급한 물음이 이어졌다.
"너, 너 이놈. 대체 내 얼굴이 어디가 어떻게 생겨서 오래 살지 못하겠다고 했느냐?"
금오 스님은 노인과는 달리 차분한 어조로 그 연유를 조목조목 설명하였다.
"보아하니 어르신께서는 환갑 진갑을 다 넘기신 것 같사옵구요……."
"그, 그래서?"
"자고로 인생칠십고래희라 했으니, 칠십에 떠나신다면 바로 내일 모레지요."
"원, 저, 저런 몹쓸 놈을 보았는가……."
노인을 두고 웬 악담이냐며 혼찌검을 내줄 요량으로 그 노인은 팔을 높이 치켜들었다.

　금오 스님은 그런 노인을 향해 자비심 가득한 미소를 지어 보이고는 달래듯이 차근차근 그 연유를 설명하였다.

　"허허, 그렇게 화부터 벌컥벌컥 내실 일이 아니오라 제 말씀을 좀 들어보십시오. 어르신께서 팔십에 세상을 뜨신다고 해도 잠시잠깐이요, 어르신께서 백 살에 세상을 뜨신다고 해도 아차 하는 순간이 아니겠습니까요?"

　"배, 배, 백 살에 세상을 뜬다 해도 아차 하는 순간이라?"

　"그렇습지요. 화무는 십일홍이요, 인생일장춘몽이라……."

　노여움으로 부르르 떨던 노인의 안색이 그제야 조금 밝아졌다.

　"허허, 거 듣고 보니 걸인은 걸인이로되 예사 걸인이 아닌 것 같구먼그래?"

　"아, 아니옵니다, 어르신. 걸인이면 다 똑같은 걸인이지 걸인에 또 무슨 등급이 있겠습니까요?"

　그러나 노인의 눈에는 인생백년의 무상함을 꼬집어 자신의 어리석고 인색함을 깨우쳐준 그 걸인이 예사롭게 보이지 않았다. 게다가 그 걸인은 부자인 자신보다도 열 배, 백 배 더 너그럽고 겸손한 표정을 짓고 있지 않은가!

　"허허, 그러면 거 곡식 동냥을 원하는가, 식은밥 동냥을 원하는가?"

　노인의 말투가 한결 부드러워졌다. 걸인 금오 스님은 겸손한 음성으로 노인의 물음에 답하였다.
　"얻어먹고 사는 거지 신세에 감히 어찌 이 동냥 저 동냥을 가리겠사옵니까. 식은밥이든 쉰밥이든 좁쌀이든 보리쌀이든 주시는 대로 그저 감사히 받아가겠습니다."
　금오 스님은 걸인들에게 배운 대로 넙죽 절까지 올려가며 노인의 동냥에 고마움을 표시하는 것이었다.

　그러던 어느날, 서울 장안을 돌아다니며 걸인생활을 하던 금오 스님은 마침 탁발 나온 한 승려와 마주치게 되었다.
　"아이구, 스님! 저 모르시겠습니까요, 예?"
　그 탁발승려는 멀리서부터 금오 스님을 한눈에 알아보고는 반색을 하며 부리나케 달려와 인사를 올렸다.
　"잘 모르겠소이다만……."
　"아이구 스님, 스님께서 오대산 월정사 선방에 계실 때 행자 노릇을 했던 점박이옵니다요, 스님! 그때 왜 스님들께서 점박이 행자, 점박이 행자, 그렇게들 부르셨지 않습니까요, 예?"
　탁발승은 자신을 알아보지 못하는 금오 스님 앞으로 한걸음 더 다가서며 합장을 했다.
　"어어 그러고 보니 이제 생각이 나는구먼그래. 기어이 자네도 삭발을 하셨네그려, 응? 허허허."

그제야 삭발한 옛날 행자의 얼굴을 기억해낸 금오 스님 입가에 흐뭇한 미소가 피어올랐다.

탁발승은 금오 스님의 차림새가 영락없는 거지행색인 것을 뒤미처 깨닫고 적이 당황한 모양이었다.

"하온데 스님, 대체 어인 일로 이런 차림을 하고 계십니까요, 예?"

"이런 차림이라니? 그거야 자네가 보시는 대로 얻어먹고 사는 걸인 신세니까 그렇지."

금오 스님의 의연한 대꾸에 탁발승은 그만 어안이 벙벙해질 수밖에 없었다. 멀쩡하던 스님이 하루아침에 걸인이 되었다니 믿기지 않는 노릇이었다.

"아니, 스님. 그럼 스님께서는 절에서 나오셨단 말씀이시옵니까요?"

"그 뭐 나오고 말고가 따로 있다던가. 나와 살고 싶으면 나와 사는 게구, 들어가고 싶으면 또 들어가는 게지. 자, 그럼 어서 그만 가보시게."

할말을 마치고 돌아서려는 금오 스님의 옷깃을 부여잡는 시늉을 하며 탁발승이 황급히 말씀을 아뢰었다.

"아이구 아닙니다요, 스님! 계실 곳이 마땅찮으시면 제가 모실

테니 저 있는 절로 가십시다요, 스님. 예?"
"아, 아니야, 이 사람아. 난 또 가볼 데가 있으니 어서 그만 가보시게!"
"아이구, 스님! 스님!"
마치 어느 절로 운수행각을 떠나는 출가수행자의 모습으로 저잣거리를 휘휘 걸어나가는 금오 스님을 뒤따르는 탁발승의 간청어린 음성이 이어졌다.
그러나 금오 스님은 그 소리를 듣지 못한 척 태연히 저잣거리 골목 사이로 어느새 사라져버리는 것이었다.
걸인 노릇을 하도 그럴듯하게 해서 자기들과 별반 다를 게 없는 사람이라 여겼던 이가 알고 보니 진짜 승려였다는 사실은 움막의 걸인들에게도 알려지게 되었다.
금오 스님은 부득이 당신의 신분이 걸인들에게 밝혀지자 마침내 그들과의 인연도 다 되었음을 알게 되었다.
"내 그동안 이 움막 식구들에게 신세를 많이 졌소이다."
멀리서 소쩍새 울음소리만이 고즈넉히 들려오는 가운데 무심한 바람 한줄기가 움막 안으로 스며들어오는 밤중이었다. 걸인들은 다소곳이 머리를 조아린 채 몸둘 바를 모르는 기색이었다. 한 걸인이 금오 스님의 말씀에 울상을 지으며 대꾸하였다.
"아이구 무슨 말씀이시옵니까요, 스님! 무식하고 천한 것들이라 이렇게 도가 깊으신 스님을 몰라뵙고 차마 못할 짓을 많이 했으니 대체 이 일을 어찌해야 좋을지 모르겠구먼요."

"원, 무슨 그런 당치 않은 말씀을! 집도 절도 없이 오갈 데 없던 사람을 이렇게 먹여주고 재워주었으니, 이 은혜 결코 잊지 않을 것이오."

걸인들은 스님의 겸손한 언행에 그저 면구스러워 어쩔 줄을 몰랐다. 그동안 스님께 좀더 잘 대해드리지 못한 것이 후회스럽기도 하였다.

"아이구, 아이구 아니오니다요, 스님! 사람을 몰라뵈어도 분수가 있어야 하는 것인데, 세상에 그래 스님께 식은밥이나 잡숫게 하고 처음엔 동냥질 못 해온다고 닦달까지 해댔으니 정말이지 죽을 죄를 지었구먼요."

"허허, 정말 이러시는 게 아니오. 한움막에서 한이불 덮고 한솥밥 먹었으면 흥허물 없는 한식구거늘, 이제 와서 무슨 그런 말씀을 하신단 말이오. 정말이지 그동안 고마웠소이다."

스님의 속 넓은 덕담까지 듣고 감동한 걸인들이 일면 서운한 음성으로 여쭈었다.

"스님, 그럼 이제 절로 돌아가시는 것이옵니까?"

금오 스님의 대답이 이어졌다.

"출가수행자란 돌아갈 곳이 정해져 있는 게 아니니 일단 나가서

발길 닿는 대로 가봐야겠소."
 "아이구, 스님! 그러실 요량이면 가실 절이 정해질 때까지만이라도 그냥 이 움막에 더 계시지요. 동냥은 저희들이 도맡아서 해올테니까 스님께선 그냥 쉬고만 계시면 됩니다요."
 걸인들의 진심에서 우러나온 간청임을 익히 아는 금오 스님의 표정은 연꽃향의 맑은 기운이 번지는 듯 온유하였다.
 "고마운 말씀이오만, 옛스님께서 이렇게 이르셨다오. 일일부작이면 일일불식하라. 하루 일하지 아니하면 그날은 먹지도 말라는 말씀이오."
 "그럼, 스님께서는 기어이 내일 아침 떠나시렵니까?"
 걸인들은 스님과 헤어지는 게 못내 아쉬운 눈치였다.
 "만나면 헤어지고, 헤어지면 또 만나게 되는 법. 인연이 있으면 또 보게 될 것이오."
 "하, 하온데 스님!"
 "왜 그러시오?"
 "도가 높으신 스님께서 왜 하필이면 우리같이 미천한 거지들과 함께 사셨습니까요?"
 "집이 없고 재산이 없다고 해서 미천한 것이 아니오. 비록 구걸을 해서 먹고 살더라도 바른 마음, 착한 마음으로 불구자 걸인을 봉양해주고 있으니 당신은 어쩌면 나보다 더 훌륭한 사람이오."

진심에서 우러나온 스님의 칭찬에 걸인은 너무 황송한 나머지 얼굴까지 붉어졌다. 걸인으로선 그 칭찬의 말씀도 스님의 크신 도량 덕분이라 생각하지 않을 수 없었다.
 "아이구, 거 무슨 말씀입니까요. 아, 저 불구자 거지 먹여 살리는 거야 지가 훌륭해서 그랬나요 뭐. 인생이 불쌍해서 데리고 있었지요."
 금오 스님은 다시 한번 걸인들의 순박한 마음씀씀이에 깊은 감명을 받았다.
 "그래서 부처님께서 이렇게 말씀하셨소 —— 벼슬 높고 재산 많은 집안에서 태어났다고 해서 귀한 사람이 아니오, 벼슬 없고 재산 없는 집안에서 태어났다고 해서 천한 사람이 아니다. 비록 벼슬 높고 재산 많은 집안에서 태어났다고 해도 나쁜 생각, 나쁜 행동으로 천박한 짓을 하면 천한 사람이요, 벼슬 없고 가난한 집안에서 태어났다 해도 바른 생각, 착한 행동으로 좋은 일을 많이 하면 귀한 사람이니라 —— 부디 이 말씀 잊지 마시오!"
 "예, 스님. 스님의 말씀 결코 잊지 않겠습니다."
 "내 잠시나마 이 움막에 들어와 산 것도 전생의 인연, 알고 보면 옛날 부처님께서도 매일매일 걸식을 하셨소."
 "예에? 아니 부처님께서 걸식을 하셨다니요?"
 걸인은 믿겨지지 않는다는 듯이 두 눈을 휘둥그래 뜨며 되물었다.

"말 그대로 동가식 서가숙(東家食 西家宿), 이집 저집 문전 걸식을 하셨고, 나무 밑에 주무시고 길거리에서 주무시면서 중생을 구하셨지요."

"원 세상에, 부처님께서……."

걸인들은 부처님이 왕자로 태어나 중생을 구제했다는 것은 알았어도, 걸인과 다를 바 없이 문전 걸식을 했다는 말은 난생 처음 들어보는 소리였다. 부처님처럼 훌륭하신 분이 자기네들처럼 문전 걸식을 하셨다니 정말 믿겨지지 않는 일이었다.

"부처님께서 걸식을 하시고 한뎃잠을 주무셨다니, 그런 말씀은 처음 들어보는구먼요."

"왕자로 태어나셨으니 왕궁에 가만히만 계셨으면 자연히 왕이 되셨을 게고, 온갖 부귀영화 다 누릴 수 있으셨지요. 하지만 부처님은 그 온갖 부귀영화를 스스로 다 내버리시고 왕궁의 담을 뛰어넘어 출가하셨고, 그때부터 고해 중생들을 건지기 시작하셨던 게요."

걸인들은 그제서야 부처님께서 문전 걸식을 몸소 행하신 까닭을 이해할 수 있을 듯싶은 표정이었다. 부처님의 문전 걸식은 온갖 부귀영화를 훌쩍 던져버린 깨달은 자의 청빈함이요, 자비심인 것이었다.

금오 스님으로부터 한자락 뜻깊은 법문을 전해들은 걸인 가운데 하나가 꾸벅 절을 하고 나서 말했다.
"아이구, 오늘밤에 이거 정말 많이 배웠습니다, 스님."
"움막에 산다고 슬퍼할 것 없고, 걸식을 한다고 한탄할 것 없으니 바른 마음 착한 마음으로 좋은 일 많이 하고 사시오."
"예, 스님. 명심하겠구먼요."
금오 스님은 움막의 걸인들에게 처음이자 마지막으로 합장배례를 하며 작별 인사를 고하였다.
걸인들은 움막 밖으로 나와 금오 스님과 작별 인사를 나누고는 오랫동안 제자리에 서 있었다. 스님의 뒷모습이 작은 일점이 될 때까지도 그들은 그자리에 선 채 스님을 전송하고 있었다.
이윽고 금오 스님의 뒷모습이 깨알만하게 작아지더니 그들의 시야에서 완전히 사라져버렸다.
이제 스님의 또 다른 고행길이 시작될 터였다.

2
대각의 행로

금오 스님은 열여섯 살 되던 해 삼월 보름께, 무작정 집을 뛰쳐나왔다. 인생에 대한 부푼 꿈으로 마음이 한창 설레일 나이였다. 금오 스님은 그러한 때에 세상을 한번 멋지게 살아보리라는 원대한 꿈을 안고 홀홀단신 집을 뛰쳐나왔던 것이었다.

이때 금오 스님의 속명은 태선이었다. 무작정 집을 뛰쳐나온 소년 태선은 그길로 강진군 병영면을 거쳐 인근 영암군 독천에서 하룻밤을 잤다.

가출한 지 하루밖에 안 되었지만, 그동안 마음속으로만 상상하던 바깥세상은 직접 몸으로 부딪쳐보니 생각처럼 호락호락하지가 않았다.

태선은 벌써 수십리 길을 걸어온 탓에 발바닥이 퉁퉁 부어올라 있었다. 걸음을 옮길 때마다 묵직한 통증이 온몸을 파고 들었다.
　소년 태선은 서편 하늘로 떨어지는 저녁해를 힘없는 시선으로 바라보며 짧은 한숨을 내쉬었다.
　지금이라도 다시금 집으로 돌아갈까 하는 생각이 들었다.
　하지만 태선은 무엇 하나 해보지도 못한 채 빈손으로 오던 길을 되돌아가야 한다는 것이 몹시 아쉽고 창피하기까지 했다.
　태선은 퉁퉁 부어오른 두 발을 내려다보며 다시금 생각에 잠겼다.
　이 정도의 고통은 시작에 불과하리라, 그리고 지금의 이 고통은 미지의 세계가 나를 시험하는 첫번째 관문일 것이다 하는 생각이 문득 들기도 하였다. 마침내 태선은 오던 길을 두번 다시 뒤돌아보지 않기로 결심하였다.
　집을 나와 하룻밤 노숙을 한 태선은 다음날 육십리 길을 걸어 용당나루를 건너 목포에 당도하였다.
　목포에 이르러서야 태선은 이 세상이 얼마나 큰 것인지 실감할 수 있었다. 또한 이 세상에 사람들이 얼마나 많은지도 실감할 수 있었다.
　소년 태선은 목포의 한 저잣거리에 우두커니 서서 생각해보니 실로 만감이 교차하는 느낌이었다.
　세상이 이렇게도 넓고, 사람이 이렇게도 많은데, 그 좁은 촌구석에 틀어박혀서 하늘천 따지나 외우고 있었던 자신이 우물 안 개구

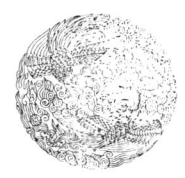

리였다는 생각이 들었다. 이렇게 넓은 세상천지에서 그까짓 공부 몇자 배워가지고 감히 어찌 사내 대장부라 할 수 있겠느냐 하는 생각이 들기도 하였다.

소년 태선의 가슴은 바깥세상에 대한 호기심과 모험심으로 가득 찼다.

이틀을 걷고 또 걸어 태선이 도착한 곳은 영산포읍이었다. 그런데 그곳에서 태선의 발길을 멈추게 하는 것이 있었다. 어느 객주집 담벼락에 방이 하나 붙어 있었는데, 내용인즉슨 금강산 도사가 사주관상을 봐준다는 것이었다.

태선은 '금강산 도사'라는 말에 선뜻 마음이 이끌리고 궁금증이 일어 당장이라도 그 금강산 도사를 만나보고 싶었다.

이윽고 태선은 자칭 금강산 도사라는 사람을 찾아갔다. 그리곤 대뜸 이렇게 물었다.

"금강산 도사가 무엇입니까?"

"금강산 도사가 무엇이냐구?"

어린 소년의 당돌하기까지 한 물음에 그 금강산 도사는 짐짓 헛기침을 하고 난 후 장황하게 설명해주었다.

"금강산으로 말할 것 같으면 신선들이 사는 곳이요, 선녀들이 내려오는 신령한 명산으로 바로 그 신령스런 금강산에서 도를 닦아 도통을 했으니 금강산 도인이지. 금강산에서 도를 닦아 도인이 되면 이 세상 모든 사람의 사주팔자는 말할 것도 없고, 이 세상 모든 사람의 길흉화복을 손바닥 들여다보듯이 훤히 들여다보는 게다. 그리고 어디 그뿐이겠느냐? 금강산 도인이 되면 춥지도 않고, 덥지도 않고, 아프지도 않고, 배고프지도 않고, 다치지도 않고, 죽지도 않고, 천리가 지척이요, 만리가 이웃이라…… 축지법을 자유자재로 써서 세상을 마음대로 왔다 갔다 하는 게야."

자칭 금강산 도사라는 사람은 소년 태선을 앞에 두고 잔뜩 허풍을 떨어댔다. 하지만 어린 나이의 태선은 그 허풍을 사실로 받아들이고 있었을 뿐만 아니라, 어느덧 그의 유창한 허풍에 깊이 빨려들어가고 있었다.

'아! 바로 이것이로구나!'

태선은 내심 감탄하며 자기도 금강산 도인처럼 되리라 마음먹었다.

"잘 알았습니다, 도사님."

태선은 도사에게 꾸벅 절을 하고는 발걸음을 옮겼다. 발바닥의 통증을 순식간에 잊기라도 한 듯 태선의 발걸음은 매우 씩씩해 보였다. 어깨에 매달린 자그마한 바랑이 가볍게 흔들렸다.

"저 녀석이 진짜 금강산엘 가려나?"

도사는 태선의 호기스런 뒷모습을 쳐다보며 짓궂은 미소를 짓고 있었다.

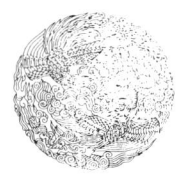

　아닌 게 아니라 소년 태선은 그 길로 곧장 금강산으로 찾아들어 갈 참이었다.
　이제 열여섯 살밖에 되지 않은 소년이 혼자 금강산을 찾아간다는 것은 말처럼 그리 쉬운 일은 아니었다. 태선에게는 금강산행이야말로 가출 이후 가장 험난한 여행길이었던 것이다.
　그러나 소년 태선은 금강산 도사가 되겠다는 일념으로 사람들에게 길을 묻고 또 물어 이윽고 금강산에 당도하였다. 영산포읍을 떠난 지 꼭 석 달 스무 날만의 일이었다.
　소년 태선은 금강산의 웅장한 모습에 정신이 아찔할 정도로 탄복하였다. 골골마다 흘러넘치는 물, 기기묘묘하게 솟아 있는 수많은 바위들, 나뭇가지에서 울어대는 아름다운 새소리……. 금강산은 말 그대로 절경을 이루고 있었다.
　이때 소년 태선, 훗날의 금오 스님이 찾아간 곳은 금강산 마하연 선원이었는데, 그곳은 혜월 스님의 법제자인 도암 스님이 조실스님으로 계신 곳이었다.
　"저, 여기가 도닦는 데 맞습니까?"
　태선은 도암 선사에게 공손히 절을 하고 나서 물었다.
　"여기가 도닦는 데냐고?"
　도암 선사는 다소 어리둥절한 표정이 되어 소년에게 되물었다.
　생판 처음 보는 어린 소년이 불쑥 찾아와 첫마디부터 도를 운운하니 도암 스님으로서도 소년이 맹랑하게 보이는 건 당연한 일이었다.
"원 그녀석, 나이두 어린 녀석이 도닦는 데는 왜 찾는고?"
"예, 저 사실은 저도 도를 닦아서 도인이 되려고 그럽니다요."
"도를 닦아서 도인이 되겠다?"
어린 아이가 어찌 도라는 것을 알까마는, 그래도 그 행동이 하도 진지하고도 당찬지라, 도암 스님은 소년의 또렷또렷한 두 눈을 그윽한 눈길로 바라보았다.
"대체 너는 어디서 왔느냐?"
"예, 저는 저기 전라도 강진에서 왔사옵니다."
전라도 강진이라는 말에 도암 스님은 내심 놀라움을 금치 못하였다. 어린 아이가 도를 닦겠다고 여기 금강산까지 찾아왔으니 대견스럽다면 대견스럽고, 당돌하다면 당돌한 것이었다.
"허허, 그 녀석······ 아니 그럼 그 멀고 먼 길에 금강산 구경을 온 것이 아니고 도 닦으러 왔단 말이더냐?"
"예, 그렇사옵니다."
태선은 스님의 너털웃음에는 아랑곳하지도 않고 당당하게 대답하였다. 그 모습은 교만하다기보다는 진지함과 공손함이 배어 있는 모습이었다.
"허허, 저런······ 그래 너는 전라도를 떠난 지가 며칠이나 되었는고?"

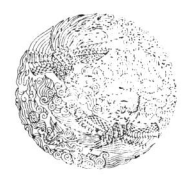

"예, 저…… 오늘로써 꼭 석 달 하고도 스무 날이 되었습니다."

"석 달 하고도 스무 날?"

"예, 하오니 제 정성을 보아서라도 부디 제자로 삼아주시어 도를 닦게 허락하여 주십시오, 도사님……."

"허허허허…… 그 녀석 이거 도 닦는 병이 단단히 들었구먼그래. 응, 허락해주마, 이 녀석아."

"고맙습니다. 도사님."

태선은 도암 스님에게 꾸벅 절을 하였다.

도암 스님은 소년이 스스럼없이 자신을 도사님이라 부르는 것이 우스워 또 한번 웃음을 터뜨렸다.

"허허, 그 녀석. 여기서는 그렇게 도사님 도사님 부르는 게 아니라 스님이라고 불러야 하느니라."

"아, 예…… 스님……."

소년이 머리를 긁적이자 도암 스님이 말머리를 바꿔 물었다.

"너, 지게는 져보았느냐?"

"아, 예…… 몇 번 져보았습니다."

"도끼질은 할 줄 알더냐?"

"도, 도끼질은 모, 못해보았습니다."

태선은 무슨 잘못을 저지르기라도 한 것처럼 말을 더듬었다. 더군다나 스님의 다음 말씀은 태선의 기를 일시에 꺾는 것이었다.

"그러면 여기서 도 닦기는 틀렸느니라."

"예에? 트, 틀리다니요, 스님?"

"여기서 도 닦는 공부를 하자면 지게질을 잘해야 하고, 도끼질을 잘해야 하는데, 그걸 못한다면 틀렸느니라."

오직 도를 닦겠다는 일념으로 석 달 하고도 스무 날을 걷고 또 걸어 여기 금강산까지 찾아온 태선이 아니었던가? 그런데 도 닦기는 틀렸다는 말을 듣게 되었으니, 태선은 눈앞이 캄캄했다.

그렇다고 해서 오던 길을 되돌아갈 수도 없는 노릇이었다. 태선은 도암 스님에게 몇 번이고 머리를 조아리며 사정하듯 말했다.

"아, 아니옵니다, 스님. 해보겠습니다. 지게질도 도끼질도 하겠습니다, 스님."

"그러면 정녕 네가 지게질, 도끼질을 해보겠단 말이더냐?"

도암 스님은 어린 소년의 좁은 어깨를 내려다보며 되물었다.

"예, 스님. 무엇이든 시키는 대로 다 할 것이오니 제발 허락만 해주십시오."

"내가 이른 대로 해놓으면 허락할 것이요, 내가 이른 대로 해놓지 못하면 허락하지 아니할 것이니라."

"예, 스님. 분부만 내리십시오. 뭐든 기어이 다 해놓겠습니다."

"그러면 잘 들어라. 먼길을 왔으니 오늘부터 사흘은 쉬고……."

"아, 아니옵니다, 스님. 쉬지 않아도 괜찮사옵니다."

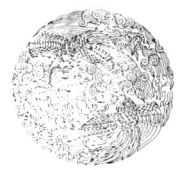

"너 이녀석!"

인자하기만 한 줄 알았던 도암 스님이 태선을 엄히 꾸짖었다.

"너는 내가 이르는 대로 하라고 그랬거늘!"

"아, 예, 스님. 잘못되었습니다."

"오늘부터 사흘은 쉬도록 하되, 그 다음 날부터 한 달 동안에 저기 저 산 위에 올라가 땔나무 백 단을 해놔야 할 것이니라."

"예에? 땔나무 백 단을요?"

한 달 동안에 땔나무 백 단을 해놔야 한다는 말에 태선은 다시 한번 눈앞이 캄캄해졌다. 지게질도 그리 익숙지 않고, 도끼질은 한번도 해본 적이 없는 판에 어떻게 그 엄청난 일을 해낼 수가 있단 말인가! 그런데 도암 스님은 태선의 놀라움이 채 가시기도 전에 재차 단단히 일러두는 것이었다.

"단 하루를 어겨서도 아니될 것이요, 단 한 단을 어겨서도 아니 될 것이야. 알아들었느냐?"

"……예에, 스님. 분부대로 기어이 다 해오겠습니다."

태선은 도 닦는 공부를 배울 욕심만 앞서 스님의 분부대로 한 달 안에 나무 백 단을 해오겠노라 일단 약조를 했지만, 마음속으로는 보통 난감한 일이 아니었다.

자기 키보다 더 큰 지게를 지고 산에 올라가서 죽은 나무를 도끼로 찍어서 땔나무를 해오자니 정말 눈앞이 캄캄해지는 노릇이었다.

3
땔나무 예순아홉 단과 백 단의 차이

 도를 닦겠다는 욕심만을 앞세워 무작정 땔나무 백 단을 한 달 안에 해놓겠다고 도암 스님과 약조한 태선 행자는 하루종일 산속에서 지내지 않으면 안 되었다.
 첫날은 지게가 등에 달라붙질 않아 몸살을 하다가 한나절이 다 갔고, 도끼질을 제대로 못해서 도끼자루만 붙들고 씨름을 하다가 또 한나절이 지나가고 말았다. 그 다음날도 마찬가지였다. 고향집에 있을 적에도 제대로 배워보질 못한 도끼질 지게질이었던 터라 그 일이 금방 손에 익을 리가 없었다.
 사흘이 지나도 변변히 땔나무를 해오질 못했는데, 그러던 중 하루는 도암 스님이 태선 행자를 불렀다.
 도암 스님으로부터 갑작스런 부름을 받은 태선 행자는 다소 주눅이든 마음을 떨쳐내지 못한 채 스님의 선방으로 갔다.
 스님이 분부한 만큼의 땔나무를 해놓기는커녕 여太껏 도끼질 지게질도 제대로 하지 못하는 자신이 송구스럽게 생각되었기 때문이다.
 "네 속가 이름이 태선이라고 그랬더냐?"
 "예, 스님. 그렇사옵니다."
 "네가 그동안 나뭇짐이라고 해오는 걸 보니 아무래도 너는 도 닦는 공부 배우기는 틀린 것 같다."
 "아이구, 아니옵니다요, 스님. 처음이라 그렇지, 앞으로는 잘 해올 수 있습니다요, 스님."
 도 닦기는 틀렸다는 스님의 말씀에 나이 어린 태선 행자는 가슴이 철렁 내려앉는 듯했다.
 "얘, 이녀석 태선아."
 "예, 스님."
 태선 행자는 행여 스님이 절에서 내치기라도 할까봐 조바심이 나기도 하였다. 아니나 다를까. 도암 스님은 태선 행자에게 청천벽력과도 같은 분부를 내리시는 것이었다.
 "아무리 보아도 네가 나하고 약조한 대로 한 달 안에 땔나무 백 단은 해오지 못할 것이다."
 "아, 아니옵니다, 스님. 기어히 해오겠습니다."

"안 될 소리야. 어차피 기일 안에 백 단을 채우지 못하면 너는 이 절에서 나가야 한다."

"예, 스님. 그건 저도 이미 각오하고 있사옵니다."

"아흔아홉 단을 해놓아도 쫓겨날 것이요, 열 단을 해놓아도 쫓겨날 것이다. 그러니 일찌감치……."

도암 스님의 분부인즉슨, 어차피 쫓겨날 것이 정해진 것이라면 고생은 그만하고 미리 나가는 게 더 좋을 것이라는 말씀이었다.

이 말을 들은 태선 행자는 대경실색하여 스님에게 간절히 매달리는 것이었다.

"아, 아니옵니다요, 스님. 기왕에 쫓겨날 때 쫓겨나더라도 열 단 해놓고 쫓겨나는 것보다는 아흔아홉 단을 해놓고 쫓겨나겠습니다."

"아, 이 미련한 녀석아, 이왕에 쫓겨나는 것은 마찬가지인데 뭐하러 헛고생을 사서 더 하겠다는 게야?"

"아니옵니다, 스님. 비록 나무 백 단 약조를 다 지키지 못하고 아흔아홉 단을 해놓고 쫓겨나더라도, 저는 그 길을 택하겠사옵니다."

한 달 안에 소년이 나무 백 단을 다 해놓지 못하리라는 건 도암 스님도 능히 짐작하고도 남음이 있었다. 그런데도 태선 행자는 결과야 어떻든 땔나무를 해놓겠다는 고집을 꺾지 않았으니 도암 스님은 고개를 갸우뚱할 일이었다.

"대체 무엇 때문에 그리하겠다는 것이던고?"

도암 스님이 넌즈시 물었다.

"저는 꾀많은 여우가 되기보다는 차라리 미련한 곰이 되고 싶사옵니다."

"꾀많은 여우보다 미련한 곰이 되겠다?"

도암 스님은 태선 행자의 말을 음미하듯 되풀이하여 물었다.

"예, 스님."

태선 행자는 결의에 찬 눈빛으로 도암 스님을 응시하였다. 그 눈빛을 본 순간 도암 스님은 태선 행자의 꿋꿋한 심지를 감지할 수 있었다. 그러나 도암 스님은 그것을 조금도 내색하지 않았다.

"그럼, 어디 미련한 곰 노릇 좀 해보아라."

이렇게 해서 스님과 약조한 한 달째가 되던 날 밤이었다.

태선 행자는 그동안 해놓은 땔나무 더미를 시무룩하게 바라보았다. 손바닥에 굳은살이 배길 정도로 쉴 틈 없이 도끼질을 했건만, 결과는 울적한 심정뿐이었다. 아무리 헤아려보아도 해다 놓은 땔나무는 예순아홉 단뿐이었다.

태선 행자는 분하고 억울한 생각마저 들어 눈물이 나올 지경이었다.

한참을 울고 난 태선 행자는 땔나무 옆에 놓여 있는 도끼와 지게

쪽으로 문득 시선이 갔다. 도끼는 나무를 하도 많이 패서 날끝이 벌써 무뎌져 있었고, 지게도 매일같이 지고 다닌 탓에 여기저기 이음새가 조금씩 벌어져 있었다. 그것들은 흡사 지치고 고단한 자신의 모습과도 같았다.

그 순간 태선 행자는 어떤 오기 같은 것이 발동하였다. 스님과의 약조를 지키지 못한 것이 창피하고 서운했지만, 기왕에 쫓겨날 때 쫓겨나더라도 한 단이라도 더 해서 일흔 단을 채워놓고 가야겠다는 생각을 했던 것이다.

야밤에 나무하러 산을 오른다는 것이 위험천만한 일이긴 해도, 태선 행자로서는 그런 위험쯤은 각오가 되어 있었다. 이윽고 태선 행자는 지게를 지고 산을 오르기 시작하였다. 깊은 밤인지라 눈앞이 캄캄했지만, 그나마 달빛이라도 있어 그럭저럭 산길을 따라갈 수 있었다.

그러나……

그날 밤 태선 행자는 나뭇짐을 지고 산을 내려오다가 그만 발을 헛디뎌 비탈 아래로 굴러떨어지고 말았다.

한편 태선 행자가 비탈 아래서 신음하며 의식을 잃어가고 있을 즈음, 마하연 선원에서는 태선 행자가 밤 사이에 없어진 것을 뒤늦게야 알아차렸다.

태선 행자를 찾으라는 도암 스님의 분부를 받은 한 제자가 사찰

경내를 구석구석 뒤져봤지만, 태선 행자는 그 어디에도 없었다.
"조실 스님, 조실 스님."
제자가 초조한 목소리로 여쭙자 도암 스님은 은근히 걱정이 되었다.
"그래 전라도 행자는 어찌 되었는가?"
"전라도 행자가 도통 안 보입니다, 스님."
"뭣이라구?"
"행자실에도 없고, 공양간에도 없고, 온데간데가 없사옵니다."
"그럼, 이 아이가 어디로 갔단 말이던고?"
"혹시 야음을 틈타 이 절을 떠나간 게 아닐지요, 스님."
제자가 조심스럽게 여쭤보았다. 그러나 도암 스님은 고개를 절레절레 가로저었다. 그간 태선 행자의 언행을 주의깊게 지켜봐왔던 지라, 도암 스님으로선 제자의 추측이 억측으로밖에 여겨지지 않았다.
"아니다. 그 아이는 가면 간다고 하직 인사는 하고 갈 아이니라……."
그때 도암 스님은 문득 짚이는 게 있어 제자에게 이렇게 분부하였다.
"너 얼른 가서 그 아이가 지고 다니던 지게며 도끼가 제자리에

있는지 살펴보고 오너라."

"예, 스님. 그럼 가보고 오겠습니다."

아니나 다를까, 도끼와 지게는 보이지 않았다.

잠시 후 제자가 다시 와서 도암 스님에게 아뢰었다.

"지게도 도끼도 보이지 않사옵니다, 스님."

그제서야 모든 걸 알아차린 도암 스님은 혀를 끌끌 찼다. 나무 한 단이라도 더 해놓으려고 야밤에 산을 올랐을 게 뻔한 어린 소년이 기특하고도 측은하게 여겨졌기 때문이다.

"그것 보아라. 그 아이가 필시 나무를 해오려고 산에 올라간 것이 분명하니 너희들이 올라가서 찾아와야 할 것이니라."

"예, 스님. 분부대로 하겠사옵니다."

그 날, 태선 행자는 새벽녘이 다 되어서야 제자들에게 발견되었다.

그때까지도 태선 행자는 비탈 아래서 한 발자국도 움직이지 못한 채 신음소리만 뱉아내고 있을 뿐이었다. 태선 행자가 엎어진 옆길에는 땔나무들이 여기저기 흩어져 있었고, 지게는 두 동강이 나 있었다.

"그래, 그 아이 목숨은 부지하겠더냐?"

태선 행자가 다쳤다는 소식을 들은 도암 스님은 몹시 걱정이 되어 제자에게 물었다.

"예, 다행히⋯⋯."
"어디 팔이나 다리 같은 데 부러진 데는 없느냐?"
"예, 스님. 몇 군데 좀 다치고 찢기긴 했습니다만, 크게 부러지거나 한 데는 없는 것 같사옵니다."
"그래, 관세음보살이 돌보셨을 게다. 하지만⋯⋯."
"예, 스님."
"나뭇짐을 진 채 굴러 떨어졌으면, 속골병이 들 염려가 있으니 엄나무 줄기를 잘게 썰어서 그걸 폭 달여 먹이도록 해라."
"예, 스님. 분부대로 거행하겠사옵니다."
"그리고, 또 한 가지."
"예, 스님."
"다친 데는 더운물로 잘 씻어주고 찜질을 해주어야 속히 낫느니라."
  도암 스님은 갖가지 처방을 적어 제자에게 자상히 일러주었다.
  스님들의 정성어린 간호 덕분에 태선 행자는 며칠 후 자리에서 일어날 수 있었다.
  비탈에서 구른 지 엿새째 되던 날 아침, 태선 행자는 도암 스님을 찾아뵈었다.
"조실스님께 태선 행자, 문안 올리옵니다."
  태선 행자의 문안 인사를 받은 도암 스님은 사뭇 반가운 기색으

로 맞아주었다.

"그래, 이제 거동할 만하더냐?"

"예, 스님. 여러 스님들께 폐를 끼치고 조실스님께 심려를 끼친 점 사과드리옵니다."

"그래, 그건 그만되었느니라."

"조실스님께 하직 인사 올립니다. 편안히 계시옵소서."

"무엇이라구? 하직 인사?"

난데없는 하직 인사라는 말에 도암 스님은 어리둥절해졌다. 거동할 정도는 되었지만 아직 완쾌된 것도 아닌데 느닷없이 하직 인사를 드린다고 하니 어리둥절할 수밖에 없었다. 오히려 도암 스님으로서는 자신과의 약조를 지키려다가 몸을 상하기까지 한 태선 행자의 갸륵한 정성에 깊이 탄복하여 그를 제자로 받아들이려고 마음을 굳히고 있었다.

그런데 태선 행자는 굳이 절을 떠나겠다며 그 연유를 차근차근 아뢰었다.

"조실스님께 철석같이 약조를 했었사오나 제대로 지키지도 못하고 오히려 폐만 끼쳤습니다."

태선 행자의 말이 끝나기가 무섭게 도암 스님은 크게 호통을 쳤다.

"너 이 놈, 태선아!"

"예, 스님."

노스님의 호통치는 소리에 태선 행자는 흠칫 놀랐으나, 여전히 다소곳한 몸가짐에는 흐트러짐이 없었다.

"이 절에 들어올 적에는 네 놈 마음대로 왔었다마는, 나갈 적에는 네 마음대로 나가지 못할 것이니라."

"하오나 스님······."

"그동안 네가 해놓은 나뭇짐을 내 자세히 헤아려보았거니와······."

"죄송하옵니다, 스님."

"그동안 네가 해놓은 나뭇짐은 백 단도 넘고, 이백 단도 넘었느니라."

도암 스님은 그동안 태선 행자의 성의를 갸륵하게 여겨 이렇게 말했다. 그러나 분명 나뭇짐은 예순아홉 단뿐이었다. 태선 행자는 기어들어가는 음성으로 이를 사실대로 여쭈었다.

"아, 아니옵니다, 스님. 일흔 단도 채우지 못했사옵니다."

"네 이놈!"

기어코 노스님의 불호령이 떨어지고야 말았다.

"······예, 스님."

"너는 무엇이든 내가 시키는 대로 따르겠다고 약조를 했거늘 감히 어찌 내 말을 거역하려 드는고?"

 "……잘못되었습니다, 스님. 하오나 제가 그동안 해온 나뭇짐은……."

 노스님의 호통도 그렇지만, 나이 어린 태선 행자의 고집도 만만치 않았다.

 "허허, 그래도 이놈이 헛소리를 늘어놓는구나."

 "……잘못했습니다, 스님."

 그제서야 태선 행자는 머리를 조아리며 입을 다물었다.

 "너는 나뭇짐을 눈으로 헤아리고 손으로 헤아렸다. 눈과 손으로 헤아리면 그동안 네가 해다 놓은 나뭇짐은 예순아홉 단! 그러나 내가 마음으로 헤아려보니 네가 해다놓은 나뭇짐은 백 단도 넘었고 이백 단도 넘었느니라."

 태선 행자는 노스님의 뜻깊은 아량에 탄복해하면서도 한편으론 약속을 지키지 못한 것에 대해 못내 송구스러워했다. 어느덧 태선 행자의 두 눈에서 눈물이 주르르 흘러내렸다.

 도암 스님은 태선 행자를 그윽한 눈길로 바라보며 어버이처럼 자상한 음성으로 타일렀다.

 "태선아."

 "……예, 스님."

 "너를 이제 내 제자로 삼을 것이니 심기일전하여 마음 닦는 공부를 열심히 해야 할 것이야."

"……감사하옵니다, 스님. 감사하옵니다."

아침 문안 인사를 드리러 올 때만 해도 금강산을 떠나야 한다는 생각에 괴로웠건만 이렇게 스님의 제자가 되어 도 닦는 공부를 하게 되었으니 태선 행자는 하늘을 날 듯한 기분이었다.

태선 행자의 양볼 사이로 다시금 뜨거운 감격의 눈물이 흘러내렸다.

4
'이 뭣꼬'를 찾아라

땔나무 예순아홉 단의 우여곡절 끝에 도암 선사의 제자가 된 태선 행자는 다음날 아침 마하연 선원에서 머리를 깎고 출가를 하게 되었다.

금강산 도인이 되겠다는 일념으로 불원천리 금강산을 찾아갔던 열여섯 살 소년. 이분이 바로 훗날의 선지식 금오 스님인 것이다.

태선 행자는 그토록 소원했던 대로 삭발출가하여 사미승이 되었으나, 아직 득도의 길은 아득히 멀기만 할 뿐이었다.

땔나무를 구해오는 것 이상이나 힘겨운 일이 태선 사미를 기다리고 있었다.

누구나 맨 처음 절에 들어오면 절의 온갖 잡일을 도맡아해야 한다. 땔나무를 해놓는 것은 물론 공양주(供養主)를 맡아 밥을 지어야 하고, 갱두를 맡으면 국을 끓여야 하고, 채공을 맡으면 나물을 무쳐야 하는 등 이루 헤아릴 수 없을 정도의 절살림을 맡아 해야 하는 것이다. 태선 사미도 이 고달픈 과정을 빠짐없이 다 겪어야 했음은 물론이다.

하루는 도암 스님이 태선 사미를 불렀다.

"부르셨사옵니까, 스님?"

"그래, 내가 불렀느니라."

"분부내리시지요, 스님."

"그래, 그동안 궂은일 하느라고 고생이 많았느니라."

"아, 아니옵니다, 스님."

"장작은 팰 만하더냐?"

"예, 스님. 처음엔 나무토막이 자꾸 튀어나가는 바람에 힘들었습니다만 지금은 할 만하옵니다."

"그래, 보리쌀 씻어서 밥짓는 일은 할 만하구?"

도암 스님은 그간 태선 사미가 해온 일들을 조목조목 열거해가며 물었다. 그때마다 태선 사미는 공손히 아뢰었다.

"예, 스님. 이제는 설익히지도 아니하고 태우지도 아니하옵니다."

"허허허, 그래 이제 그만하면 밥값은 제대로 하게 되었구나."

아닌게 아니라, 이제 태선 사미는 궂은일에 이력이 날 만큼 절살

림을 능숙하게 처리할 수 있었다. 하지만 태선 사미는 스승의 칭찬이 그저 면구스러울 따름이었다.

"아, 아니옵니다, 스님. 아직도 멀었사옵니다."

"넌 이제 나를 따라서 선방에 들어앉아 참선공부를 해야 할 것이야."

"예, 스님."

도암 스님은 종이 하나를 펼쳐서 태선 사미에게 내밀었다. 그것은 스승이 제자에게 주는 화두로, 그 종이에는 태선 사미가 이해하기 어려운 내용이 적혀 있었다.

"여기 적힌 이 시심마(是甚麼) 〈이 뭣꼬?〉를 화두로 해서 일구월심 참구해야 할 것이다."

"예, 스님."

딱! 딱! 딱!

이제 죽비 내리치는 소리에 맞추어 입정에 들고, 그 소리에 맞추어 방선하는 어김없는 하루하루가 반복되었다. 그런데 〈이 뭣꼬?〉라는 화두가 초심자인 태선 사미에게는 도무지 보이지도 않고 잡히지도 않는 수수께끼와도 같은 것이었다.

몇날 며칠 동안 화두의 뜻을 헤아려보려 했으나, 태선 사미는 그저 막막한 가운데 시간을 보내었다.

그러던 중 태선 사미는 하는 수 없이 도암 스님을 찾아뵈어 그

뜻을 여쭙고자 하였다.
 "말씀올리기 죄송스럽사오나 〈이 뭣꼬?〉라는 화두가 대체 무엇인지 짐작조차 못 하겠사옵니다, 스님."
 "그리 쉽게 알 수 있는 것이라면 무엇 때문에 공부를 하겠느냐?"
 "이 뭣꼬 라는 화두가 대체 무엇을 어떻게 공부하라는 것이온지 그것만이라도 좀 가르쳐주십시오, 스님."
 태선 사미는 답답한 마음에 스승에게 사정하였다.
 하지만 도암 스님은 태선 사미를 더더욱 어리둥절케 할 뿐이었다.
 "그러면 내가 물을 테니 찬찬히 잘 생각해서 대답을 해보아라."
 "예, 스님."
 "이 뭣꼬 라는 화두가 대체 무엇인지 너는 나에게 그것을 물었으렷다?"
 "예, 스님."
 "그러면 네 입술이 그렇게 하라고 너에게 시켰더냐?"
 "……입술이요? 입술이 그렇게 시킨 것 같지는 않사옵니다."
 "그러면 네 혓바닥이 그것을 물어보라고 시켰더냐?"
 "……혓바닥요? 아, 아니옵니다."
 "그러면 대체 어떤 놈이 너로 하여금 이 뭣꼬가 무엇인지 물어보라 하였는고?"

"……예, 저…… 그, 그건…… 저……."

태선 사미는 스님의 말씀을 이해하기는커녕, 오히려 예전보다 머릿속이 더 멍해지는 것을 느꼈다.

도암 스님은 우물쭈물하고 있는 태선 사미에게 틈을 주지 않고 재차 다그쳤다.

"어디 한번 일러보아라. 대체 어떤 놈이 너에게 그걸 물어보라고 시키더냐?"

스승의 다그침에 당황한 태선 사미는 얼떨결에 나오는 대로 대답하였다.

"예 그건 저, 제가 그렇게……."

그 순간 딱! 하고 태선 사미의 어깻죽지에 죽비가 내리쳐졌다. 태선 사미는 그 충격에 놀라 움찔하였다.

"네 코가 시켰더냐? 네 입이 시켰더냐? 네 손이 시켰더냐? 네 다리가 시켰더냐?"

"그, 그건 아니옵니다, 스님."

스승이 죽비를 거둬들이며 다시금 물었다.

"방금 아니라고 말한 놈, 그 놈이 대체 어떤 놈이더냐?"

"그, 그건 잘 모르겠사옵니다, 스님."

"잘 모르겠다고 대답하는 놈, 바로 그 놈이 누군지 그걸 어서 일러보아라."

"그, 그건 바로 저입니다, 스님."
이때 또다시 스승의 죽비 내리치는 소리가 선방 안에 울려퍼졌다.
"너라고 하는 놈, 대체 무엇이 너이더냐?"
연이어 터져나오는 물음, 그리고 죽비세례에 태선 사미는 그만 넋이 나갈 지경이었다.
"너라고 대답한 네 입이 너이더냐?"
"……그, 그건 아니옵니다."
"그러면 네 혓바닥을 너라고 하겠느냐?"
"……그, 그것도 아니옵니다, 스님."
"그럼, 대체 어떤 놈을 너라고 할 것인고?"
"잘 모르겠사옵니다, 스님."
스승은 더 이상 묻지 않고 태선 사미에게 자상한 가르침을 내렸다.
"어떤 한 물건이 있어, 추우면 춥다 하고, 더우면 덥다고 하고, 굶주리면 배고프다 하고, 목마르면 목마르다 하고, 때로는 웃고 때로는 울고, 때로는 화내고, 때로는 춤추고, 때로는 말을 한다. 바로 이 한 물건, 이 한 물건이 대체 무엇이냐? 대체 이 한 물건이 과연 무엇인고? 바로 이러한 연유에서 〈이 뭣꼬?〉를 화두로 삼으라고 한 것이니 이 뭣꼬를 참구해서 그 대답을 제대로 얻으면 바로 그것이 견성성불이니라."

"……예, 스님. 가르쳐주셔서 감사하옵니다."

태선 사미는 잠시 생각에 잠긴 듯 고개를 끄덕이더니 이내 스승에게 큰절을 올렸다. 스승이 정해준 화두의 의미를 이제야 조금은 알 것 같기도 했다.

'이 뭣꼬? 나라는 것은 대체 뭣꼬?'

태선 사미는 스스로를 향해 이렇게 화두를 던져보았다. 참구는 이제부터 시작될 터였다.

도암 스님이 화두를 내어주신 이래로 태선 사미는 〈이 뭣꼬?〉에 매달려 용맹정진을 계속하였다. 선방에 앉아 참선수행할 때는 물론 산에서 땔나무를 할 때도, 부엌에서 공양주 일을 할 때도, 앉으나 서나 화두 생각뿐이었다.

그럼에도 처음 몇 해 동안은 화두가 잘 잡히지 않는 것이었다. 화두를 들고 있다가도 나무등걸을 쪼아대는 듯한 새소리라도 들려 올라치면 어느새 그만 화두는 간 곳이 없고 새소리만 가득히 쩡쩡 울리는 것이었다.

이윽고 견디다 못한 태선 사미는 도암 스님을 찾아가 솔직히 아뢰었다.

"스님, 저 시끄러운 새소리만 머릿속에서 쩡쩡 울려댈 뿐 도무지 〈이 뭣꼬?〉 화두는 잡히지가 않사옵니다."

"너는 화두를 귀로 듣고 있느냐? 화두를 귀로 듣고 있으면 귓구멍에는 새소리 물소리 바람소리만 들릴 뿐, 정작 들어야 할 화두는 3만8천리. 귓구멍을 열어놓고 그 귓구멍을 틀어막으려고 하면 비지땀만 나는 법. 귀는 귀대로 열어 놔두고, 새소리는 새소리대로 지나가게 놔두어라. 물소리는 물소리대로 놓아버려라. 붙들고 씨름하면 네가 지느니라."

도암 스님의 말씀이 끝나자마자 태선 사미가 재차 여쭈었다. 태선 사미로선 스님의 깊은 속뜻을 이해할 수가 없었다.

"스님, 열려 있는 귀로 시끄럽게 들려오는 새소리를 어찌 그대로 놓아두라 하시옵니까?"

"너는 어렸을 적에 동무들과 어울려 물장구를 치면서 놀아본 적이 있었을 게야. 그때 시간이 가는 것이 안타까워서 시간이 지나가는 것만 헤아리고 있었다면 아마도 재미있고 신명나는 물놀이를 할 수 없었을 것이야. 하지만 너희들은 그때 시간은 시간대로 지나가건 말건 내버려둔 채 물장구치는 일에만 푹 빠져 있었기에 하루 해가 지는 것도 모르고 지냈지. 시간이야 지나가건 말건 내버려두었듯이 새가 울든, 바람이 불든, 상관하지 말고 내버려두어라. 붙들고 늘어져봐야 이길 수가 없는 법이다."

스승의 가르침은 도를 닦는 일을 하건 무슨 일을 하건 간에 자기를 버리라는 말씀이었다. 〈나〉를 버리지 않고 깨달음을 얻으려 하

는 것은 흡사 물을 주지 않고 꽃을 피우려 하는 것과 같을 지니.

도암 스님으로부터 화두를 받은 지 3년 후, 옛이름 태선이었던 금오 스님은 금강산 마하연 선원을 떠나게 되었다.
　스승의 가르침을 받아가며 용맹정진 3년을 마쳤으니, 이때의 금오 스님은 어엿한 수좌가 되어 있었다.
　금오 스님은 걸망 하나만을 짊어진 채 금강산을 떠나 정처없는 발걸음을 옮기었다. 바람부는 대로, 물흐르는 대로 정처없이 떠다니는 것이 금오 스님의 행로였다. 그러다가 우연히 발걸음을 멈춘 곳이 함경도 안변 석왕사라는 절이었다.
　"객승 문안드리옵니다."
　잠시 후 선실의 방문이 열리더니 스님 한 분이 금오 스님을 맞이하였다.
　"누구시던고?"
　"예, 금강산 마하연에서 온 수좌이옵니다."
　"무슨 일로 오셨는고?"
　금오 스님은 이곳 석왕사의 조실스님을 모시고 한철 보내고 싶다고 여쭈었다.
　"이 내원암 선방에서 한철 지내고 싶다?"
　"그렇사옵니다, 스님. 방부 받아주시기를 바라옵니다."

금오 스님이 정중히 합장의 예를 갖추었다.
"분명히 수좌라고 그랬겠다?"
"예, 그렇사옵니다."
내원암 스님은 방부를 받아주는 대신 말머리를 옮겨 엉뚱한 화두 하나를 급작스레 던졌다.
"허면, 달마조사께서 서쪽에서 오신 뜻은 과연 무엇이던고?"
"이 미련한 수좌, 달마조사께서 동쪽으로 오신 뜻은 궁금하기 짝이 없어 참구하고 있사옵니다만, 달마조사께서 서쪽에서 오신 뜻은 알고 싶지 않사옵니다."
솔직하면 솔직하고, 당돌하다면 당돌하다 할 수도 있는 수좌승의 대답이었다.
"허허, 절밥을 대체 몇 그릇이나 먹었던고?"
노스님은 이 낯선 수좌의 언행이 예사롭지 않게 여겨져 그를 찬찬히 뜯어보았다. 그런데 수좌의 두번째 대답이 노스님의 호기심을 더욱 부채질하는 것이었다.
"이 우매한 수좌는 밥그릇으로 밥을 먹지 아니하고 솥에서 바로 퍼먹었는지라 밥그릇 수는 잘 모르겠사옵니다."
"허면, 그대의 스승은 대체 누구시던고?"
"도 자(字) 암 자(字) 스님이시옵니다만, 부르는 호칭이 그렇다는 말씀입니다."

　도암 선사로 말할 것 같으면 선지가 깊기로 조선팔도에 이미 알려진 분이 아니던가. 이곳의 노스님 역시 그 덕망을 익히 듣고 있던 터였다.
　노스님은 반가운 마음에 수좌의 방부를 기꺼이 허락해주었다.
　"허허, 과연 도암 선사의 제자답구먼그래. 어서 그만 들어오시게."
　"허락해주셔서 감사합니다, 스님."
　금오 스님이 선실로 올라서려 하는데, 노스님이 다시금 말문을 열었다.
　"헌데 잠깐! 내 한 가지만 더 물어볼 게 있네."
　"말씀하시지요, 스님."
　"도암 선사로 말씀드릴 것 같으면 선지가 깊으시기로 조선팔도에 이미 잘 알려진 분인데 어찌하여 그대는 거기서 다 마쳐 배우지 아니하고 이 석왕사 내원암을 찾아왔는고?"
　"하오면 스님께서는 좁쌀이면 좁쌀, 보리쌀이면 보리쌀, 늘 한 가지만 정해놓고 한 가지 곡식만 드시는지요?"
　"무엇이라구? 늘 한 가지 곡식만 정해놓고 먹느냐? 허허허허, 이거 내가 오늘 큰 물건 하나를 만났구먼그래. 허허허허, 자, 어서 올라오시게."
　노스님은 호탕한 웃음 끝에 금오 스님을 흔쾌히 선방 안으로 불러들였다.

　도암 선사라는 큰스승 밑에서 배웠거니와 그런 큰스승의 품을 떠나 보다 넓은 선지식을 만나려 하는 수좌이니 분명히 크게 될 인물임이 틀림없을 터였다.

　금오 스님은 석왕사 내원암 선원에서 오랫동안 선지를 참구한 뒤, 또다시 정처없는 운수납자의 길로 들어섰다.
　금오 스님의 발길이 머무른 곳은 오대산 월정사 상원암이었는데, 그곳에서 금오 스님은 한암 스님 문하로 들어가 용맹정진을 하게 되었다.
　하루는 한암 스님과 금오 스님이 마주앉아 있었는데, 한암 스님이 넌즈시 물어왔다.
　"여보시게."
　"예, 스님."
　"우리가 늘 진성이네, 본성품이네 하는 말 말일세."
　"예, 스님."
　"그 진성이다, 본성품이다 하는 것, 그게 대체 있는 것이던가, 없는 것이던가?"
　"본성품이야 이름과 생김새를 떠나 상주불멸이옵니다."
　한암 스님은 금오 스님의 대답을 음미하듯 천천히 되뇌어보

았다.

"어떤 사람은 그 본성품을 마음이라 부르기도 하고, 마음자리라 부르기도 하고, 또 한문을 써서 마음 심 자(字) 심이다 하기도 하고, 또 어떤 사람은 정신이다, 불성이다 하지요. 이름이야 가지가지지요."

들고 보면 그저 평범한 이야기일 뿐이었으나 한암 스님은 사뭇 흥미롭게 금오 스님의 이야기를 듣고 있었다. 한암 스님의 물음이 이어졌다.

"그러니까 그 본성품이 있단 말이렷다?"

"상주불멸이라고 말씀드렸사옵니다, 스님."

상주불멸이라면, 그 본성품은 영원히 머물러 사라지지 않는다는 뜻이었다.

"본성품이란 마치 허공과 같아서 둥글지도 아니하고, 모나지도 아니하고, 형체가 없으되 없는 듯이 있는 것! 그 본성품 가운데는 물건으로 된 나도 없고, 있음도 없고, 없음도 없고, 없다는 그 말 또한 없습니다. 하오나 그 본래 성품이 일어남에 만법이 따라 일어나고 그 본래 성품이 사라지면 만법이 이어 사라지게 되옵니다."

노스님과 수좌의 선문답이 오가는 동안, 노스님은 어느덧 수좌의 선지가 보통이 아니라는 것을 깨달았다.

일전에 한암 스님은 이 젊은 수좌가 쌀 한 가마니를 번쩍 들어올리는 것을 보고는 그를 기운이 대단한 항우장사 정도로 알았을뿐, 그에 대해 특별한 인상이나 호기심 같은 것은 가지지 않았던 터였다. 그러나 이제 보니 수좌의 법안 또한 경지에 달했음을 깨닫지 않을 수가 없었다.
"그대는 이미 한 경계를 뛰어넘은 선지식일세."
"아, 아니옵니다, 스님. 과찬이시옵니다."
"과찬이 아닐세. 이제 그대는 내 문하에 더이상 머물러 있을 까닭이 없으니 그리 아시게!"
당대의 선지식 한암 스님은 이때에 벌써 금오 스님이 도를 깨우쳤다는 인가를 내린 셈이었다. 그러나 금오 스님은 스스로 이 인가를 받아들이지 아니한 채 스스로를 채찍질해가면서 수행을 계속하였다.

월정사 상원암을 떠난 금오 스님은 다시 발길을 남쪽으로 돌려 통도사 보광전에 당도하였다.
스스로 공부가 모자란다고 생각한 금오 스님은 그곳에서도 용맹정진을 계속하였다.
통도사 보광전은 경상도에 있는 사찰로써 우리나라 근세 선불교의 중흥조 경허 선사를 비롯해서 용성 스님 등이 선지를 밝힌 곳이

기도 했다.

　통도사에서 정진을 한 이후 금오 스님은 또 발길을 옮겨 천성산의 미타암에 이르게 되었다.

　그러던 중, 스님의 세속나이 스물여덟 살이던 1923년 봄, 금오 스님은 충청도 예산 보덕사라는 절을 찾아가게 되었다. 만공 스님의 수제자로 잘 알려진 보월 선사를 찾아뵙기 위해서였다.

　"객승 문안드리옵니다."

　잠시 후 선실의 방문이 열리더니 노스님 한 분이 모습을 나타내었다. 그분이 바로 금오 스님이 찾아뵙고자 한 보월 선사였다.

　금오 스님은 자신이 천성산 미타암에서 참선하고 오는 수좌라고 공손히 아뢰었다.

　보월 선사는 금오 스님이 그저 단순한 객승인 줄로만 알았던지 거의 무표정한 얼굴을 하고 있었다.

　"그래, 그냥 지나가는 길이더란 말이더냐?"

　"아, 아니옵니다, 스님. 스님 모시고 한철 지낼까 하여 찾아뵈었습니다."

　"여기서 한철 지내고 싶다?"

　"예, 스님."

　"자네 생각에 내가 자네를 받아줄 것으로 보이는가?"

　"먼길을 왔더니 걸망이 무겁습니다, 스님."

"걸방이 무겁다?"
"예, 스님."
"무거운 걸망은 벗어버려야지. 거기다 벗어놓게나."
"허락해주셔서 감사합니다, 스님."
 이렇게 해서 금오 스님은 보월 선사의 문하에 들어가 수행정진을 계속하게 되었는데, 그후 1년이 지난 어느 날이었다.
 보월 스님이 금오 스님을 불러 그동안 참구해서 알아낸 도리를 일러보라 분부하는 것이었다.
"예, 스님."
 금오 스님은 정중히 인사를 올린 다음 그 도리를 침착하게 아뢰었다.

시방세계를 투철하고 나니
없고 없다는 것 또한 없구나.
낱낱이 모두 그러하기에
아무리 뿌리를 찾아보아도 역시 없고 없을 뿐이로다.
(透出十方昇
 無無無亦無
 個個只此兩
 覓本亦無無)

　금오 스님이 그간 참구한 바를 간단 명료한 선시로써 아뢰니, 보월 선사는 유쾌한 웃음으로 금오 스님의 오도를 인가해주는 것이었다.
　"허허허허. 그 소식 한번 기특하구나, 응, 허허허. 기특하고 장한 일이다. 장한 일이야, 허허허허."

5
금까마귀 스님

　만공 스님의 제자인 보월 선사로부터 한 소식 했음을 인가받은 금오 스님은 예산 보덕사에서 근 2년 동안 보월 선사를 스승으로 모시고 선문답을 나누며 극진히 모시었다.
　그러던 중 1924년 음력 섣달 열이튿 날에 보월 선사가 홀연히 열반에 드시었다.
　금오 스님은 스승의 다비를 마치고는 걸망을 챙겨 지고 보덕사 산문을 나와서 오대산으로 길을 떠났다. 가르침을 내려줄 스승을 잃었으므로 그곳 상원사에 들어가 참선삼매에 들기로 작정한 것이었다.
　매서운 겨울바람만이 옷속으로 파고드는 험한 산길을 걷고 또 걸어 오대산 상원사에 당도한 금오 스님은 그 이듬해 봄까지 면벽 참선하며 달마조사가 서쪽에서 오신 뜻을 참구하는 중이었다.
그러던 어느날, 충청도 예산군 덕숭산 정혜사에서 왔다는 한 수좌가 금오 스님 뵙기를 청하였다.
"덕숭산 정혜사라고 하면 만 자(字) 공 자(字) 만공 노스님께서 주석하고 계시는······."
금오 스님이 그 수좌에게 물었다.
"바로 그렇사옵니다. 소승이 이 상원사에 온 것도 저희 만 자(字) 공 자(字) 조실스님의 분부를 받자옵고 온 것이옵니다."
"노스님의 분부라니요?"
그 수좌가 상원사를 찾아온 연유를 설명했으나, 금오 스님은 그 까닭을 짐작할 수 없어 반문하였다. 천하의 선지식 만공 스님이 친히 사람을 보내셨으니 필시 예사로운 일은 아닐 터였다.
금오 스님의 궁금증이 이어지는 가운데 그 수좌가 공손한 어조로 다시 아뢰었다.
"예, 저희 조실스님께서는 스님을 꼭 한번 만나고 싶다 하셨습니다."
"예에? 아니 만공 노스님께서 저를 만나고 싶다고 이르셨단 말씀이십니까?"
"그렇사옵니다. 이번 안거가 끝나면 꼭 한번 덕숭산을 다녀가도록 전해라, 이렇게 분부하셨습니다."

　그 수좌는 만공 스님이 금오 스님을 덕숭산으로 부른 까닭은 일러주지 않았으되, 반드시 꼭 만나야 한다는 말씀만을 전하도록 했다고 덧붙였다.
　"알겠소이다. 안거가 끝나면 곧바로 노스님을 찾아뵙도록 하지요."
　결재기간만 아니었다면 당장에라도 만공 스님께 달려가야 도리에 맞는 일이었으나, 금오 스님은 안거가 끝나거든 찾아오라시는 노스님의 분부에 따르기로 했다.
　까닭이 궁금하기야 했건만 스승의 은사스님이 분부를 내렸던 터이므로 더이상 묻고 말고 할 것도 없는 일이었다.
　그 얼마 후, 금오 스님은 안거가 끝나는 것과 때를 같이 하여 충청도 예산군 덕숭산 정혜사로 만공 대선사를 찾아뵈었다.
　"조실스님께서 부르신다 하옵기에 이렇게 왔습니다."
　"그래, 네가 바로 보월이 문하에 있던 그 태선이더냐?"
　"예, 스님. 그렇사옵니다."
　금오 스님은 노스님의 자애로운 물음에 다소곳이 합장을 해올리며 대답하였다. 이미 열반한 제자의 제자에 불과한 자신의 이름까지 기억해주시는 노스님의 인자함에 마음이 벅차오를 따름이었다.
　"보월이가 살아 있을 적에 네 얘길 자주 했었느니라."
　"부끄럽사옵니다, 스님……."

"보월이가 조금만 더 오래 살았더라도 너에게 법을 전했을 것이다."
"아, 아니옵니다, 스님. 저는 그럴 만한 그릇이 못 되옵니다."
금오 스님은 노스님의 덕담을 듣고는 몸둘 바를 몰라하며 송구스러워했다.
살아서는 친아버지처럼 자애롭던 스승 보월 선사는 이제 열반한 후에도 당신의 은사스님을 통해 가르침을 전하려 하시는가. 금오 스님은 불현듯 목이 메었다.
"그릇이 되고, 아니 되고는 스승이 알아보는 법. 보월의 법맥은 네가 이어야 할 것이니 내가 너를 부른 까닭도 거기에 있느니라."
"……하오면 스님……."
잠시 숙연한 마음에 잠겨 있던 금오 스님은 노스님의 말뜻을 헤아려보느라 어리둥절한 표정이 되었다.
노스님 또한 당신보다 먼저 열반에 든 제자 보월 선사를 심중에 그리고 있었던 듯 차분히 가라앉은 음성으로 말을 이었다.
"보월이가 미처 너에게 법을 전하지 못한 채 먼저 갔으니, 내가 대신 건당식을 올려 너로 하여금 보월의 법맥을 잇고자 함이니라."
"하오나 스님……."
급작스런 노스님의 분부에 더욱 송구스러운 마음이 되어 무슨 말씀을 올려야 할지 모르고 있었다.

　이러한 금오 스님의 심중을 읽어낸 노스님은 자비심 가득한 미소로 분부를 내리었다.
　"여러 소리 할 것 없다. 바로 이것이 보월의 뜻이요, 나의 뜻이요, 부처님의 뜻이니라."
　"스님……."
　금오 스님의 눈시울은 감동으로 촉촉히 젖어들었다. 은사스님의 은사스님이신 만공 대선사는 제자를 아끼시는 마음만큼이나 그 제자인 금오 스님에게도 자비심을 베풀어주시는 것이었다.

　덕숭산맥 아래
　무늬 없는 인(印)을 지금 전하노라.
　보월은 계수나무에서 내려오고
　금오는 하늘 끝까지 날아오르네.
　(德崇山脈下 今付無文印
　　寶月下桂樹 金烏徹天飛)

　천하의 선지식 만공 대선사께서는 친히 금오 스님으로 하여금 보월 선사의 법맥을 잇는 제자임을 허락하고 증명해주시는 전법게를 내려주시었다. 금오 스님에겐 크나큰 광영이 아닐 수 없었다.
　이처럼 만공 대선사가 친히 전법게를 지어 내리신 날이 바로

1925년 음력 2월 보름날이었다.

　스님은 이때부터 만공 대선사가 지어 내리신 대로 쇠 금(金)자, 까마귀 오(烏)자, 금까마귀라는 뜻의 금오(金烏)를 법호로 쓰기 시작하였다.

　"이것 보아라, 금오야."

　"예, 스님."

　"내가 보월이 대신 너에게 전법게를 주는 뜻이 어디에 있는지 짐작은 하겠느냐?"

　"예, 스님……."

　전법게를 내리신 연후에 만공 스님이 금오 스님에게 물었다. 금오 스님은 더욱 몸가짐을 바르게 가다듬은 연후에 느스님께 아뢰었다.

　"조실스님께서 저에게 전법게를 내리신 뜻은 덕숭산 선맥을 더욱 푸르게 가꾸라 하심이요, 직지인심(直指人心), 견성성불, 조사님들과 부처님의 혜맥을 더더욱 번성케 하라 이르심인 줄 압니다."

　이에 만공 스님은 만면에 흡족한 웃음을 짓고는 무릎을 탁 치며 금오 스님의 영특함을 치하해주었다.

　"하하하하! 과연 보월이가 큰 물건 하나를 남겨놓고 갔으니 덕숭산 산빛이 더더욱 푸르구나. 이것 보아라, 금오야!"

　"예, 스님."

"너로 하여금 덕숭산 산빛이 더더욱 푸르고 푸르러야 할 것이니 이 점을 명심해야 할 것이니라."

"예, 스님. 명심하겠사옵니다."

금오 스님은 노스님의 지엄하신 분부를 마음자리에 깊이 아로새기며 덕숭산에서 선지를 밝혀나가게 되었다.

그것은 열반하신 보월 선사의 뜻을 받드는 일인 동시에 그 스승의 어버이 같은 은사이신 만공 대선사의 분부를 받드는 일이었고, 나아가서는 부처님의 가르침을 따르는 길이기도 하였다.

부처님도 탁발을 하셨고, 부처님도 걸식을 하셨고, 부처님도 나무 밑에서 주무셨고, 숲속에서 주무셨고, 언덕 밑에서 주무셨다.

마음을 비우기 위해서, 자만심을 없애기 위해서, 아만심을 없애기 위해서, 성내고 미워함을 없애기 위해서, 욕심을 없애기 위해서 부처님도 걸식을 하셨고, 길에서 주무셨다.

시방세계를 꿰뚫어보고 나니
없고 없다는 것 또한 없구나.
낱낱이 모두 그러하기에
아무리 뿌리를 찾아보아도 없고 없을 뿐이로다.

만공 대선사로부터 전법게를 받은 이후 금오 스님은 한동안 덕숭산에 머물며 참선수행을 하다가, 홀연히 걸망 하나만 짊어진 채 운수납자에의 길을 떠나게 되었다.

날이 밝으면 일어나 걷고, 해가 지면 나무 밑에 앉아 잠을 자면서 깨달음의 세계를 다져나가는 금오 스님의 고행이 시작되었다.

밤새도록 울어대는 저 새소리도
내가 기대어 앉은 이 나무도
나라고 하는 바로 이 물건도
원래는 없던 것!
헌데 나는 왜 스스로 수행자라 하는고!
나는 왜 배고프다 하고
졸립다고 하고
다리 아프다고 주저앉는고!

금오 스님은 '없고 없음'의 이치를 깨닫기 위하여 물따라 구름따라 만행하였다.

낱낱이 모두가 없고 없는 시방세계에 대저 무엇을 찾고자 중생들은 아귀다툼을 벌여가며 살고 있는 것일까.

스님은 그 오묘한 이치를 깨닫고자 운수행각에 나섰으며 한 걸

음 더 나아가 승려의 신분마저 잊은 채 걸인 노릇까지 하기에 이르렀다.

오랫동안의 걸인생활을 통해 금오 스님이 체득하고 확인한 것은 이 사바세계의 어리석은 중생들이었다.

"알다가도 모를 일이다. 정말이지 알다가도 모를 일이야. 먹고 살기 넉넉한 부잣집에서는 식은밥 한덩이도 나눠줄 줄 모르고, 겨우겨우 꽁보리밥으로 끼니를 때우는 가난한 집에서는 먹던 밥일망정 듬뿍 떠서 나눠먹이니, 세상이 어찌 이리 거꾸로 되었단 말이던고!"

걸인들과 함께 동냥을 다니던 금오 스님은 탐욕에 물든 사바세계의 어리석은 중생들을 대하며 탄식하였다.

"아 그거야, 뻔한 이치 아닙니까?"

우연히 금오 스님의 탄식을 듣게 된 걸인이 말 참견을 하려 들었다. 그 걸인은 자신과 함께 동냥길에 나선 이가 승려신분이라는 사실은 까맣게 모르고 있었다.

"뻔한 이치라니?"

금오 스님은 넌즈시 그 걸인의 의향을 떠보았다. 그 걸인은 대번에 읽어내려가듯이 그 뻔한 이치를 설명해주는 것이었다.

"아 부잣집 놈들이야 언제 배고파 봤겠소? 배고파 본 적이 없으니 배고픈 거지 사정을 짐작이나 하겠느냐 말이오. 하지만 꽁보리밥으로 겨우겨우 입에 풀칠이나 하는 가난한 사람들은 자기도 배고 파 봤으니까 배고픈 거지 사정을 알아주는 거란 말이오."
"홀아비가 홀아비 심정 알아준다, 그런 말이로구먼?"
금오 스님의 말에 그 걸인은 더욱 의기양양해져서 대꾸하였다.
"아 우리네 거렁뱅이들 하는 말이 있질 않습니까요? 인심 후한 부자놈 없고 인심 고약한 가난뱅이 없더라……."
금오 스님은 걸인의 말 속에 담긴 뜻에 짚히는 바가 있어 자신도 모르게 소리내어 한탄을 하였다.
"어리석은 중생! 어리석은 중생!"
"아니 그건 또 무슨 소립니까? 어리석은 중생이라니요?"
금오 스님의 정체를 알 리 없는 걸인이 어리둥절한 음성으로 물었다.
"아, 아닐세. 그, 그냥 해본 소릴세."
금오 스님은 황급히 걸음을 재촉하며 더 이상 걸인과의 말 상대를 피하였다.
욕심과 성냄과 무지, 세 가지 독에 빠져 허우적대는 이 고해바다의 고해중생들을 제도할 길은 멀기만 했다. 없고 없음을 깨우치지 못하고 어리석은 중생의 두터운 자만심과 아만심을 털어내기 위하여 금오 스님의 고행은 한동안 계속되었다.

6
너는 내려가 떡이나 얻어먹어라

홀홀단신 구름따라 물 흐르듯이 운수행각 진리참구에의 길을 걷던 금오 스님에게도 제자들을 맞아들여야 할 때가 다가오고 있었다.

때는 1935년, 스님의 세속나이 마흔 살 되던 해였다.

경상도 김천 직지사에서 왔다는 수좌들이 그곳 선원의 조실로 모셔가겠다고 간청하면서 금오 스님께 매달리는 것이었다.

"스님, 대체 무슨 까닭으로 저희들의 간절한 청을 물리치려 하시옵니까요, 예?"

처음엔 한사코 조실로 가기를 사양하는 금오 스님께 직지사 수좌가 여쭈었다.

"번거로운 일은 난 싫으이."

금오 스님이 한 마디로 거절하자 그 수좌가 다시 여쭈었다.
"번거로운 일이라니요, 스님?"
"나 하나 다그치기도 벅찬 일이거늘 내 어찌 여러 수좌들의 일까지 떠맡는단 말이던가?"
불가에서 조실스님이라 하면 모든 학인들의 우러름을 받는 자리였다. 그런만큼 막중한 책임도 주어지는 반면 웬만큼 선지가 밝지 않고서는 맡을 수 없는 자리이기도 했다.
무릇 불가의 규범이나 법맥은 얼마나 훌륭한 조실스님을 모시고 있느냐에 따라 달라지기도 하는 바, 김천 직지사 수좌들이 금오 스님을 조실로 모셔가고자 하는 것도 기실은 그런 연유에서였다.
그러나 금오 스님은 운수납자로 떠돌지언정 오로지 진리참구에만 열중하고 싶을 뿐, 한 사찰에 머물며 공경을 받는다거나 어떤 직분에 매달리고 싶어하지 않았다.
스님의 이 같은 뜻을 들은 직지사 수좌가 또다시 간청하였다.
"스님, 다시 한번 헤아려주십시오. 저 사바세계의 수많은 어리석은 중생들은 부처님도 당신 혼자서는 다 제도할 수 없다 여기셔서 제자들을 가르치셨고, 그 제자들로 하여금 중생제도에 나서도록 이르시지 않으셨습니까?"
수좌들이 그렇게까지 간청을 하는 데에는 금오 스님도 마음이 움직일 수밖에 없었다.

"김천 직지사 선원에 십여 명의 수좌들이 수행하고 있사옵니다만, 선지를 일러주실 조실스님이 안 계십니다. 스님께서 저희 청을 물리치시면 결국 수좌들은 흩어지고 말 것이옵니다."

그 수좌들은 금오 스님의 마음이 움직여줄 것 같은 기색을 엿보아 다시 한번 간절히 청하였다.

"그렇게 사람이 없더란 말인가?"

직지사 선원의 딱한 사정을 듣던 중 금오 스님은 깊은 한숨을 몰아쉬었다. 때는 일제 강점기, 왜색불교에 물든 이 나라 승풍은 말할 수 없이 흔들리는 중이었다.

직지사에서 온 수좌는 울먹이는 음성으로 저간의 사정을 고하며 하소연을 이어나갔다.

"스님께서도 잘 아시다시피 갈수록 선방은 없어져가고 수좌 또한 줄어들고 있사옵니다. 조선총독부가 시키는 대로 너도 나도 일본승려들처럼 아내를 얻고 불공이나 받아서 재물이나 탐하려 합니다. 이런 때에 참선수행을 하겠다고 모여든 수좌들을 스님께서 외면하시면 저들은 대체 어디로 가라 하십니까?"

"……알겠네. 그럼 어디 한번 직지사로 가보세나."

이렇게 해서 금오 스님은 탐진치 삼독에 중독되어 고통의 바다에서 신음하는 중생들을 제도하기 위하여 부처님이 제자들을 맞아들였듯이 김천 직지사 선원의 수좌들을 맞아들이게 되었던 것이다.

김천 직지사 선원에서 젊은 수좌들에게 선지를 밝혀주시던 금오 스님이 가장 싫어하는 것은 수좌들이 수행중에 꾸벅꾸벅 조는 일이었다.

가부좌를 틀고 앉아 참선수행하는 중에 꾸벅꾸벅 졸기라도 하는 수좌에게는 여지없이 금오 스님의 장군죽비가 날아가게 마련이었다.

그러나 몇몇 마음자세가 흐트러진 수좌들은 금오 스님의 장군죽비를 얻어맞고도 잠시 후면 또 꾸벅꾸벅 졸기가 일쑤였다.

이러한 잠꾸러기 수좌 가운데 하나가 하루는 금오 스님의 호된 꾸지람을 듣게 되었다.

"너 이녀석!"

"예에? 저, 저 말입니까요, 조실스님?"

한차례 죽비세례를 맞고도 졸음을 몰아내지 못한 채 꾸벅거리던 수좌는 흠칫 놀란 얼굴이 되어 자세를 바로잡았다. 금오 스님의 불호령이 이어졌다.

"너는 이 녀석아, 대체 무엇 때문에 삭발 출가하여 선방에 들어왔느냐?"

"예, 저 그야 견성성불하려고 들어왔습니다요, 조실스님."

딱!

한차례 지엄한 죽비세례가 다시 이어졌다.

"성품을 바로 보아 부처가 되겠다고 삭발출가했단 말이더냐?"

수좌를 향한 금오 스님의 눈매에 매서운 기운이 서렸다. 그 졸던 수좌는 몹시 주눅이 든 음성으로 간신히 더듬거리며 대답을 해올렸다.

"예, 그렇사옵니다, 조실스님……."

"참선수행중에 그렇게 꾸벅꾸벅 졸아가지고는 꿈속에 떡장사를 만나 떡은 얻어먹을지 몰라도 견성성불하기는 틀렸다, 이 녀석아!"

"……잘못되었습니다, 조실스님."

그 수좌는 기어들어가는 음성으로 스님의 용서를 구하는 것이었으나 금오 스님의 서릿발 같은 추궁에 어찌할 바를 모르고 있었다.

"농사 짓는 사람이 농사철에 농삿일은 아니하고 꾸벅꾸벅 졸고 있으면 농사가 제대로 되겠느냐?"

"……제대로 되지 않을 것이옵니다."

"허면, 장사하는 사람이 손님이 오는 것도 모르고 꾸벅꾸벅 졸고 있으면 그 장사가 제대로 되겠느냐?"

수좌는 말문이 막혀 고개만 푹 떨구고 있었다. 금오 스님의 질책이 계속 이어졌다.

"공부하는 것도 그와 같은 것이요, 수행하는 것도 그와 같은 것. 때 아닐 적에 놀고 있으면 농사도, 장사도 되는 일이 없거니와 하물며 출가수행자가 참선수행중에 꾸벅꾸벅 졸고 있다니 그래 가지고는 십 년 아니라 백 년을 앉아 있어도 헛일일 것이니라."

금오 스님은 수좌들에게 이르시기를, 한 가지 잘못을 한번 저질렀을 적에는 참회받을 수 있지만, 똑같은 잘못을 두번 세번 범한다면 그것은 참회가 아니라 속임수에 불과한 것이라 가르치곤 하였다.

이렇게 한번 두번 타이르고 꾸짖어도 참선수행중에 또다시 꾸벅꾸벅 조는 수좌에게는 더 이상 꾸짖지도 나무래지도 않았던 금오 스님이었다.

"오늘 입선 중에 두 번이나 장군죽비를 맞고도 졸았던 그 수좌는 더 이상 선방에 앉혀둬도 소용없을 터이니 왔던 절로 돌려보내도록 해라."

금오 스님은 어느날 선방에서 몇 차례 주의를 듣고도 연신 졸음에서 헤어나지 못하던 한 수좌를 직지사에서 출송하기에 이르렀다.

"아니, 조실스님. 하오면 그 수좌를 내쫓으시라는 말씀이시옵니까?"

스님의 처사가 좀 가혹하다 싶었던지 입승이 조심스럽게 여쭈었다.

"그 아이는 전생에 지은 업장이 두터워서 십 년을 앉혀놓아도 수좌 되기는 틀렸느니라."

"하오면 조실스님, 그 수좌더러 참선수행을 그만두게 하라 그런

말씀이시옵니까?"

"너도 알겠지마는 부처님 제자 아누룻다는 수행중에 꾸벅꾸벅 졸다가 부처님께 호된 꾸중을 들었다."

"예, 스님."

금오 스님은 입승에게 물었다.

"그때, 아누룻다는 부처님께 서약을 했었다. 결코 다시는 졸지 않겠다고……. 그후 그 아누룻다는 어찌 되었던고?"

입승이 공손히 아는 바를 아뢰었다.

"예, 스님. 그분은 부처님과의 서약을 지키기 위해 잠도 자지 않고 수행을 하다가 결국은 두 눈의 시력을 잃고 말았습니다."

"그래, 그 아누룻다는 눈이 멀었다. 허나 두 눈의 시력을 잃은 아누룻다는 그 대신에 천안통을 얻었다. 눈은 멀었지만 세상을 훤히 내다보는 천안통을 얻었던 게야. 그래서 부처님의 십대 제자 가운데 천안제일(天眼第一) 아누룻다가 되었느니라."

"예, 스님……."

입승은 마지못해 스님의 꾸중어린 가르침을 깊이 새기는 듯하긴 했으나, 아무래도 그 졸음꾸러기 수좌를 절 바깥으로 내쫓으라시는 금오 스님의 분부는 너무 심하다는 표정이었다.

"무릇 수행자라고 하면 그만한 심지와 각오가 되어 있어야 하는 법! 아무리 초행자라 하더라도 한두 번 경책을 받았으면 정신을 차려야지! 허구헌날 장군죽비를 맞는대서야 어느 세월에 수좌다운 수좌가 되겠느냐?"

"하오나 스님……."

금오 스님의 추상 같은 분부에도 불구하고 입승은 수좌 한 명이라도 버리기가 영 안됐다는 생각이 들었던 모양이다.

왜색불교가 판치는 당시 풍토에서 그래도 취처육식(取妻肉食)하는 대처승들보다야 청정수좌 한 명이라도 제도하는 게 더 나을 성싶었던 듯, 입승은 어떻게든 금오 스님의 완고한 뜻을 설득해보려 하는 것이었다.

"이번 한 번만 더 참회를 받아주시오면 결코 다시는 죽비 맞는 일이 없도록 제가 곁에서 깨우쳐주겠습니다."

"소용없는 소리! 사사로운 정에 이끌려 그 아이를 그대로 놔두면 십여 명 수좌가 다 그렇게 될 것이니 내보내도록 해야 할 것이다. 그 대신……."

금오 스님은 끝내 그 수좌를 용서하지 않을 뜻을 내비친 연후에 돈다발을 꺼내어 입승한테 주었다.

"여기 돈이 있으니 노잣돈이나 넉넉히 주어서 보내라."

"……예, 스님. 분부대로 하겠사옵니다."

이쯤되자 입승도 더 이상 대꾸할 말이 떠오르질 않았다. 이처럼 금오 스님은 제자들을 가르침에 있어서만큼은 한치의 어긋남도 없

  이 철저한 분이었으니, 일단 스님의 문하에 들었던 수좌는 선근이 되어 참수행자의 길을 걷든지 아니면 일찌감치 분수에 맞는 다른 길을 찾든지 둘 중의 하나로 나뉘어졌다.
  선풍진작과 조계가풍의 정통성 회복을 출가수행의 본분으로 삼은 스님의 곧은 가르침은 일제 강점기의 혼탁한 사회풍조에서 이 나라 종단의 법맥을 떠받들어온 큰 기둥이었다 할 것이다.

7
둥근 달이 휘영청 떴도다

　1945년 8월 말, 우리나라가 일제 식민지로부터 해방된 무렵이었다.
　그즈음 금오 스님은 선방을 찾아다니다가 함경도 안변군 석왕사면 사기리 선봉산에 있는 석왕사에 들러 며칠을 머물고 있던 중이었다.
　석왕사는 조선왕조 태조 때 무학대사를 위해 세운 유서 깊은 사찰이었다.
　하루는 석왕사 양환공 스님이 웬 젊은이 하나를 데리고 와서 금오 스님께 인사를 올리도록 하였다. 그런데 그 젊은이는 방 안에 들어오지도 않은 채 뜰에서 금오 스님께 절을 올리는 것이었다.
　낯선 젊은이로부터 예기치 못한 인사를 받은 금오 스님은 환공 스님에게 그 젊은이가 누구냐고 묻지 않을 수 없었다.
 환공 스님의 대답인즉슨 그 젊은이는 최씨 성을 가진 젊은이로서 출가득도하여 수행자가 되고 싶어한다는 것이었다.
 "좋은 스님을 소개해달라고 부탁을 해오던 차에 마침 스님께서 우리 절에 오셨으니, 인사를 올리도록 하였습니다."
 금오 스님은 젊은이의 얼굴을 찬찬히 훑어보았다.
 "으음, 거 얼굴이 퍽 단아하게 잘생겼구먼그래. 그럼 이 절에서 받아주지 그래요?"
 "아이구, 아니옵니다, 스님."
 환공 스님은 금오 스님의 말씀에 도리질을 하였다. 젊은이의 청이 좋은 스승을 만나게 해달라는 것이고, 또 금오 스님께서도 행자를 문하에 두게 하여 시중을 들도록 하는 것이 좋으니 오히려 그 젊은이를 금오 스님께서 받아주십사 하는 것이었다.
 그러나 금오 스님은 환공 스님의 제의를 쉽사리 받아들이지 않으려 했다. 그 연유를 금오 스님은 이렇게 말하였다.
 "내 덕숭산 수덕사에 있을 때 잠시 날 모시겠다는 수좌가 있어서 그러라구 그런 적이 있지요. 그랬더니 이건 일마다 생각이 다르고 뜻이 맞질 않아요. 그래서 그만 피차에 그만두자고 그러고 헤어졌어요."
 "허지만 이젠 상좌도 두셔야 할 때가 되었습니다, 스님."

"내 한 몸 끌고 가기도 힘든 세상이라······."

"하오나 제자를 키우지 아니 하시면 후사를 어떻게 도모하시려구요, 스님."

환공 스님의 간곡한 제의에 금오 스님은 마침내 젊은이를 상좌로 받아들이기로 하였다.

이윽고 뜰 아래 땅바닥에서 인사를 올렸던 젊은이가 금오 스님 앞에 공손히 예를 갖추고 꿇어앉았다.

최씨 성을 가진 그 젊은이는 함경도 신흥군 원평면의 개심사 동구마을이라는 데서 왔다고 하였는데, 석왕사와는 각별한 인연이 있는 젊은이였다. 청년의 말인즉, 그의 삼촌이 이 석왕사의 스님으로 계신다는 것이었다.

"그러셨구먼······. 그래 그 삼촌 되시는 분이 출가하라고 권하셨단 말씀이던가?"

"아, 아니옵니다. 삼촌께서 권하신 게 아니오라······."

"그러면 무슨 까닭으로 출가할 생각을 하셨는고?"

"어인 까닭인지는 잘 모르겠사오나, 오래전부터 출가수행자가 되고 싶었사옵니다."

"흐음, 오래전부터 수행자가 되고 싶었다?"

"예, 스님."

금오 스님은 젊은이의 낯빛을 찬찬히 살펴보며 부드럽게 타이르듯이 말하였다.

"출가수행자를 어떻게 알고 있는지 잘 모르겠지만, 수행자가 되는 게 편하고 좋은 것만은 아닐세."

"예, 스님."

젊은이는 금오 스님의 자상한 가르침에 공손히 대답해 올렸다.

"처자권속 거느리고 편히 사는 게 수행자가 아니요, 큰 절 주지 자리 차지하고 앉아서 권세 부리는 게 수행자가 아니요, 자기 본성품을 바로 보고 깨달아 견성성불하는 것이 참다운 수행자이니 참다운 수행자의 길은 형극의 길이라는 것을 짐작이나 하시는지?"

"예, 스님. 잘 알고 있사옵니다."

젊은이의 마음 자세를 확인이라도 하듯 금오 스님은 다시 한번 젊은이의 의중을 떠보았다.

"집도 없고, 절도 없고, 재물도 없고, 권세도 없고, 벼슬도 없고, 아무것도 없는 것이 수행자인데, 그래도 수행자가 되고 싶으신가?"

"예, 스님."

젊은이의 언행은 여전히 확고부동하였다. 그럼에도 금오 스님은 재차 젊은이의 다짐을 분명히 확인하려 하였다. 스님 자신의 말씀대로 수행자의 길이란 그야말로 형극의 길에 다름아니기에, 그 형극의 길로 엉뚱한 사람을 끌어들이게 하는 결과를 진실로 원치 않

앉기 때문이었다.

"다시 한번 잘 생각해보시게. 경솔하게 출가하게 되면 얼마 지나지 않아 후회하게 되는데……."

"아니옵니다, 스님. 결코 후회하지는 않을 것이옵니다."

"정녕 그토록 출가득도하여 수행자가 되고 싶단 말씀이신가?"

"그렇사옵니다, 스님. 스님 문하에서 수행할 수 있도록 허락하여 주십시오."

출가득도하여 수행자가 되겠다는 젊은이의 결심은 어떠한 고난이 닥쳐와도 조금도 흔들리지 않을 것만 같았다. 금오 스님이 보기에도 그러하였다. 마침내 금오 스님은 젊은이의 뜻을 허락하기에 이르렀다.

"뜻이 정녕 그러하다면, 어디 한번 날 따라다녀 보시게."

"감사합니다, 스님. 감사합니다."

젊은이는 기쁜 표정을 감추지 못하고 금오 스님에게 큰절을 올리었다.

이렇게 해서 젊은이는 금오 스님 문하에 들어와 출가 수행을 하게 되었는데, 이 젊은이가 바로 훗날의 월산(月山) 스님이다.

해방 직후의 북녘 땅에는 수많은 소련군들이 진주해 있었고, 세상인심은 하루가 다르게 점점 흉흉해지기 시작하였다.

금오 스님은 함경도에 더 이상 머물러 있어서는 안 되겠다 생각하여 석왕사를 떠나기로 작정하였다.
　젊은 수도승 시절부터 운수납자의 행로를 걸어온 터였기에 금오 스님은 그동안 전국의 크고 작은 사찰들을 수없이 찾아다녔고, 또 어느 한 절에 안주하는 법이 없었다. 그것은 스스로 수행자의 험로를 택한 금오 스님 자신의 철저한 구도자적 자세 때문이었다.
　석왕사를 떠나기 직전, 금오 스님은 상좌로 삼은 월산을 불러 그의 의향을 떠보았다. 만일 월산도 떠나겠다고 하면, 그를 데리고 길을 떠날 참이었다.
　"난 이제 석왕사를 떠날 것이야."
　"하오면 어디로 가실 작정이신지요?"
　"출가수행자가 어디 갈 곳이 따로 정해져 있겠냐마는 아무래도 남쪽으로 가는 것이 좋을 것 같구먼."
　"남쪽으로 가시겠다구요, 스님?"
　"남쪽이 겨울에는 더 따뜻한 법이라네."
　"하오면, 스님."
　"날 따라다니며 수행하고 싶거든 이 바랑부터 짊어지게나."
　"예, 스님. 분부대로 하겠사옵니다."
　"헌데 말이야."
　"예, 스님."

"나를 한번 잘못 따라나서면, 다시는 고향땅을 밟아보지 못하게 될 게야."

"무슨 말씀이신지요?"

"동가식 서가숙, 구름처럼 바람처럼 떠돌아다니다 보면 고향에 다시 못 가기가 십상이거든."

그것은 금오 스님 자신의 말이기도 했다. 열여섯 살 소년의 나이에 바깥세상이 그리워 훌쩍 집을 떠난 이래 그제껏 한번도 고향땅을 밟아보지 못한 것이었다.

"그래도 나를 따라나서겠는가?"

"예, 스님. 스님을 꼭 모시고 싶습니다."

"그럼 되었네. 어서 그 바랑 짊어지고 날 따라오거나."

이렇게 해서 금오 스님과 월산은 함께 석왕사를 떠나 남쪽으로 발길을 옮기게 되었다.

석왕사를 떠나 하산을 하고 보니, 도처에 소련군들이 설쳐대는 모습들을 볼 수 있었다.

산길을 벗어나 신작로에 이르렀을 때 소련군을 가득 태운 군용 트럭이 지나가고 있었다. 트럭은 두 스님 옆을 지나가며 흙먼지를 일으켰다.

트럭이 지나가자 월산이 금오 스님께 여쭈었다.

"스님께서 보시기엔 세상이 어떻게 돌아갈 것 같습니까요?"

"산속에서만 살아온 출가수행자가 세상 돌아가는 것을 어떻게 알겠는가?"

"일본이 망하고 우리나라가 해방이 되었으니 잘살게 될 것이라고 하는 사람도 있구요, 또 어떤 사람들은 소련이 일본 대신 다스리게 될 거다 하는 사람도 있는데요."

"해방은 되었으되 조선땅 신작로에 소련군인이 지나가고, 미국군인이 몰려다니니, 날더러 한마디 이르라면 이렇게 말해주겠네."

"어떻게요, 스님?"

"미국을 믿지 말고, 소련에 속지 마라. 조선아 조심해라, 일본이 일어선다."

스님의 음성은 그 어느 때보다 크고 당당하였다. 그런데 그 말씀을 들은 제자 월산이 펄쩍 뛰며 스님께 아뢰었다.

"아이구, 스님. 그런 말씀 함부로 하시면 큰일납니다요."

금오 스님은 제자의 말엔 아랑곳하지도 않고 태연한 표정을 지을 뿐이었다.

"큰일나기는 설마한들 출가수행자를 잡아가기야 하겠는가! 해지기 전에 역에 당도하자면 부지런히 걸어야겠어."

금오 스님이 제자 월산과 함께 기차를 타려고 역에 당도하고 보니, 역은 본국으로 돌아가려는 패전국 일본의 아녀자들로 인산인해를 이루고 있었다.

　기차에 서로 먼저 올라타려는 아녀자들의 다투는 소리와 기적소리가 뒤섞여 역은 말 그대로 아비규환의 세상이었다. 패전국 일본의 아녀자들이 과거의 식민지 땅에서 저희들끼리 치열한 생존경쟁을 벌이는 꼴이, 보는 이로 하여금 추하다는 느낌과 함께 묘한 연민 같은 것마저도 불러일으키고 있었다.
　그 광경을 보고 금오 스님은 혀를 끌끌 찼다.
　잠시 후 차편을 알아보고 온 월산이 허겁지겁 금오 스님께 달려와 아뢰었다.
　"스님 역부에 가서 알아보았는데요, 기차 타고 가기는 어려울 것 같습니다."
　"가만 있자, 그러면 오늘밤은 어디서 지낸다?"
　"어디 여관방이라도 알아보고 오겠습니다."
　금오 스님과 월산은 역 부근의 여관을 찾아나섰다. 그러나 여관방이 남아 있을 리가 없었다. 역 일대가 일본 사람들로 아수라장을 이루고 있었으니 인근의 여관들 역시 일본인들로 꽉 차 있었다.
　하는 수 없이 두 스님은 대합실에서 밤을 새우기로 마음먹고 대합실 안으로 들어섰다.
　금오 스님이 대합실 바닥에 주저앉으려 하자 월산이 황급히 앞으로 나섰다.

월산은 제자된 도리로 차마 스님을 대합실 땅바닥에 누우시라고 할 수가 없어서 밖에서 거적 한 장을 주워왔던 것이었다.
"스님, 이거 깔아드릴 테니 여기 좀 앉으시지요."
젊은 제자의 세심한 배려에 금오 스님은 흡족한 미소를 지어 보였다.
"허허, 거 용케두 이런 걸 어디서 구해왔는고?"
금오 스님은 제자를 대견스레 바라보며 거적 위에 올라앉았다. 그런데 그때였다.
"여, 여보슈! 누가 여기다 거적을 깔라고 그랬소? 엉!"
제복을 입은 역원 한 명이 큰소리를 치며 위압적인 눈으로 두 스님을 쏘아보고 있었다.
"아니, 저 기왕에 여기서 주무시는 것인데……."
월산이 자리에서 일어서며 역원에게 하소연하려 하였다. 그러나 역원은 더욱 험상궂은 얼굴을 하고 거적을 거두려 하였다.
"당장 이리 내놔요! 여기가 무슨 자기집 마당인 줄 아나? 여기는 정거장 대합실이지 거적 깔고 자는 데가 아니란 말이오!"
월산이 하소연할 겨를도 없이 역원은 거적을 사정없이 낚아채 가지고 가버리는 것이었다.
"아니 여, 여보시오!"
월산이 역원의 뒤를 쫓아가서 따지려 하였다. 그러나 금오 스님

이 월산의 옷자락을 붙잡아 이를 만류하였다.
"그럴 것 없이 우리가 그냥 걸어가면 될 것이야."
"예에? 이 밤중에 걸어가자구요?"
월산은 금오 스님의 말씀에 두 눈을 휘둥그래 떴다. 때는 달도 없는 한밤중이었다. 시국도 어수선한 판국에 산길을 걸어야 할 생각을 하니 말 그대로 눈앞이 캄캄해지는 것이었다.
그러나 기어이 금오 스님은 월산을 이끌고 대합실 밖으로 나왔다.

금오 스님은 제자 월산과 함께 걷고 걸어서 철원에 있는 심원사에서 하룻밤을 지내고, 또 다시 남쪽으로 걸어 소요산 자재암에 당도하여 그곳에서 한 달 가량을 머물렀다. 그곳에 있는 동안 금오 스님은 제자에게 가부좌하는 법, 절하는 법 등을 상세히 가르쳐주고 천수를 외우도록 일렀다.
긴 여정 끝에 쌓인 육신의 피로가 말끔히 씻기고 제자와 함께 하는 시간이 많아지자, 금오 스님은 공부시간 이외에도 월산에게 이것 저것 많은 것들을 자상히 묻곤 하였다.
하루는 이렇게 물었다.
"그 많은 스님들 다 놔두고 무슨 까닭으로 내 문하에서 수행하겠다고 했는고?"
"그건 저……."

"괜찮으니 어디 말을 해봐."
"화내시려구요, 스님?"
웬일인지 월산은 애써 웃음기를 숨기며 스님의 기색을 살피는 것이었다. 이를 본 금오 스님은 더욱 궁금증이 일어 다그쳐 물었다.
"양환공 스님께서 스님의 제자가 되라고 그러셨습니다만."
"그러면 환공 스님의 말만 듣고 내 문하에 들어오기로 작정을 했었다는 얘긴가?"
"그, 그건 아니구요."
"그럼 뭔가?"
제자의 대답인즉슨 금오 스님의 모습이 그림에서 본 달마대사와 꼭 같아서, 그 모습을 본 순간 금오 스님 문하에 들어오기로 결심을 했다는 것이었다.
제자의 말이 채 끝나기도 전에 금오 스님은 그만 웃음을 터뜨리고 말았다.
"허허허허, 내가 그토록 못생겼다 그런 말이던가?"
"아, 아니옵니다요, 스님. 무섭기도 하고 위엄 있으시기도 하고, 그런 점이 첫눈에 달마대사 같으셨다 그런 말씀입니다."
"허면, 달마대사가 어떤 분이셨는지 그건 알고 있는가?"
"자세히는 잘 모르옵니다만, 벽에 붙어 있는 그림은 자주 보았습

니다."
 "달마대사는 옛날의 서역국, 그러니까 인도에서 중국으로 오신 분인데 부처님의 마음을 전해주러 오신 분이지."
 "부처님의 마음을 전해주러 오셨다구요?"
 "그래, 이제부터 내 말을 잘 새겨들어야 할 것이야."
 금오 스님의 감로법문이 이어졌다.

 …… 불교경전은 부처님의 말씀이요, 달마대사가 보여주신 참선수행은 부처님의 마음을 전해주신 것이니, 문자를 통하지 아니하고 곧바로 사람의 본성품을 가리켜 그 본성품을 바로 보고, 바로 깨우쳐 부처가 되는 것이야…….

 "차차 알게 되겠지만 참다운 수행자란 첫째도 참선, 둘째도 참선, 셋째도 참선, 오직 참선수행을 으뜸으로 삼아야 하는 것이야."
 "아, 예. 명심하겠사옵니다, 스님."
 "자 그러면, 이제 이 자재암에서 쉴 만큼 쉬었으니 다시 바랑을 짊어지도록 해!"

 금오 스님과 제자 월산은 또다시 발길을 옮겨 정처없는 행로에 올랐다. 이 두 스님의 발길은 남으로 남으로 향해 이윽고 서울 근처에 당도하였다.
 또다시 오랜 여정 끝에 바랑을 내려놓은 곳은 도봉산 망월사였다.
 월산에게 있어 망월사는 각별한 의미를 지닌 곳이었다. 다름아 닌 이곳에서 월산은 스승 금오 스님으로부터 법명을 지어받았던 것 이었다.
 "머리는 석왕사에서 깎았고, 승복도 거기서 입혔으니, 이젠 법명 을 지어주어야겠구먼."
 "법명이라 하오시면……."
 "속가에서 쓰던 이름을 버리고 출가 수행자로서 새 이름을 얻고 계를 받아야 비로소 출가승려라고 할 수 있는 게야."
 "예, 스님."
 금오 스님은 제자의 법명을 지어주기 직전에 한 가지를 물었다.
 "무슨 생각을 하면서 속가를 떠났던고?"
 금오 스님의 의도는 제자가 출가를 하게 된 마음의 동기를 듣고, 그 뜻을 법명에 담으려는 것이었다.
 "그때 무슨 생각을 하면서 속가를 떠났는지 그건 잘 생각이 나질 않사옵니다만……. 아 참, 이상한 일이 있었습니다, 스님."
 "이상한 일이라니?"
 "집을 떠나기 전날 밤 이상한 꿈을 꾸었는데요……."
 제자의 말인즉슨 허공에 둥근 달이 떠 있는 꿈을 꾸었다는 것이

었다.

"허공에 둥근 달이 떠 있었다?"

"예, 스님."

금오 스님은 두 눈을 지그시 감고 한동안 생각에 잠기었다.

잠시 후 금오 스님이 시를 읊듯 나직한 음성으로 읊었다.

"……허공에 둥근 달이 휘영청 떴으니, 달 월, 뫼 산이로다."

이렇게 하여 지어진 제자의 법명이 바로 월산(月山)이었다.

"월산이라구요, 스님?"

비로소 정식 법명을 받은 제자는 자신의 법명을 되뇌이며 감격스런 낯빛을 감추지 못하고 있었다.

"이것봐! 월산아."

금오 스님은 제자의 새 이름을 다정하게 불렀다.

"예, 스님."

월산의 음성이 파르르 떨렸다. 스승이 친히 법명으로 자기를 불러주니, 그제서야 진짜 제자가 되었음을 실감할 수 있었다.

"이제 법명을 새로 받았으니 수좌 노릇을 제대로 해야 해!"

"예, 스님. 명심하겠사옵니다."

새 법명을 지어받은 터라 스승의 분부가 그 어느 때보다도 지엄한 무게를 담고 있는 듯하였다.

"수좌다운 수좌 노릇을 제대로 하자면 첫째 뭘 해야 한다고 그랬던고?"

⋯⋯ 참다운 수도승이 되려면 첫째도 참선, 둘째도 참선, 셋째도 참선, 참선수행만이 수도승의 참다운 길이로다⋯⋯.

월산은 금오 스님이 일전에 친히 설파하셨던 말씀을 상기하였다.
"예, 스님. 참선을 해야 한다고 이르셨습니다."
"그럼 둘째는?"
"참선을 해야 한다고 이르셨습니다."
"그럼 셋째는?"
"참선을 해야 한다고 이르셨습니다."
"그래, 바로 그것을 잊어선 안 될 것이야!"
"예, 스님. 명심하겠사옵니다."
이렇게 해서 새 법명을 받은 월산은 도봉산 망월사에서 금오 스님으로부터 참선수행하는 법을 배우기 시작하였는데, 월산은 비로소 이때부터 정식 출가수행자의 길을 걷게 된 것이었다.
금오 스님과 함께 한 길고도 험난했던 여정 끝의 일이었다.

8
싹싹 비벼서 없애버려라

　석왕사에서 데리고 온 제자에게 법명과 함께 계를 내려준 금오 스님은 도봉산 망월사에서 제자 월산에게 참선수행하는 법을 본격적으로 가르쳐주기 시작하였다.
　가부좌하는 법은 일찍이 소요산 자재암에서 가르쳐주었으므로, 금오 스님은 월산에게 먼저 가부좌를 틀어보라고 일렀다.
　"그럼, 어디 가부좌를 한번 해보아라."
　"예, 스님."
　월산은 공손히 대답한 다음 가부좌를 틀어보았다. 가부좌하는 모습이 스승이 보기에도 어디 하나 허술한 데가 없었다. 보통 가부좌는 자세가 꼿꼿해도 어딘지 경직되기가 십상인데, 월산은 꼿꼿하면서도 지극히 편안한 자세를 유지하고 있었다.

그 모습에 흡족한 미소를 지으며 금오 스님이 월산에게 일렀다.
　"그래, 옳지. 그렇게 편하게 앉아서 화두를 들어라. 시심마,〈이 뭣꼬?〉다. 선가에서는 이 무엇인고를 줄여서 이 뭣꼬라고 그런다. 이 뭣꼬, 이 뭣꼬, 잘 못 들으면 '이 먹꼬'로 듣는다마는 이 뭣꼬가 대체 무슨 소린지 알겠느냐?"
　"자세히는 잘 모르겠사옵니다, 스님."
　월산은 가부좌를 튼 자세로 공손히 답하였다.
　"그래, 나두 처음에는 대체 이 소리가 무슨 귀신 씨나락 까먹는 소린가 했다."
　금오 스님은 두 눈을 지그시 감고 생각에 잠겼다. 금강산에서 도암 선사로부터 〈이 뭣꼬〉란 화두를 맨 처음 받았던 그때의 감회가 생생하게 되살아났다.
　……이 뭣꼬, 이 뭣꼬, 이 뭣꼬란 소리가 대체 무슨 소린고. 이렇게 생각하는 놈, 이 뭣꼬가 대체 무슨 소리냐고 고개를 갸우뚱하는 놈, 이놈이 대체 어떤 놈인고. 한 끼만 먹지 않아도 배고프다 하는 놈, 그 놈이 대체 무엇이며, 목마르다, 다리 아프다, 자고 싶다, 놀고 싶다, 투정을 부리는 놈이 대체 무엇인고…….
　"이 놈이 대체 어떤 놈인고, 이걸 참구하는 것이 이 뭣꼬 화두이니, 삭발출가하여 수행자가 되겠다고 작정한 놈, 그 놈이 대체 무엇이냐? 바로 그 놈을 참구해서 찾아내어 내 앞에 보여야 한다. 이

제 이 뭣꼬가 무엇인지 짐작할 수 있겠느냐?"

"……예, 짐작은 할 수 있을 것 같사옵니다만……."

"그 이상은 나도 보여줄 수도 없고, 쥐어줄 수도 없으니 월산이 네가 스스로 참구해야 하는 것. 이 뭣꼬를 화두로 삼아 열심히 참구해서 알아내는 도리밖에는 달리 방법이 없느니라."

"예, 스님. 열심히 참구하겠습니다."

스승으로부터 화두를 받은 월산은 매일같이 화두에 매달려 하루를 보냈다. 그 옛날 자신의 스승이 그랬던 것처럼, 무슨 일을 하건 간에 마음은 오직 화두 생각뿐이었다. 밥을 지을 적에도, 채소를 씻을 때에도, 나무를 할 적에도, 불을 땔 적에도, 잠잘 적에도, 뒷간에 갈 적에도 그러하였다.

그해 겨울이 되자, 금오 스님은 제자 월산을 데리고 도봉산 건너편 양주 수락산 흥국사로 자리를 옮겨 겨울 안거에 들어갔다.

흥국사의 스님이 금오 스님과 함께 온 월산을 보고 금오 스님께 여쭈었다.

"아니 스님, 스님께서도 이제 시봉을 두셨습니다그려."

당시 금오 스님은 운수납자로 유명했고, 더욱이 스님 자신이 평소에 시봉 두기를 마다하였으므로 흥국사 스님이 이렇게 여쭙는 것은 당연한 일이기도 하였다.

그러나 금오 스님의 대답은 의외였다.

"나는 아직 시봉을 둔 일이 없네."

"아니 그럼, 이번에 데려오신 저 시봉은 시봉이 아니란 말씀이시옵니까?"

"저 월산 수좌는 수좌로서 데려온 것이지 내 시봉이나 들라고 데려온 것이 아닐세."

"아, 예. 난 또 월산 수좌에게 공양주도 시키고 채공도 시키고 그러시기에 시봉을 두신 줄로 알았습니다."

"공양 짓는 것도 참선이요, 채공하는 것도 참선이 아니던가?"

시봉 운운하는 홍국사 스님을 향해 금오 스님은 사뭇 엄숙한 어조로 되물었다.

"아, 예. 잘못되었습니다, 용서하시옵소서."

그 해 홍국사에서 겨울 안거를 하고 있던 어느 날 밤, 금오 스님은 제자 월산을 홍국사 옆 산등성이로 데리고 갔다. 산등성이에는 매서운 겨울바람이 불어닥치고 있었다.

월산은 스승이 한겨울 깊은 밤에 자기를 불러 산등성이까지 데려간 이유를 알 수 없었다. 다만 스승이 뭔가 은밀한 말씀을 하시려나 생각될 뿐이었다.

"월산아."

산등성이에 이르자 스승이 제자를 조용히 불렀다.

"예, 스님."

"공양주 노릇은 견딜 만하더냐?"
"예, 스님. 견딜 만하옵니다."
"그러면 이 뭣꼬 화두는 제대로 잡히더냐?"
이윽고 스승이 본론을 꺼내 물었다.
"아, 아니옵니다, 스님. 화두가 잘 아니되옵니다."
"어찌해서 그런고?"
"산이 보였다가, 물소리가 들렸다가, 바람소리가 시끄러웠다가, 나뭇가지가 잉잉거렸다가, 도무지 화두가 잘 잡히지 아니하옵니다, 스님."
"모든 것을 다 싹싹 비벼서 없애버려야 한다."
"모든 것을 싹싹 비벼서 없애라니요, 스님?"
이 말씀이 제자에겐 이 뭣꼬란 화두만큼이나 어렵고 아리송하게만 들렸다.
"산도 비벼서 없애버리고, 물도 비벼서 없애버리고, 나무도 비벼서 없애버리고, 바람도 비벼서 없애버리고, 고향 생각, 친구 생각 모두 다 싹싹 비벼서 없애버려라."
"싹싹······ 비벼서······ 없애라구요, 스님?"
"그래, 산도 물도 나무도 바람도, 나중에는 화두까지도 싹싹 비벼서 없애버려라. 그리하면 이 뭣꼬가 확연히 잘 잡힐 것이니라."
"······예, 스님. 명심하여 참구하겠사옵니다."

싹싹 비벼서 없애버려라! 화두까지도 싹싹 비벼서 없애버려라!
 월산은 스승의 말씀 속에 배어 있을 그 깊은 뜻을 헤아려보았다. 그것은 자아를 버릴 것, 자아의 자아를 버릴 것, 자아를 버려야 한다는 그 생각마저 버릴 것, 그 완전한 무(無)의 경지를 이르는 말씀일 터였다.

 홍국사에서 겨울 한철 안거를 마친 금오 스님은 어느 날 제자 월산을 불렀다.
 "그래, 겨울 한철 지내고 나니 기분이 어떠한고?"
 "예, 마음이 아주 편안해졌사옵니다, 스님."
 "삭발출가한 수행자들이 어떻게 살고 있는지 이제 알았으렷다?"
 "예, 이제는 조금 알겠사옵니다."
 금오 스님은 활짝 개인 날씨만큼이나 눈빛이 밝아진 제자를 그윽히 바라다보며 물었다.
 "이 뭣꼬 화두는 잘 잡히더냐?"
 "스님의 분부대로 하였더니 공부가 한결 잘 되었습니다."
 화두를 들 적에 산이 가로막으면 산을 싹싹 비벼 없애고, 물소리가 귀를 어지럽히면 물소리를 싹싹 비벼 없앴다는 제자의 말이었다.
 이에 흡족해한 금오 스님은 제자에게 덕담을 내려주었다.

"그래, 월산이도 이제 그만하면 수행자의 길목에 들어섰다 할 것이니라."

"아, 아니옵니다, 스님. 과찬의 말씀이시옵니다."

겸손함이 몸에 밴 제자의 모습이 금오 스님의 마음을 또 흡족케 하였다.

"여기서 한철 공부를 했으니 이 흥국사를 나서면 어디로 가서 공부하고 싶은고?"

"이 흥국사를 떠나면 오대산으로 들어갈까 생각하고 있었사옵니다."

"오대산이라?"

"예, 스님."

"그래, 오대산도 좋은 산이요, 그곳 암자에 좋은 스님이 계시지. 하지만……."

"예, 스님……."

예사롭지 않게 말꼬리를 흐리는 스승의 말에 월산은 다소곳이 귀를 기울였다.

잠시 후, 금오 스님은 월산에게 오대산보다는 덕숭산으로 가는 것이 더 좋을 것이라 일렀다. 제자 월산을 더욱 훌륭한 스님 문하에 들어가 공부하게 하려는 금오 스님의 세심한 배려였다. 덕숭산 이라면 일찍이 금오 스님도 그곳에서 수행했었던 곳으로써, 평소에 금오 스님이 존경해온 만공 스님과 벽초 스님이 계신 곳이었다.
"거기 가서 선지를 밝히는 것이 좋을 것이야."
"예, 스님. 분부대로 하겠사옵니다."
"덕숭산은 경허 스님이 선지를 밝힌 곳이니 남다른 각오가 있어야 할 것이야."
"예, 스님. 명심하겠사옵니다. 하온데 스님께서는 어디로 가시려는지요?"
"나는 태백산 토굴로 들어가 한세월 지낼 것이니, 월산이는 속히 덕숭산으로 가도록 해!"
"예, 스님······. 분부대로 곧 떠나겠사옵니다."
만일 월산이 덕숭산으로 가지 않고 금오 스님을 따라 태백산 토굴로 함께 가겠다고 한다면, 그것은 스승의 뜻을 거역하는 불경한 행동이 될 터였다. 월산은 마음 같아선 스님을 더 오래 모시고 싶었지만 제자를 친히 덕숭산으로 보내려 하는 스님의 깊은 뜻을 헤아릴 수 있었기에 덕숭산행을 결심하지 않을 수 없었다. 어느덧 월산의 두 눈에 눈물이 그렁그렁 맺혀 있었다.
금오 스님 역시 정든 제자를 떠나 보내야 하는 아쉬움에 내심 서운하긴 했으나 결코 밖으로 드러내진 않았다.
제자 월산을 덕숭산 만공 스님 문하로 보낸 금오 스님은 곧바로 행장을 꾸려 토굴로 들어갔다. 이때가 1946년 봄이었다.

 태백산 토굴에서 금오 스님은 몇몇 수좌들과 함께 오직 참선삼매에 몰입하는 것을 큰 즐거움으로 여기었는데, 그러던 어느 날 한 수좌가 스님을 찾아와 여쭈었다.
 "스님께서는 저희들더러 이 뭣꼬를 참구하라 하셨습니다."
 "그래. 그런데 묻고 싶은 게 무엇이던고?"
 "어떤 조사께서는 없을 무 자(字)라고 이르셨고, 또 어떤 조사께서는 구구는 팔십일이라 하고 대답하셨습니다."
 "그랬지……."
 수좌의 물음은 제법 복선이 깔려 있는 듯하였다. 이윽고 수좌는 이 뭣꼬라는 화두를 들어 본론을 여쭈었다.
 "만일 무라고 이르신 것이 옳은 해답이라면, 그냥 무가 옳은 답이니라 하고 가르쳐주시면 될 것이온데, 어찌하여 허구헌날 이 모진 고통을 견디면서 참구하라 하시는지요?"
 금오 스님은 수좌에게 곧바로 대답하는 대신 질문 하나를 던졌다.
 "너는 살구를 먹어본 일이 있느냐?"
 금오 스님의 다소 엉뚱한 물음에 수좌는 잠시 우물쭈물하다 대답하였다.
 "예, 먹어본 일이 있사옵니다."
 "허면, 그 살구라는 과일을 덥석 깨물면 그 살구는 새콤하더냐,

매웁더냐?"

"예, 스님. 살구는 새콤하였습니다."

그때 금오 스님이 급작스런 질문 하나를 재차 던졌다.

"지금 네 입 안에는 시디신 침이 가득 고여 있으렷다?"

아닌게 아니라 살구맛이 새콤했다는 말을 한 순간 수좌의 입안에는 저절로 신맛이 감돌고 있었다.

"예에? 아, 예…… 그렇사옵니다, 스님."

이렇게 대답해놓고, 수좌는 진짜 살구를 씹듯이 입맛을 쩍쩍 다시고 있었다. 그 모습을 보며 금오 스님이 말했다.

"너는 이전에 살구를 직접 먹어보았기 때문에 살구 생각만 해도 저절로 입 안에 침이 고이는 것이니라."

"그, 그렇사옵니다, 스님."

"허나, 단 한번도 살구를 먹어본 적이 없는 사람은 아무리 살구 이야기를 해주어도 입에 신 침이 고이지 않는 법, 또 한 가지 너에게 물을 것이니 잘 듣고 대답해보아라."

"예, 스님."

"배고플 적에는 무엇을 어찌해야 배고픔을 면할 수 있겠느냐?"

"그야 밥을 먹으면 배고픔은 사라질 것이옵니다, 스님."

"그러면 밥을 먹으면 배고픔이 사라진다는 것은 옳은 답이더냐, 틀린 답이더냐?"

"그, 그야…… 옳은 답이옵니다."

금오 스님은 계속하여 수좌의 말꼬리를 붙들고 묻고 또 묻는 것이었다. 제자는 스승이 묻는 대로 더듬거리며 대답을 해올리고는 있었지만 점점 음성이 잦아들었다. 지극히 당연하고 평범한 물음들뿐이었다. 스님의 말씀이 이어졌다.

"그래, 배고플 적에 밥을 먹으면 배고픔이 사라진다는 것은 옳은 답이다. 헌데 정작 밥은 먹지 아니한 채, 배고플 적에는 밥을 먹으면 된다는 옳은 답만 되풀이하고 있으면 배고픔이 사라지겠느냐?"

"사라지지 않겠습니다, 스님."

"살구도 먹어봐야 새콤한 맛을 알고, 배고플 때는 밥을 먹어야 배고픔이 사라지듯이, 이 뭣꼬도 직접 참구하고 깨달아야 그 답을 아느니라. 이제 알겠느냐?"

"예, 스님…… 명심하겠사옵니다."

수좌는 그제서야 스님의 속깊은 가르침을 깨닫고는 머리를 깊이 조아렸다.

"예, 스님. 명심, 또 명심하겠습니다."

수좌가 금오 스님께 엎드려 큰절을 올리자 선실 안에 있던 다른 수좌들도 스님께 큰절을 올리는 것이었다.

# 9
마음의 허기는 무엇으로 채우려나

태백산 각화사 토굴에서 한철을 지낸 금오 스님은 다시 걸망을 챙겨 지고 금강산으로 향했다.

이때만 해도 삼팔선을 무시로 넘나들며 남북으로 내왕이 가능하던 시절이었다.

금오 스님이 금강산 비로봉을 향해 혼자서 휘적휘적 걸어가던 중이었다.

"여보시오, 대사! 여보시오!"

웬 양복쟁이 신사가 손가방을 흔들며 다급하게 금오 스님을 쫓아오는 것이었다.

호젓한 산중에는 금오 스님과 그 양복쟁이 신사 단 둘뿐이었다.

"대체 무슨 일로 나를 부르셨소이까?"

금오 스님은 헐레벌떡 뛰어오는 그 신사를 기다렸다가 그 연유를 물었다.
"단도직입적으로 말씀드려서, 나하고 이야기 좀 겨뤄봅시다."
"대체 무슨 이야기를 겨뤄보자는 말씀이신지······."
산길을 혼자 가기가 뭣해서 말벗이라도 찾던 중, 앞서 걷던 금오 스님을 발견하고 놓칠세라 뛰어오기라도 한 듯 그 양복쟁이 신사는 첫 마디부터가 퍽이나 거창하였다.
"대사께서는 이 우주가 창조된 지 몇 년이나 되었는지 알고 계십니까?"
"이 우주가 창조된 지 몇 년이나 되었느냐?"
"그렇소. 어디 한 번 말해보시오."
앞뒤 없이 우주창조의 연대를 따지고 드는 그 신사는 마치 금오 스님을 시험이나 할 듯이 무례하게 굴었다.
"그러면 이 우주를 누가 창조했다는 게요?"
금오 스님이 그 무례한 신사에게 물었다.
"아 그야 조물주지요, 창조주이신 하느님께서 창조하셨지요."
"그럼, 그 하느님은 또 누가 만들었단 말입니까?"
"예? 하느님을 누가 만들었느냐······?"
사뭇 의기양양한 태도를 보이던 그 양복쟁이 신사는 이내 알쏭달쏭한 표정으로 되물었다. 금오 스님은 빙그레 웃으며 그 신사에

게 차분한 음성으로 반문하였다.
 "무엇이든 누가 만들었다고 믿으시는 모양인데, 그렇다면 그 하느님도 누가 만들었을 게 아니오?"
 "그, 그야 하느님은 원래부터 저절로 계셨지요."
 "틀렸소이다!"
 금오 스님은 휘적휘적 산길을 오르며 그 신사의 얘기를 간단히 묵살하는 것이었으니, 땀을 뻘뻘 흘리며 뒤따르던 신사는 갈수록 어리둥절한 표정이 되었다. 금오 스님의 설명이 이어졌다.
 "저 하늘에 하느님이 있을 것이다라고 사람들이 그렇게 제멋대로 생각해서 생겨난 것이 하느님이니, 사람이 만든 게 아니고 무엇이겠소이까?"
 "에이끼 여보슈! 모르면 솔직히 모른다고 말할 것이지, 그렇게 얼렁뚱땅 둘러붙인단 말입니까그래?"
 졸지에 무안을 당한 신사는 얼굴이 붉으락푸르락해서 금오 스님에게 퉁명스러운 언사로 쏘아붙였다.
 "그러면, 우주가 창조된 지 몇 년이나 되는지 당신은 알고 있다 그런 말씀이오?"
 이번엔 그 신사가 대답할 차례였다.
 "알다마다요. 이 우주가 창조된 지는 만 39년이 되었소!"
 "하하하하! 하하하하!"

조용한 산중에 금오 스님의 호쾌한 웃음소리가 메아리치듯 울려 퍼졌다.
"아니 이거 왜 웃으시는 거요?"
얼굴이 벌겋게 달아오른 그 신사가 금오 스님에게 따지듯이 물었다. 자만의 철학에 빠져 무례하기가 이를 데 없던 신사는 자신을 얕보는 듯한 금오 스님의 막힘 없는 태도에 부아가 치밀어 오르는 모양이었다.
"당신의 나이가 서른아홉이다 그런 말씀이시지?"
스님은 그렇게 묻고는 한동안 아무 말 없이 걷기만 하였다. 말대답이 궁해진 그 신사도 한참을 꿀먹은 벙어리처럼 입을 다물고 있었다.
"이것 보시오, 선생. 책이나 보시고 글줄깨나 읽으신 모양인데 내가 정확한 우주창조연대를 가르쳐줄 테니 우선 그 자만심부터 버리고 들으시오."
이윽고 한동안 닫혀 있던 금오 스님의 말문이 다시 열렸다.
"정확히 말씀드리자면 선생과 나 사이에 우주가 창조된 것은 불과 오분도 채 못 되었습니다. 아시겠소이까?"
"오, 오, 오분도 채 못 되었다……?"
그 거만한 신사는 잠시 후 정색을 하고는 금오 스님 앞에 예를 갖추며 자신의 무례함을 사죄하였다.

"하하하! 대사님은 과연 도인이십니다그려. 몰라뵙고 결례를 했으니 용서하십시오."

금오 스님은 이렇듯 운수행각을 하는 중에 우매한 중생들로부터 시험대에 올려지는가 하면 공격을 받기도 하였다. 하지만 그들 모두가 나중엔 스님의 혜안을 우러르게 되고 자신들의 교만한 마음 자세를 뉘우치게 되는 것이었다.

하루는 스님이 다른 종교를 믿는 사내로부터, 불교는 우상을 숭배하는 게 아니냐는 공격을 받게 되었다.

"나무를 깎아서 불상을 만들어놓고 그 불상 앞에 절을 하고 있으니 그게 바로 우상숭배가 아니고 무엇입니까?"

금오 스님은 그 사내에게 조용히 물었다.

"선생께서 무슨 종교를 믿는지는 묻지 않겠소이다만, 선생께서는 조상의 묘소에 인사를 드립니까, 드리지 아니하십니까?"

"그야 인사를 드리기는 드리지요."

금오 스님이 다시 물었다.

"그러면 대체 무엇을 향해서 인사를 올리십니까?"

"그야…… 조상의 은덕을 생각하고 인사를 올리지요."

"그러면 그것은 우상숭배인가요?"

"그, 그거야 우상숭배가 아니지요."

그 사내는 펄쩍 뛰며 금오 스님의 물음을 부정하였다. 스님은 자비심 가득한 미소를 지으며 그 사내에게 말해주었다.
"우리 부처님 제자들은 부처님의 자비로우신 가르침과 은혜에 대해 인사를 올리는 것이지, 결코 나무토막에 인사를 올리는 것이 아닙니다. 선생께서 묘소에 가면 흙과 잔디가 아닌 조상의 은덕에 인사를 올리는 것과 마찬가지로 말입니다."
"그, 그건 제가 잘 몰랐습니다."
그 사내는 무안함을 감추지 못하는 얼굴로 스님에게 백배사죄하는 것이었다.
"무식하고 무지한 것은 죄가 아닙니다. 허나 무식하고 무지한 세 치 혀로 남을 비방하고 모함하는 것은 큰 죄악입니다."

이처럼 물따라 구름따라 흐르는 운수행각 도중에 만나는 중생들의 어리석음을 제도하고 부처님 법 안으로 인도하던 금오 스님은 발길을 남쪽으로 돌려 잠시 지리산 쌍계사 조실로 계시기도 했다.
그런 연후에 쌍계사 산내 암자인 저 유명한 칠불암으로 올라가 참선수행에 들었다.
이 칠불암은 신라 유리왕 22년 옥보고 선인이 창건하여, 가락국 수로왕의 넷째 아들부터 열번째 아들까지 일곱 명의 왕자를 이곳에서 가르쳐 성불시켰다고 해서 붙여진 이름이었다.

 이러한 인연을 바탕으로 훗날에는 대은율사가 이 칠불암에서 비구계단을 중흥시켰다. 또한 수많은 수행자들이 이곳 칠불선원에서 참선수행을 통해 견성성불을 이루기도 하였다.
 금오 스님이 이 칠불선원에 머물던 무렵에도 십여 명의 수좌들이 모여들어 견성성불로 가는 참선수행에 여념이 없었다.
 그러나 한때는 칠불선원의 형편이 말이 아니어서 그야말로 대중들 저녁 공양거리마저도 없는 지경이 되었다.
 급기야는 배고픔을 참다 못한 수좌들이 하나둘씩 걸망을 챙겨 칠불선원을 떠나려는 조짐을 보이기 시작했다. 한 수좌로부터 이 소식을 전해 들은 금오 스님은 걱정이 이만저만이 아니었다.
 동안거 결재일을 얼마 앞두고 석 달 먹을 양식이 넉넉지 않다 하여 수행처를 버리고 떠나는 수좌들이라면, 이 나라 불교의 장래가 불을 보듯 뻔히 내다보이는 일이었다.
 또한 젊은 수좌들의 마음 자세가 그토록 흐트러져 있을진대 이 나라 선맥의 기강이 바로잡히길 기대한다는 것은 어불성설일 터였다. 금오 스님은 이런저런 염려 끝에 시자를 불러 분부를 내리었다.
 "어서 가서 모든 수좌들더러 아자방(亞字房 : 재래식 한옥에서, 방고래를 '아(亞)'자 모양으로 만들어 구들을 놓은 방)으로 모이라고 그러시게! 다들 모이라고 그래!"

칠불선원을 떠나려고 걸망을 챙기던 수좌들은 금오 스님의 불호령 한마디에 즉각 아자방으로 모여들었다.
"우리가 지금 앉아 있는 이 아자방으로 말할 것 같으면, 그동안 수백 수천의 수행자들이 가부좌를 틀고 앉아 신심을 양식으로 삼고 용맹정진을 해오던 바로 그 방이요, 이 방바닥에는 그분들의 피와 땀이 얼룩져 있고 바로 이 벽에는 그분들의 숨결이 어려 있는 곳이오······."
무슨 일인가 싶어 웅성거리던 대중들은 금오 스님의 첫마디에 일순 찬물을 끼얹은 듯 조용해졌다.
국왕의 일곱 왕자를 성불시킨 곳, 또한 우리나라 선불교의 근본도량이자 비구계단의 중흥지라 할 수 있는 유서 깊은 칠불암의 선방을 떠나려 했던 수좌들의 심정 또한 오죽했겠는가.
금오 스님은 이러한 수좌들의 배고픈 속사정을 십분 이해하면서도 그 어리석음을 탓할 수밖에 없었다. 일찍이 사바세계의 없고 없음을 참구하기 위하여 걸인 노릇도 서슴지 않았던 금오 스님이 아니었던가.
한 끼 밥에 주린 배를 채운들 그 빈마음의 허기는 무엇으로 채울 것인가. 무릇 수행자들은 그 마음의 빈그릇을 채우는 데에 모든 신심을 기울여야 하거늘 여기 모인 수좌들은 육신의 배를 채우고자 수행처를 버리려 하고 있는 것이다.

금오 스님은 잠시 대중들을 한 사람씩 둘러본 연후에 말을 이었다.

"……오늘 우리 종단에는 선풍이 날로 해이해지고 명리와 행색으로만 흘러가려는 천박한 풍조가 퍼지고 있는 바, 바로 이러한 때에 이 선불도량에서 이 땅의 선풍을 바로 세울 용맹정진을 해보고 싶은 그런 생각들은 없단 말씀이시오?"

그러나 십여 명의 수좌들 가운데 아무도 선뜻 용맹정진하겠노라 나서는 이가 없었다.

잠시 침통한 분위기가 이어지는 가운데 한 수좌가 합장하고 나서 스님께 말씀을 올리었다.

"저희 수좌들도 어찌 이 칠불선원에서 용맹정진을 하고 싶지 않겠습니까? 하오나 제 아무리 신심이 강하다고 한들 조석 끓일 양식도 없는 암자에서 어찌 석 달을 견딜 수 있단 말씀이시옵니까?"

이 얘기를 들은 금오 스님이 다시 수좌들에게 말씀을 이어나갔다.

"그렇소. 지금 칠불선원에는 조석 끓일 양식이 없소이다. 허나 비상지사후(非常之事後)에 비상지사(非常之事)가 성취되는 법. 어려움이 많을수록 어려운 일이 이루어지는 것이니, 석가세존께서 유성출가한 것도 비상지사요, 이차돈이 목숨을 바친 것도 비상지사요, 우리가 아무것도 가진 것 없이 용맹정진하려는 것도 비상지사이니, 비상한 각오로 비상한 수행을 한다면 양식 같은 것은 걱정할 게 못되오!"
 스님의 간곡한 말씀이 끝나자 또 한 수좌가 합장을 하며 나섰다.
 "하오면 스님, 죽기를 기약하고 굶어가면서도 용맹정진을 하고 보자, 그런 말씀이시옵니까?"
 "내 한 가지 의견을 내리리다."
 대중들이 다시 웅성거렸다. 혹 무슨 뾰족한 대책이라도 나올까 하여 기대감에 차 있는 대중들에게 스님이 의견을 내놓았다.
 "여기 모인 수좌들은 동안거 중 반살림은 탁발행을 하고, 나머지 반살림은 용맹정진을 합시다. 어찌들 하시겠소? 이대로 뿔뿔이 흩어지겠소? 아니면 탁발행을 해서라도 용맹정진 하겠소?"
 "탁발을 해서라도 용맹정진 하겠습니다!"
 대중들은 하나같이 입을 모아 용맹정진을 결의하기에 이르렀다.
 금오 스님의 법문 한마디에 십여 명의 수좌들이 용기백배, 각오를 새롭게 하여 저마다 걸망을 짊어지고 탁발에 나서기로 한 것이었다.
 금오 스님도 손수 걸망을 짊어지고 탁발 나설 채비를 했으나 수좌들이 가만 있질 않았다.
 "아이구, 아니되옵니다, 스님! 조실스님께서 탁발에 나서신다면 차라리 저희 수좌들이 이 칠불선원을 떠나는 게 더 편할 것이옵니

다. 제발 조실스님께선 이 아자방이나 지켜주십시오."
"그대들의 뜻이 정녕 다 그러한가?"
"그렇사옵니다, 조실스님. 제발 탁발만은 저희에게 맡겨주십시오."

한사코 만류하는 수좌들의 청원에 못 이겨 탁발행을 포기한 금오 스님은 대신에 지게를 짊어지고 산속으로 들어갔다.

수좌들이 겨울 양식을 장만하는 동안 스님은 땔나무를 장만할 요량이었다.

"아이구, 조실스님. 편히 쉬시지 않으시구 왜 이러십니까요, 예?"

하루는 탁발 나갔다 들어오던 한 수좌가 절마당에서 장작을 패고 있는 금오 스님의 모습을 보게 되었다.

그 수좌는 화들짝 놀라며 다가와 스님의 도끼를 빼앗으려 하였다.

"그러지 말게. 나이는 비록 내가 더 먹었을지 몰라도 기운이야 내가 더 좋을걸세."

"원참, 조실스님두……. 아, 조실스님 기운 쓰시는 게 항우장사라는 소리는 벌써 들었습니다요. 쌀 가마니를 휙휙 집어던지셨다면서요, 스님."

"한참 때 그랬었지!"

금오 스님은 장작을 패던 일손을 잠시 쉬고는 그 수좌와 함께 한담을 나누었다.
  "그리구 스님 중에 왈패스님이 한 분 있었는데 그 왈패스님두 혼내주셨다던데요?"
  수좌가 호기심에 눈을 빛내며 금오 스님께 여쭈었다. 젊었을 땐 힘이 세기로 당할 자가 없었던 금오 스님이었다. 수좌 말대로 그 무거운 쌀 가마니를 보통이 다루듯 획획 집어던졌던 일은 스님들 간에서도 유명한 이야기였다.
  수좌가 말하는 왈패스님이란 사이비 승려와의 한판 대적 또한 금오 스님의 빼놓을 수 없는 일화였다.
  금오 스님은 수좌의 말을 듣고 당시의 일을 회상하며 빙그레 웃었다.
  "왈패스님? 어…… 그런 친구가 하나 있었지. 견성성불 근처에도 못 간 친구였는데 어느 날 칼을 들고 오대산에 들어가 노스님께 우격다짐으로 견성성불했다는 인가장을 강제로 써받아 갔어."
  "그, 그래서 어떻게 혼을 내주셨습니까요, 스님?"
  수좌는 그 흥미진진한 얘기에 벌써부터 군침을 삼키고 있었다.
  "노스님께서 나를 불러 이르시기를, 그 못된 녀석이 가짜 인가장을 들고 팔도강산을 돌아다니며 도인행세를 하고 있으니 혼을 좀 내주라고 그러시질 않겠는가?"

"그, 그래서요, 스님?"

"오대산 월정사에서 그 녀석을 만났지. 그 녀석 힘이 어찌나 세다고 소문이 났던지 누구 하나 시비조차 못 걸던 녀석이었는데, 내가 그만 들어다 집어던져 놓고 깔고 앉아버렸어."

"그, 그랬더니요, 스님?"

수좌는 바로 눈앞의 일이기라도 한 듯이 호기심에 겨워 스님의 다음 말을 재촉하였다.

"목숨만 살려달라고 싹싹 빌기에 그 가짜 인가장을 내놓으면 살려주겠노라고 그랬지."

"그, 그래서요. 스님?"

"순순히 내놓을 리가 있나……. 결국 내가 그녀석 품속에서 그 가짜 인가장을 찾아내어 박박 찢어버렸지."

"그리구요, 스님?"

"그리구는 뭐가 그리구야? 다시는 절간 근처에 얼씬거리기만 하면 저기 저 동해 바다에 집어던져 버리겠다고 으름장을 놓고는 절 밖으로 내쫓아버렸지."

"그럼, 그후로는 어떻게 됐나요, 스님?"

"속퇴한 후 살았는지 죽었는지 그후로는 소식이 없으니 저나 내나 잘됐지 뭐. 아이구 이거 내 정신좀 보게. 옛날 얘기하다가 예불 시간에 늦을 뻔했구만!"

스님의 얘기를 듣고 하도 통쾌한 나머지 소리내어 웃던 수좌도 스님과 함께 서둘러 저녁예불 채비에 나섰다.

그날, 저녁예불이 끝나고 모든 수좌들이 한자리에 모였다. 그동안 조석 끓일 양식도 모자랐던 칠불선원이었지만 그럭저럭 수좌들이 탁발을 해오는 동안에 어느새 양식도 어지간히 모아졌다.

"자, 이제 양식이 이만하면 탁발을 그만 나가도 되겠구먼그래, 응?"

금오 스님이 흡족한 미소를 띠우며 수좌들을 둘러보았다.

"아, 아니옵니다. 스님! 십여 명 식구가 석 달을 살자면 탁발을 더해야 합니다, 스님."

좌중에 한 수좌가 탁발을 그만 중지하는 것은 곤란하다는 뜻을 아뢰었다. 사실 공양간에 모아진 양식이 좀 있다고는 하지만 대중들 석 달 양식으로는 턱없이 모자라는 분량이었다. 하지만 금오 스님은 그러한 사실에는 아랑곳하지 않고 그 수좌에게 되려 면박을 주는 것이었다.

"쓸데없는 소리! 십여 명 식구가 배부르게 먹어 없애자면 물론 턱없이 모자랄 것이야! 하지만 아침에는 죽, 점심에는 밥, 오후에는 불식을 하면 그만한 양식으로 석 달은 너끈할 게야."

"하오면 스님……."

"배꼬리에 양식을 맞추려 하지 말고, 양식에 배꼬리를 맞춰야 그게 수행자야."

육신의 양식보다는 마음의 양식을 더 중히 여기었던 금오 스님이었으니 수좌들은 더 이상 무어라 반대할 말이 없었다.

다만, 저녁밥을 굶어가며 용맹정진에 들어가야 할 동안거 석 달 결재일이 까마득하게만 느껴질 뿐이었다.

10
내가 중대장이다

　칠불선원의 동안거 결재일이 하루하루 다가오고 있었다. 금오 스님은 결재일에 앞서 모든 수좌들을 한자리에 불러 모았다.
　"내일이 결재일이니 수좌들은 모두 이 각서에 자필로 서명하고 수결을 찍도록 하라!"
　금오 스님의 지엄한 분부와 함께 수좌들 앞에 놓여진 그 각서는, 용맹정진중에 목숨을 잃더라도 이의가 없음을 서약하는 내용이었다.
　금오 스님은 또한 그 각서에 서명하지 않는 수좌는 일찌감치 칠불선원을 떠나야 할 것이라고 단단히 못을 박았다. 그만한 각오도 없이 용맹정진하려는 수좌는 수좌될 자격도 없을 뿐더러 칠불선원에 남아 있을 이유 또한 없다는 스님의 분부였다.

수좌들은 모두 죽기를 맹세하고 손도장까지 찍은 뒤 칠불선원에서 용맹정진에 들어갔다.
그러나 용맹정진이란 말처럼 그렇게 쉬운 것이 아니었다. 그야말로 죽음을 무릅쓰지 않고는 견뎌내기 어려운 게 용맹정진이었다.
한겨울의 칼바람이 선방의 문풍지를 매섭게 뚫고 들어오는 가운데 허기와 싸우며 이 뭣꼬를 참구해야 하는 십여 명의 수좌들에게 금오 스님의 결재법문이 시작되었다.
"여러 대중들은 이제 죽기를 각오하고 안거에 들었소. 우리는 그동안 다생겁래로 삼계를 유랑하면서 수없이 죽고 수없이 나고 또 수없이 죽었소! 그럴 때마다 항상 우리는 욕심 까닭에 죽었고 성냄 까닭에 죽었고, 어리석음 까닭에 죽었으니, 탐진치 삼독 때문에 수없이 죽었던 게요. 허나, 우리는 그렇게 수없이 나고, 수없이 죽으면서 단 한 번도 이차돈처럼 부처님 법을 위해 죽어본 적이 없었으니, 그래서 끝없는 육도윤회를 되풀이한 것! 오늘 우리는 천길 벼랑에서 몸을 던지는 각오로 죽기를 무릅쓰고 동안거에 돌입하는 것이니, 죽기를 각오하면 사나이 대장부가 무슨 일인들 이루지 못할 것인가! 부처님의 6년 고행, 달마조사의 9년 면벽, 비장한 각오로 용맹정진 화두를 참구하면 일대사 인연을 확실히 깨달을 것이오!"
가부좌를 틀고 앉아서 눕지도 아니하고, 잠도 자지 아니하면서

 화두를 참구하는 동안거 석 달 결재 기간은 수좌들에게 있어 철저한 인내와 끈기를 요구하는 큰 시험이었다.
 단 한순간이라도 입선중에 졸게 되면 여지없이 장군죽비가 날아와서 호되게 내려치는 것이었으니 수좌들은 비장한 각오로 이 뭣꼬 화두만을 참구해야 했다.
 이러한 각오로 수좌들은 처음 하루, 이틀, 사흘은 한 사람의 낙오자도 없이 거뜬히 잘 견뎌나가는 것 같았다.
 그러나 나흘이 지나고, 닷새가 지나고, 엿새가 지나면서부터는 하나 둘씩 자세가 흐트러지는 수좌가 나타나기 시작했다.
 을씨년스러운 겨울바람소리만이 산사의 구석구석을 휘몰아치는 한밤중에도 한 치의 미동도 없이 화두에 매달려 있어야 했던 수좌들이었으니 여간해서 잠의 유혹을 뿌리쳐내기가 어려웠다.
 딱! 딱! 딱!
 날이 갈수록 선방에서는 호된 장군죽비 소리와 수좌들의 신음소리가 끊일 새가 없었다.
 "스님, 스님……. 조실스님!"
 침묵을 깨고 끙끙 앓는 소리로 조실스님께 눈물 어린 호소를 하는 수좌에게도 사정없는 죽비가 내리쳐졌다.
 딱! 딱! 딱!
 "살려주십시오, 조실스님! 제발 살려주십시오!"

"입선중에 이게 무슨 해괴한 짓이냐?"
 금오 스님의 가사장삼을 부여잡을 듯이 두 팔을 허우적거리며 신음하는 수좌에게도 장군죽비는 호되고 매서웠다.
 "스님, 제발, 제발 살려주십시오! 도저히 더 이상 못 견디겠습니다!"
 한 수좌가 오금이 저린 얼굴로 죽는 시늉을 하였다. 금오 스님의 음성은 준엄하기 이를 데가 없었다.
 "대체 무엇을 못 견디겠다는 게냐?"
 그 수좌가 대답하였다.
 "잠이 와서, 잠이 와서 도저히 못 견디겠습니다, 스님!"
 금오 스님은 그 수좌의 말이 끝나기가 무섭게 입승을 불러 호되게 다그쳤다.
 "입승은 대체 무얼 하느냐? 저 녀석이 입을 다물고 입선에 들 때까지 죽비로 쳐라!"
 딱!
 입승의 죽비가 그 수좌의 어깻죽지에 호되게 내리쳐졌다.
 "아이구, 스님!"
 딱!
 "못 참겠습니다, 스님. 못 참겠습니다요."
 딱! 딱!

　장군죽비가 쉴 새 없이 내리쳐지자 그 수좌는 마침내 정신을 가다듬어 다시 입선에 들었다.
　그러나 하루가 더 지나자 이번에는 또다른 수좌가 견뎌내지 못하고 선방의 침묵을 깨는 것이었다.
　"스님, 스니임……."
　그 수좌의 음성은 매우 떨리고 있었다. 이번에도 사정없이 죽비가 내리쳐졌다. 하지만 그 수좌는 기어이 입을 열어 공포에 찬 음성으로 신음을 토해내는 것이었다.
　"화두가, 화두가 잡히질 아니합니다, 스님!"
　딱!
　"바람소리, 바람소리…… 바람소리 때문에 화두가 잡히질 않습니다, 스님!"
　딱!
　또 한번 죽비를 내리치려는 입승의 동작을 제지하며 금오 스님이 물었다.
　"죽비는 그만 쳐라! 그래, 바람소리가 어떻다고 그랬느냐?"
　"예, 스님……. 저 바람소리 때문에 화, 화두가 통 잡히질 않습니다, 스님."
　"저 바람소리 때문에 화두가 잡히질 않는다구?"
　"예, 스님……."

그 수좌의 떨리는 음성 사이로 과연 음산한 겨울바람소리가 선방 문풍지를 흔들어대고 있는 듯하기도 하였다. 그러나 금오 스님은 그 가련한 수좌를 바라보며 혀를 끌끌 차는 것이었다.
  "그렇게 귓구멍에 정신을 쏟고 있으면 바람소리 때문에 화두가 잡히지 아니하고 문풍지 떠는 소리에 화두가 잡히지 아니하고, 나중에는 자기 숨소리에도 화두가 달아나는 법! 내가 몇 번이고 일렀느니라. 싹싹 비벼서 없애버리라구."
  "싹싹싹싹 비벼서…… 없애버리라구요, 스님?"
  "이 멍청한 녀석아! 그렇게 너무 많이 비벼대면 그 소리에 화두가 달아난다."
  금오 스님은 두 손을 싹싹 비벼대는 시늉까지 해대는 수좌를 종전보다는 가볍게 꾸짖으며 말을 이었다.
  "바람소리가 들리면 바람소리를 비벼서 없애버리고, 문풍지 떠는 소리가 들리면 문풍지 소리를 비벼서 없애고, 귓구멍이 시끄럽거든 귓구멍을 비벼서 없애버려라!"
  "하, 하오나 스님……."
  딱!
  금오 스님의 법문에 토를 달려던 수좌에게 입승의 장군죽비가 또한번 내리쳐졌다.
  "수행중에 죽더라도 이의가 없다고 손도장을 찍었느니라. 죽기

를 맹세한 놈이 어찌 이리 안달이란 말인고?"
"예……, 스님. 잘못되었습니다."

 이처럼 금오 스님은 평소에는 수좌들에게 더없이 자애롭고 자상하게 대했으나, 수행을 다그치는 데 있어서는 냉엄하기 그지없어서 한 치의 어긋남도 용서하지 않는 분이었다.
 딱! 딱! 딱!
 방선을 알리는 죽비소리는 수좌들에게 더없이 반가운 소리였다.
 그러나 금오 스님은 방선시간이라 해도 수좌들이 볼일을 보거나 뜰 안을 거니는 것 이외에는 잠시도 눈을 붙일 수 없게 하였다. 비록 쉬는 시간 중이라 해도 수행중에는 결코 자리에 눕는 일만은 엄히 금하셨던 것이다.
 "수행정진을 하는 데 있어서 가장 무서운 적은 졸음인 게야. 졸음이라는 이 마장을 이겨내지 못하면 견성성불은 3만8천리나 멀어지는 것! 옛날 경허 큰스님께서는 이 졸음이라는 마장을 이겨내기 위해서 턱 앞에 송곳을 꽂아놓고, 양쪽 얼굴 옆에 시퍼런 칼을 거꾸로 세워놓고 용맹정진을 하셨다. 그래서 결국은 통쾌한 한소식을 전하실 수 있었던 게야!"
 금오 스님은 틈만 있으면 이렇듯 수좌들을 일깨워가며 다그쳤다.
 어디 그뿐이겠는가.

수좌들은 방선시간에 절마당을 거닐면서도 한 걸음 한 걸음 옮길 때마다 꾸벅꾸벅 조는 것이었으니 그때마다 스님은 일일이 자세가 흐트러진 수좌들을 찾아내어 호통을 치는 것이었다.
"에이 이 멍청한 것들아! 굶어 죽고, 얼어 죽고, 병들어 죽는 귀신은 있어도 잠못 자서 죽는 귀신은 없는 법이다! 사람이 죽으면 뭐라고 그러더냐? 영면한다고 그러지 않더냐. 영면한다는 말이 무슨 말인지 아느냐? 영원히 잠자거라, 바로 그것이 영면하라는 것인데, 잠은 죽으면 실컷 자게 되는 것, 그 새를 못 참아 꾸벅꾸벅 졸고 있단 말이더냐?"
스님은 다그치고 호통치고 그래도 졸고 있는 수좌에게는 사정없이 죽비를 내리쳐서 정신이 들게 만들고야 말았다. 만일 그래도 견디지 못하고 발악하는 수좌에게는 몰매를 때리면서까지 바른 자세로 몰고 갔으니 칠불선원 동안거에서 단 한 명의 낙오자도 있을 수가 없었다.
금오 스님의 철두철미한 가르침에 힘입어 한철 안거를 무사히 끝마친 수좌들은 날아갈 듯한 희열과 함께 또 한번 가슴 뿌듯한 자신감과 긍지를 마음 가득히 안고 한 계단 더 높은 경지를 향해 여유로운 수행을 계속해나가게 되었다.

그러던 그 이듬해였다.

그날도 금오 스님은 칠불선원 아자방에 조용히 앉아 참선삼매에 젖어 있었다.

"아이구, 스님! 큰일났습니다. 난리가 일어났답니다요, 조실스님!"

"허허, 이 깊은 산중에 무슨 난리가 일어났다고 그러는고?"

금오 스님은 혼비백산하여 달려온 수좌를 느긋이 바라보았다.

"스님, 여수·순천에서 반란사건이 일어났는데, 토벌대에 쫓긴 반란군들이 지리산으로 오고 있답니다요."

허둥지둥 사태의 위급함을 알리는 수좌의 말인즉, 벌써 며칠 전부터 반란군과 토벌대들이 지리산 일대에 쫙 깔렸다는 것이다.

그 수좌의 말대로 당시 지리산 일대는 여순반란사건의 격전장이 되다시피 했으며 칠불선원의 안전 또한 위태롭기 짝이 없던 터였다.

밤이면 빨치산들이 암자를 습격해서 승려들마저 끌고가고, 낮에는 토벌대가 와서 또 콩 볶듯이 총을 쏘아대는 형국이었다.

"스님, 아무래도 이 절을 떠나야겠습니다요."

"……그래, 쌍계사에서는 뭐라고 하던고?"

"여기 더 있다간 영락없이 큰 변을 당할 것이니 속히 피신하라 하였습니다."

멀리서 총소리가 울리는 것 같더니만 시간이 갈수록 점점 더 가까이서 들리는 것이 심상치 않은 조짐이었다.

얼마 후 금오 스님은 하는 수 없이 수좌들과 함께 피난을 떠나게 되었다. 난리가 나자 앞서 떠난 수좌들을 제외하고는 금오 스님과 다섯 명의 수좌들뿐이었다.

빨치산과 토벌대의 중간지점에 위치한 스님들의 피난길은 참으로 진퇴유곡의 험난한 지경이었다.

피아 간에 구별을 할 수 없는 산길에서 자칫하면 양쪽으로부터 총격을 받을 위험이 있었던 것이다.

"아이구, 스님. 제발 몸을 구부리십시오. 그렇게 꼿꼿이 서서 가시면 총을 쏠 것입니다요."

"허허, 반란군이건 토벌대건 설마한들 삿갓 쓴 승려에게 총질을 하려구……. 아, 어서 따라와!"

산중에 묻혀 수행에만 몰두하던 스님이었으니 세상 돌아가는 어지러운 판속을 어찌 짐작이나 할 수 있었겠는가. 금오 스님은 수좌들의 염려에도 아랑곳하지 않고 산길을 휘적휘적 태연스레 걸어내려가는 것이었다.

탕! 탕!

그때, 아주 가까운 곳에서 총성이 들려왔다. 필시 인기척에 위험을 느낀 반란군이거나 토벌대의 총질일 터였다.

"그것 보십시오, 스님. 제발 고개를 좀 숙이시라니까요."

"아 그렇다고 여기서 이렇게 밤을 새울 것이야? 해가 지기 전에 어서어서 산을 빠져 내려가야지."

스님 일행은 이쪽 저쪽에서 마주 쏘아대는 총소리를 피해가며 조심조심 산 아래로 내려올 수 있었다.

해가 뉘엿뉘엿 서산마루를 넘어갈 무렵이었다. 스님 일행은 가까스로 산을 내려와 신작로에 당도했는데 멀리 산모퉁이를 돌아오는 군용트럭 한 대가 눈에 들어왔다.

"스님, 엎드리십시오. 저 군인들이 우리를 발견하면 빨치산인 줄 알고 무작정 총을 쏠 것입니다요."

군용트럭을 본 수좌들은 겁에 질려 길모퉁이로 숨어들며 스님의 옷소매를 잡아끌었다.

그러나 금오 스님은 수좌들의 만류에도 아랑곳하지 않고 신작로 위로 펄쩍 뛰어올라서는, 두 팔을 벌려 길을 가로막고 서는 것이 아닌가! 겁에 질린 수좌들은 얼굴이 사색이 되었다.

"누구얏! 손들엇!"

군용트럭이 급정거하며 군인들이 소총을 겨눈 채 우르르 내렸다.

"아 보다시피 두 손을 이렇게 번쩍 치켜들고 있지 않소이까?"

금오 스님은 조금도 당황하지 않고 차를 세우기 위해 추켜든 당신의 두 팔을 눈짓으로 가리키는 것이었다.

"작전지역에서 차를 세운 당신은 대체 누구얏!"

"나로 말할 것 같으면 이곳에 머물고 있던 중-대장이요!"
금오 스님은 서슬 푸른 군인의 물음에 태연히 너스레를 떨었다.
"중대장? 대체 몇 중대 중대장이란 말입니까? 소속을 대시오!"
"몇 중대는 무슨 몇 중대, 보다시피 나는 중-대장이라니까."
그러면서 금오 스님은 머리에 쓰고 있던 삿갓을 벗어 드는 것이었다.
"아니 이거 스님이 아닙니까?"
그제야 스님의 삭발한 머리를 보게 된 군인들은 아연실색한 표정을 지었다. 중대장이라니 군인인 줄만 알았지, 중(僧)대장인 줄을 그들이 어찌 알았겠는가.
"아 그러기에 중-대장이라고 그러지 않았소이까? 이것들 봐! 어서들 나오지 않구 뭘 허구 있는 게야?"
금오 스님이 뒤쪽을 향해 소리치자 그제서야 신작로 밑에 숨어 있던 수좌들이 하나둘씩 모습을 드러내었다.
스님에게 보기 좋게 속아넘어간 군인들은 뒤늦게 이 사실을 알고 버럭 화를 내었다.
"이것 보시오, 스님!"
"바쁜 길 지체하게 해서 미안하게 됐소이다만, 우리는 바로 저기 저 산속 칠불선원에 살고 있던 승려들이외다."
금오 스님은 방금전에 가까스로 빠져나온 산을 손으로 가리키며

군인들에게 사정을 설명하였다.

"밤만 되면 빨치산이 내려와서 습격을 하는 세상이라 우리도 피난을 가는 길인데, 아시다시피 여기서부터 하동읍까지는 수십리 산길이잖소. 가다가 습격을 당하는 것보다야 기왕에 가는 길이니 우리도 자동차 좀 얻어타고 가려고 세웠소이다."

"이것 보시오, 스님! 도대체 정신이 있는 거요, 없는 거요? 앗차하면 총을 쏘아대는 판국에 작전차량을 세우다니 이게 대체 말이나 되는 소리요, 이거?"

군인들 가운데 정작 중대장인 듯싶은 이가 나서서 퉁명스러운 언사를 내뱉았다. 이에 우리 중(僧)대장이신 금오 스님은 눈 하나 깜박 않고 응대를 하는 것이었다.

"미안하게 되었소이다. 하지만 대한민국 승려들이 빨치산들에게 끌려가 목숨을 잃는 것보다야 다행한 일이 아니겠소이까?"

이쯤 되면 제 아무리 성미가 괄괄한 군인들이라 해도 웃고 넘어갈 수밖에 없었다.

"하하, 나 원참, 살다 보니 별 겁없는 스님을 다 보겠구먼그래. 아 시간 없으니 빨리빨리 타기나 하슈!"

"고맙소이다. 자, 어서들 올라타게나!"

당시 피난길에 동행했던 수좌 가운데 한 분인 서암 스님은, 금오 스님 같은 통 큰 선객이 아니고는 도저히 상상조차 할 수 없는 일이었다며 그때 일을 회상하고 있다.

  아무튼 이렇게 해서 칠불선원에 있던 수좌들은 여순반란사건의 와중에서 그 험난했던 지리산을 무사히 트럭까지 얻어타고 빠져나올 수가 있었다.

11
구름따라 물따라

　지리산 칠불선원을 내려온 금오 스님은 또다시 이 절 저 절을 거쳐 계룡산 백련사에 머물게 되었다. 백련사에 머무는 동안 보살계를 설하게 되었는데, 그때 또 한 명의 출중한 제자를 만나게 되었다. 금오 스님이 백련사에서 보살계를 설한다는 소식을 듣고 산 너머 용화사 주지 황용 스님이 웬 젊은이를 데리고 와서 금오 스님께 인사를 시켰던 것인데, 그 젊은이는 금산 태고사에서 윤포산 스님을 만나 입산을 하게 되었다고 했다.
　"그럼, 속가는 어디쯤이던고?"
　금오 스님이 물었다.
　"예, 저 속가는 경기도 화성군 향남면 발안이라 하옵니다."
　"허 그래? 그러면 어쩐 연유로 태고사에 가게 되었던고?"

젊은이의 대답인즉슨 원래 자기는 서울 영등포 경일방직공장 앞에서 화학공장을 운영하고 있었는데, 그만 수소가 터지는 바람에 몸을 상하게 되었고, 태고사에 들어가게 된 것은 순전히 휴양을 하기 위해서였다는 것이었다. 말하자면 원래 출가득도를 하기 위해서 태고사에 간 것은 전혀 아니었다는 얘기였다. 그런데 젊은이는 태고사에 머무는 동안 속세에선 치료를 엄두조차 못 냈던 자신의 병이 씻은 듯이 나면서부터 출가득도를 결심하게 되었다고 했다.
"허허 그것 참 다행한 일이로구나. 그래, 병이 낫고 나서 불문에 들어오기로 발심을 했다, 이런 말이구먼?"
"예, 그렇사옵니다."
젊은이의 출가 사연을 듣고난 금오 스님은 한 가지 의아로운 생각이 들었다. 태고사에서 병을 고쳤다면 의당 태고사에서 수행을 해야 할 터인데, 무슨 연유에선지 젊은이는 태고사가 아닌 이곳 백련사에 들어오려 하는 것이었다.
금오 스님이 그 까닭을 물었다.
"말씀드리기 죄송하오나……."
스님의 물음에 젊은이는 왠지 심기가 불편해지는 듯한 눈치였다.
"……저를 불문에 들어오게 해주신 포산 스님께서는 그만 부인을 얻으셨습니다요."

이 젊은이는 청정비구로 출가득도의 길을 가고자 백련사로 찾아든 것이었다.

젊은이의 의중을 단번에 알아차린 금오 스님은 고개를 끄덕이며 물었다.

"그러면 너는 마누라 있는 승려는 싫고 독신승이 되고 싶다 그런 말이더냐?"

"그, 그렇사옵니다, 스님."

"그 생각 한번 기특하구나, 허허허."

"하오니 스님, 스님 문하에서 수행할 수 있도록 허락하여 주십시오."

"그래, 내 문하에 들어오는 것은 허락할 것이야. 허나 수행은 늘 저 스스로 해야 하는 것이니라."

"예, 스님. 명심하겠습니다."

이렇게 해서 젊은이는 금오 스님 문하에 들어와 수행을 하게 되었는데, 이 젊은이가 바로 수원 팔달사에 계시는 범행 스님이다. 범행 스님은 안국동 선학원 이사장직을 오랫동안 맡기도 하였다. 그런데 당초 금오 스님이 지어준 법명은 범행이 아니라 범향이었다.

범향 스님이 범행이라는 법명을 새롭게 가지게 된 데에는 재미있는 곡절이 하나 있다.

금오 스님이 범향이라는 법명을 지어 내린 뒤 얼마 되지도 않아, 하루는 범향이 스님을 찾아와 하소연하였다.
"저, 스님…… 스님께서 제게 지어내려주신 법명은 범 자(字) 향 자(字), 범향이었습니다."
"그래, 헌데 새삼스럽게 그 얘기는 왜 꺼내는고?"
"하온데 이상스럽게도 모두들 저를 부를 때 범행 범 행할 행 자(字)로 바꿔 부르고 있으니 이 일을 어찌하면 좋겠습니까요, 스님?"
젊은 제자는 매우 언짢은 표정을 짓고 있었다. 범향이라는 엄연한 법명을 놔두고, 듣기 거북한 '범행'이라 바꿔 부르니 듣는 쪽에선 범법자를 연상시키는 것 같아 영 거북살스러웠던 것이다.
그런데 범향이란 법명을 지어주신 당사자 금오 스님은 의외의 반응을 나타내는 것이었다.
"허허, 거 그러고 보니 향기 향 자(字)보다는 행할 행 자(字)가 더 좋구나. 기왕 그렇게 부르는 김에 행할 행 자(字)로 바꾸고 그야말로 행하기를 제대로 하면 금상첨화가 될 것이니라."
이렇게 해서 범향이란 법명이 졸지에 범행으로 바뀌게 된 것이었으니, 가히 파격적이라 하겠다.

금오 스님은 백련사에서 보살계를 설한 후 다시금 길을 떠날 채

비를 하였다.

　금오 스님이 행장을 꾸리고 있을 때, 백련사 주지가 스님의 선방으로 들어왔다.

　주지는 금오 스님에게 웬 봉투 하나를 조심스레 내밀었다.

　"이, 이것은 무슨 봉투인고?"

　주지가 봉투를 금오 스님 앞에 내려놓으며 공손히 아뢰었다.

　"얼마 아니되어서 송구스럽기 짝이 없사오나 스님 노잣돈이나 하시라고 준비했사옵니다."

　"허허, 이러면 아니 되시네."

　금오 스님은 돈봉투를 간단없이 거절하였다. 절 살림 형편이 가뜩이나 어렵다는 것을 잘 알고 있는 스님이 그것을 받을 리가 없었다. 그러나 스님에게 얼마 안되는 노잣돈이나마 건네드리려는 백련사 주지의 마음 또한 쉽사리 꺾일 것 같지는 않았다.

　"아, 아니옵니다, 스님. 오시고 가시고 노잣돈은 있으셔야지요. 자, 어서 받아 넣으십시오."

　"허허, 이러시면 아니 된대두 그러시네. 그보다는 말일세."

　주지가 한사코 노잣돈을 떠안기려 하자 금오 스님은 다소 난감한 기분마저 들었다. 이윽고 금오 스님은 노잣돈을 받는 대신 다른 제안 하나를 내었다.

　"들자 하니 저 계룡산 밑 신도안에 가면 냉면을 잘하는 집이 있다고 하던데?"
 "냉면 잘하는 집이요?"
 금오 스님은 주지스님에게 청하기를, 노잣돈을 주는 대신 냉면이나 한 그릇 사달라는 것이었다.
 "아이구 스님, 그렇게 하시지요. 아 그까짓 냉면이야 얼마든지 대접해 올리겠습니다요."
 그런데 주지가 말한 그까짓 냉면은 결코 그까짓 냉면이 아니었다.
 그 날 금오 스님과 보살계에 모였던 용음 스님, 용산 스님 등 모두 여섯 스님이 냉면집에 함께 가게 되었다. 그런데 스님들이 냉면을 어찌나 좋아하셨던지 금오 스님은 무려 여섯 그릇, 다른 스님들도 서너 그릇씩 드신 바람에 노잣돈보다는 냉면값이 두 배나 더 들게 되었던 것이다.
 그리하여 금오 스님은 냉면집을 나오며 주지스님에게 덕담을 한 마디 던졌다.
 "허허 먹고 나서 생각해보니 보살계 서너 번은 더 허줘야겠네그려, 허허허허."
 그 바람에 금오 스님과 함께 동행했던 스님 일동이 한바탕 웃음보를 터뜨리고 말았다.
 백련사에서 보살계를 설한 금오 스님은 계룡산 곳곳에 자리잡은 암자들을 순례하며 그해 여름과 가을을 보내고, 겨울이 되자 계룡

산 갑사의 산내 암자인 사자암으로 올라갔다. 이 사자암에는 당시 혜묵 스님이 머물고 있었는데, 하루는 혜묵 스님이 금오 스님에게 한 가지 청을 하였다.

"나한테 청이라니, 무슨 청이란 말씀이신고?"

"제가 전라도 순천 선암사에 있을 적부터 알고 지내던 젊은이가 있사온데요……"

"말씀하시게."

"이 젊은이가 제가 여기 온 줄을 알고 며칠 전에 찾아오질 않았겠습니까?"

"그래서?"

혜묵 스님의 말인즉슨 그 젊은이가 삭발출가하여 득도하게 해달라고 조르기에 마침 이 절에 계신 금오 스님께서 길을 열어주셨으면 한다는 것이었다. 혜묵 스님은 그 젊은이가 하도 조르는 바람에 금오 스님이 이 암자에 당도하자마자 간청을 하는 것이라는 말도 여쭈었다.

"인사를 올리도록 허락을 해주시지요."

혜묵 스님은 금오 스님에게 다시 한번 정중히 부탁하였다.

금오 스님은 그 청을 기꺼이 받아들였다.

"들어오라고 그러시게."

이윽고 밖에서 기다리고 있던 재선이란 이름의 젊은이가 스님의 선방 안으로 들어왔다.
 "인사올리겠습니다, 스님."
 젊은이는 깍듯이 예를 갖춰 금오 스님께 인사를 올렸다.
 "속가는 대체 어디쯤인고?"
 "예, 충청남도 연기군 금남면 영곡리에 있사옵니다."
 젊은이가 대답하자, 이어 금오 스님은 굳이 출가하려는 연유를 물었다.
 젊은이는 잠시 우물쭈물하다가 어렵게 말문을 열었다.
 "……예, 어인 일인지 스님만 만나뵈면 저도……."
 젊은이의 대답인즉슨 출가하는 데에 어떤 뚜렷한 연유가 있는 것은 아닌데, 이상하게도 스님들만 보면 자기 자신도 스님이 되고 픈 마음이 간절해진다는 것이었다.
 "허허허, 전생부터 수행자가 되기로 원을 세웠던 모양이구먼그래. 허허허, 그래 내가 허락을 하면 평생토록 물러나지 않고 수행을 잘 하겠느냐?"
 "예, 스님."
 금오 스님은 젊은이의 속가 이름을 물은 연후에, 그 자리에서 법명을 지어내렸다. 법명은 묘덕이었다.
 이때 사자암에서 묘덕이라는 법명을 받고 금오 스님의 제자가 된 분이 바로 훗날의 탄성 스님이다.

 그런데 묘덕을 만난 지 불과 며칠 뒤에 금오 스님은 사자암을 떠날 채비를 하는 것이었다.
 그 모습을 본 묘덕이 궁금증을 못 이겨서 한마디 여쭈었다. 이렇게 추운 한겨울에는 대개 스님들이 한곳에 머물러 있게 마련이었는데, 금오 스님이 한사코 출행을 서두르시는 연유가 궁금했기 때문이었다.
 "아니 스님, 걸망은 왜 짊어지시옵니까요, 예?"
 "며칠 잘 쉬었으면 이제 떠나야지."
 금오 스님은 묘덕의 물음에 대수롭지 않게 대답하였다. 어느 한 절에 안주하는 법이 없었던 스님인지라, 겨울이라 해서 특별히 달라질 까닭이 없었던 터이다.
 "아, 이 북풍한설 속에 대체 어디로 가시려구요, 스님?"
 곁에 있던 혜묵 스님 또한 스님을 만류하려 들었다.
 "아이구 스님, 어디 가시기로 약조가 있으신 것도 아니시라면, 이 암자에서 한겨울 나시고, 해동이나 되거든 떠나십시오."
 그러나 금오 스님은 두 사람의 간곡한 만류에도 불구하고 기어이 행장을 챙기시는 것이었다.
 "너무 염려 마시게. 따뜻한 방에서 편히 먹고 지내려면 애당초 출가를 말았어야지."
 "그래두 그렇습지요, 스님. 일부러 고생을 사서 하실 것까지야 없지 않겠습니까."

"수행자는 육신이 너무 편하고 배가 너무 부르면 마음이 흐트러지는 법, 그동안 신세가 많았네."

금오 스님은 행장을 어깨에 짊어지고 선방을 나서며 사자암 대중들에게 작별을 고하였다. 그때 혜묵 스님이 금오 스님께 여쭈었다.

"하오면 스님, 저 아이는 어찌하실 작정이시옵니까?"

금오 스님이 상좌로 삼은 묘덕 행자를 가리키는 물음이었다.

"저두 스님 모시고 다니면서 수행하고자 합니다. 허락하여 주십시오."

곁에 있던 묘덕 행자가 조심스럽게 끼어들며 간청을 하였다.

"이것 보아라, 묘덕아."

금오 스님은 인자한 미소를 띠우고는 묘덕 행자에게 물었다.

"내가 너를 문하에 두었으되, 무엇이라 당부하였던고?"

"예, 자나깨나 앉으나서나 이 뭣꼬 화두만을 참구하라 하셨사옵니다."

"바로 그랬느니라. 너는 스스로 공부하고 스스로 닦아서 이 뭣꼬 화두를 타파해야 할 것이니, 나를 따라다녀봐야 아무 소용이 없느니라."

금오 스님이 묘덕 행자에게 부드럽게 타이르는 말을 듣고 혜묵

 스님은 의아한 표정이 되어 다시 여쭈었다.
 "아니 스님, 기왕에 상좌를 삼으셨으니 데리고 다니시면서 시봉도 들게 하시고 그러셔야지 고삐 끊어진 망아지처럼 혼자 내버려두면 어찌하옵니까?"
 "나는 시봉이나 들게 하고 심부름이나 시키자고 상좌를 삼은 게 아닐세. 이뭣꼬를 열심히 참구해서 한소식 전해주기를 바래서 문하에 들어오게 한 것이니, 묘덕이 너는 이 계룡산 사자암에서 수행정진을 계속해야 할 것이야."
 금오 스님의 각별한 당부에 묘덕 행자는 서운한 음성으로 여쭈었다.
 "하오면 스님은 언제 또 뵈올 수 있겠습니까?"
 "인연이 닿으면 내가 또 올 것이니라. 부지런히 참구해라."
 금오 스님은 홀연 발길을 돌려 또다시 정처없는 운수납자의 길을 떠나는 것이었으니, 계룡산 갑사 사자암의 수좌들은 스님의 모습이 보이지 않을 때까지 지켜보며 아쉬운 작별의 염을 삭히고 있었다.

12
꽃은 피면서 일러주고

　세상이 다시 평온해지자 금오 스님은 걸망을 짊어지고 운수행각에 올랐다.
　이번에 금오 스님의 발길이 닿은 곳은 우리나라의 서남단에 위치한 목포항이었다. 뱃고동소리와 갈매기소리가 손에 잡힐 듯 가까운 그곳 목포에는 정혜원이라는 사찰이 있었다.
　시절이 하도 뒤숭숭한 때여서 절간 인심 또한 예전 같지가 않았다. 그때만 해도 정체불명의 떠돌이 가짜 승려들이 전국각지의 사찰을 돌며 금품을 뜯어가는가 하면, 민폐를 끼치기도 하던 시절이었다.
　정혜원 주지 또한 그런 가짜 승려에게 호되게 당했던지 금오 스님의 방문을 썩 달가워하는 눈치가 아니었다.

"어느 절에서 오신 객승이시온지요?"
"예, 소승 정해진 절은 없사옵고 이 절 저 절 떠돌아다니며 사는 중이옵니다."
"아니 그럼 소속 사찰도 없는 그런 객승이란 말이오?"
정혜원 주지는 금오 스님을 수상한 눈길로 훑어보았다.
"구태여 소속을 알고자 하신다면 말씀드리지요."
주지의 의중을 헤아린 금오 스님은 태연자약하게 자신의 소속을 밝히었다.
"나는 어느 사찰 소속이 아니라 대한민국 불교 교단에 이름이 올라 있는 출가수행자의 신분이옵니다."
"허어, 나 원 참 별 소릴 다 들어보는구먼그래. 내가 알고 싶은 것은 대체 어느 문중 승려냐, 그거란 말입니다."
주지는 첫눈에 벌써 알아보았다는 듯이 노골적으로 언사가 거칠어졌다. 자칫하면 하룻밤 묵어 가기는커녕 욕이라도 듣게 될 것 같은 분위기였다.
"주지스님께서는 그걸 알아서 어디다 쓰시려구 그러십니까?"
금오 스님이 넌즈시 물었다.
"어디다 쓰자는 게 아니라 세상이 하도 뒤숭숭하니까 가짜 승려가 어찌나 많이 찾아오는지 그게 귀찮아서 그렇소이다!"
"가짜 승려가 많이 찾아온다구요?"

"말도 마시오! 하루에도 서너 명씩 줄지어 찾아드는 판이니 그 사람들 다 재우고, 다 먹이려다가는 이 절간 팔아먹기 딱 좋게 생겼어요!"

무엇 때문에 심사가 꼬였는지 그 주지는 마침내 분통을 터뜨리는 것이었는데 금오 스님은 더 묻지도 않고 발길을 돌려 그곳을 떠나려 하였다.

"아니 이것 보시오. 묻는 말에는 대답도 않고 왜 그냥 돌아가려는 겁니까?"

"절 살림이 어려운 모양이신데 절간을 팔아먹게 할 수야 없는 노릇 아니겠습니까?"

말 한마디에 그토록 미련없이 발길을 돌려버리는 금오 스님의 범상치 않은 태도에 주지는 이상한 생각이 들었다.

"가만, 대체 법명은 어떻게 되십니까요?"

주지는 내심, 공연히 애꿎은 출가수행자 한 분을 가짜 중 취급한 게 아닌가 싶어 민망한 생각이 들지 않는 바도 아니었다.

"쇠금 자(字), 까마귀오 자(字), 금까마귀는 못되고 쇠까마귀 노릇이나 하고 있나 하옵니다."

아니나 다를까, 바로 그 스님이 덕망 깊기로 유명한 금오 스님이었음을 알고 주지는 화들짝 놀란 표정을 지었다.

"아이구 스님, 이거 몰라뵙고 죽을 죄를 지었습니다. 용서하여

주십시오."

그제서야 주지는 땅바닥에 무릎을 꿇고 금오 스님께 사죄를 올리는 것이었다.

"이거 정말 우리 정혜원의 영광이옵니다, 스님. 스님께서 이런 귀빠진 항구에 오실 줄이야 어찌 짐작이나 할 수 있었겠습니까!"

부랴부랴 주지실로 스님을 모신 주지는 과일을 깎는다, 차를 끓인다 하며 극진히 대접하였다.

이리하여 금오 스님은 한 사나흘간 정혜원에 머물게 되었는데, 사흘째 되던 날이었다.

"스님! 스님께서 한번 살펴봐주시겠습니까?"

주지는 금오 스님께 공손히 예를 갖춘 연후에 은밀히 소리를 죽여가며 부탁을 하였다.

청인즉, 밖에 웬 객승이 하나 찾아왔는데, 훤칠한 키에 이목구비는 수려하지만 진짜 객승인지 가짜 객승인지 통 분간하기 어려우니 금오 스님께서 좀 가려주십사 하는 것이었다.

"이것 보시오, 주지스님! 객승이라 하면 객승인 줄 여기시고 받아줄 것이지, 너무 그렇게 진짜냐 가짜냐 따지는 게 아니오."

금오 스님의 은근한 책망에도 주지는 객승이라면 무조건 받아들이기가 탐탁치 않은 듯하였다.

"그럼 그냥 묻지도 말고 받아들여라, 그런 말씀이시옵니까?"

"출가수행자에게는 네 절 내 절이 따로 없는 법, 다 같은 일불제자이니 너다 나다 가릴 게 무엇이 있겠소? 어서 가서 들어오라고 그러시오."

"아 예, 스님. 그럼 분부대로 하겠습니다요."

주지는 금오 스님의 설득에 감화되어 무조건 바깥의 객승을 맞아들였다.

잠시 후, 주지 뒤를 따라온 객승은 과연 이목구비가 수려한 귀골 선풍이었다.

"허허, 이게 누구냐, 월산이 아니더냐!"

"예에? 아니 스님! 대체 이게 어찌된 일이시옵니까요, 예?"

"허허, 이런 여기서 월산이를 만나다니!"

뜻밖에도 스승과 제자가 한자리에서 만났으니 반갑기 그지없는 일이었다. 더욱이 금오 스님이 가장 아끼던 제자 월산이 그곳 정혜원의 객승으로 뒤따라왔던 것이다.

참으로 뜻하지 아니한 곳에서 뜻하지 아니한 때에 제자 월산을 만난 금오 스님은 기쁘기 그지없었다.

"이게 대체 몇 년만이더란 말이냐 그래."

"그러게 말씀입니다요, 스님."

"그래, 그동안 화두는 잘 들었느냐?"

"예, 스님. 화두가 잘 잡히지 아니할 적에는 화두를 가로막는 게 물이면 물, 바람이면 바람, 그것들을 싹싹 비벼서 없애라는 분부, 그대로 했사옵니다."

금오 스님이 제자 월산의 이야기를 듣고 그 눈빛을 보니 과연 선지가 밝아진 모습으로 형형한 기운을 머금고 있었다.

딱히 행선지를 목포로 정하지 않고 그냥 저냥 걷다 보니 그곳까지 오게 되었던 금오 스님처럼, 제자 월산 또한 우연히 발길이 그곳으로 닿았던 것이었다.

함경도 출신인 월산 스님은 기왕에 운수행각을 나선 김에, 한번도 와볼 기회가 없었던 남쪽땅으로 발길이 옮겨지더라는 애기를 스승인 금오 스님께 아뢰었다.

"그래, 그래 잘왔다, 잘왔어! 기왕에 우리가 여기서 만났으니 배도 타고 바다도 구경하고, 섬들도 가보고 그러자꾸나!"

"그러시지요, 스님."

도 닦는 수행자들에게는 산은 산대로, 강은 강대로, 또한 바다는 바다대로, 섬들은 섬들대로 저마다 좋은 수행처가 되는 법이었다.

이리하여 금오 스님은 제자 월산과 함께 걸망을 짊어지고 부둣가로 나아갔다.

"스님, 이 부두에서 어떤 배를 타고 어디로 가시게요?"

부둣가에 도착하자 월산이 금오 스님께 행선지를 여쭈었다. 그러나 금오 스님은 제자가 알아들을 수 없는 말씀만 하시는 것이었다.

"운수행각이란 말 그대로 구름처럼 물처럼 그렇게 흘러다니는 게야. 갈 곳을 정해놓고 가면 그건 이미 운수행각이 아니지."

금오 스님은 무심한 표정으로 부둣가에 서서 머나먼 수평선 너머에 시선을 두고 있을 뿐이었다. 마치 망망대해의 끝을 투시하듯 금오 스님의 눈길은 아득한 깊이를 간직하고 있었다.

그때 무심한 파도소리 사이로 사공들이 주고받는 말소리가 들려왔다. 금오 스님과 월산의 시선은 자연 말소리가 나는 쪽으로 향하였다.

그 사공들은 이제 막 출항을 준비하고 있었는데 그들이 타고 있는 배는 조그마한 목선이었다.

금오 스님은 목선의 사공에게 다가가 출항 시간과 행선지를 물었다.

사공이 대답하기를 그 배는 완도에서 왔는데, 지금 다시 완도로 돌아갈 것이라 하였다.

사공의 대답을 들은 직후, 금오 스님은 그 즉시 행선지를 정한 듯 사공에게 이렇게 말했다.

"우리도 지금 완도에 가려고 하는데, 이 배좀 얻어타고 갈까 합니다."

"아이구, 스님! 얻어타자고 하면 되겠습니까요? 뱃삯을 준다고 그러셔야지요."

옆에 있던 월산이 사공에게 미안한 생각이 들어 불쑥 끼어들었다.
그러나 막상 사공은 뱃삯 따위에는 아무런 관심도 없는 눈치였다.
"이 배를 탈 생각은 하지도 마십시오."
"아니 왜 그러십니까, 사공 양반?"
사공의 대답인즉슨, 목선은 사공들도 한번 타고나면 힘이 들어 녹초가 되는 법인데, 하물며 스님들이 그 고생을 어떻게 견뎌내냐는 것이었다. 목선을 타느니 여객선을 타는 것이 더 좋겠다는 말도 덧붙였다.
사공의 정중한 권유에도 불구하고 금오 스님은 목선 타기를 고집하였다.
"여객선 타는 것보다야 이런 돛배 타고 가는 게 운치가 있을 것 아니겠습니까? 재미도 있을 테구."
사공은 운치, 재미 운운하는 스님의 말씀에 어이가 없어 실소를 하였다. 그도 그럴것이 목선을 타고 완도까지 가자면 고생이 이만저만이 아니기 때문이었다. 더군다나 날씨가 좋지 않은 날이면 완도까지 당도하는 데 꼬박 사나흘은 걸릴 수도 있을 터였다.
그런데 스님들이 목선을 타겠다고 멋모르고 덤벼드니 사공으로서도 기가 막힐 노릇이었다.
잠시후 금오 스님과 월산은 목선에 올랐고, 배는 드디어 항구를

떠나 다도해를 빠져나가고 있었다.

　날씨가 좋았던 덕분에 금오 스님과 월산은 별 고생 없이 완도에 당도할 수 있었다.

　"아이구 이거, 우리는 신세를 지고 사공 양반은 복을 크게 지으셨소이다."

　금오 스님은 목선에서 내려서며 사공에게 거듭 치하하는 말을 하였다. 월산도 사공이 너무나 고마운 나머지 몇번이고 허리를 굽혀 사의를 표하였다. 그러나 월산은 금오 스님과는 생각이 달랐다.

　금오 스님은 애초부터 배를 얻어탈 마음이었으나, 월산은 사공에게 뱃삯 몇푼이나마 쥐어주어야 한다 생각했던 것이었다.

　"아, 그냥 내리시면 어쩝니까요? 뱃삯을 조금이라도 주셔야지요."

　금오 스님이 배에서 그냥 내리려 하자 월산이 조심스레 아뢰었다.

　"허허, 거 쓸데없는 걱정 말고 어서 배에서 내리기나 하게."

　금오 스님은 월산의 어리둥절한 표정에는 아랑곳하지도 않고 배에서 뛰어내렸다.

　월산은 하는 수 없이 사공을 불러 뱃삯을 따로 건네주려 하였다. 월산으로서는 그 먼곳까지 데려다준 사공을 그냥 돌아가게 할 수는 없는 노릇이었다.

그러나 뱃사공은 월산이 내민 돈을 한사코 사양하였다.
"아이구, 아닙니다요, 스님. 남들은 일부러 절에 가서 불공도 드리는데 스님들한테 뱃삯을 받아서 어쩝니까요?"
뱃사공이 하도 완강하게 사양하는 바람에 월산은 하는 수 없이 고맙다는 인사만 한 번 더 하고 금오 스님의 뒤를 따라나섰다.
바닷가를 지나 마을 초입에 이르러서도 월산은 뱃삯을 주지 않고 온 게 영 개운치가 않은 모양이었다.
마을 중간쯤에 이르렀을 때, 월산이 금오 스님께 넌즈시 여쭈었다.
"스님께선 왜 뱃삯을 당초부터 안 줄 생각을 하셨습니까요?"
"아 그야, 뱃사공에게도 복 지을 기회를 주어야 하는 게야."
금오 스님이 무덤덤한 표정으로 답하였다. 하지만 월산은 그때까지도 뱃사공에게 미안한 마음이 가시지 않았는지 계속하여 떨떠름한 표정이었다.
금오 스님이 가던 길을 우뚝 멈춰서곤 월산에게 이르셨다.
"......보시공덕은 곡식을 주거나, 음식을 주거나, 돈을 주거나, 옷을 주는 것만이 아니다. 길을 잃은 사람에게 길을 가르쳐주는 것도 보시공덕이요, 차를 태워주고 배를 태워주는 것도 보시공덕이니, 이러한 보시공덕은 자꾸 베풀면 베풀수록 더 많이, 더 자주 베풀게 되는 것. 우리가 열 집을 들러 한 숟가락씩 밥을 얻어먹으면

결국은 그 열 집의 열 사람들이 복을 짓도록 기회를 주는 셈이니 이 아니 좋은 일이겠느냐…….”

그러면서 금오 스님은 앞장서서 걸었다.

"자 그럼, 오늘 저녁은 우리가 열 집을 돌아서 열 집의 복을 짓게 해주는 게 어떻겠는고?"

금오 스님은 냉면을 좋아했고, 특히 길을 가다가 떡장수를 만나면 그냥 지나치는 법이 없었다. 떡은 금오 스님이 냉면만큼이나 좋아했던 음식이기도 하였다. 정거장 앞에서건, 부둣가에서건, 시장 앞에서건 떡장수를 만나면 금오 스님은 떡판을 내려놓게 하는 것이었는데, 이때만큼은 돈을 아끼는 법이 없었다.

이날도 금오 스님은 완도 부둣가에서 떡을 사가지고 월산과 함께 나눠먹은 후 보길도로 가기 위해 노화도행 배를 기다리고 있었다.

그런데 부둣가에 앉아 있던 금오 스님이 느닷없이 돌멩이 하나를 집어다 월산 앞에 놓더니만 불쑥 묻는 것이었다.

"어디 한번 일러보아라. 이 돌멩이가 과연 마음 밖에 있느냐, 마음 안에 있느냐?"

이때 월산은 스님의 물음에 대답하는 대신 돌멩이를 집어들어 바다 한가운데로 던져버렸다.

그러자 금오 스님이 다시 돌멩이를 집어다 그 자리에 놓고 또 한번 물었다. 월산은 돌멩이를 다시 집어던졌다. 그러나 금오 스님은 또 한번 돌멩이를 집어다 월산 앞에 놓고 준엄하게 물었다.

"바로 일러라! 이 돌멩이는 마음 밖에 있느냐, 마음 안에 있느냐?"

월산은 앞에 놓인 돌멩이를 멀뚱히 내려다볼 뿐, 더 이상 아무 대답을 할 수가 없었다.

그때 금오 스님이 더욱 준엄하게 일렀다.

"선지를 더욱 넓히자면 화두를 더 열심히 참구해야 할 것이야."

"예, 스님. 명심하겠습니다."

월산은 발 아래 돌멩이를 두 손으로 받쳐들며 공손히 답하였다.

사소한 돌멩이 하나를 놓고도 화두를 참구해야 한다는 스님의 가르침을 깨닫는 순간이었다.

13
운수납자가 갈 곳이 어데며
갈 때가 따로 있더냐

    금오 스님은 제자 월산과 함께 배를 타고 노화도로 건너갔다. 그리고 노화도에서 다시금 배를 타고 고산 윤선도가 유배생활을 했던 그 유명한 보길도에 당도하였다.
    금오 스님을 따라나선 월산은 난생 처음 보는 보길도의 수려한 모습에 감탄사를 연발하였다. 사람들이 북적대는 육지세계가 그야말로 어지러운 속세라면, 보길도는 세속의 냄새라곤 전혀 찾아볼 수 없는 아름답고 신비로운 극락의 세계였다. 섬의 한 쪽에 올망졸망 모여 있는 집들도 마치 극락세계의 일부처럼만 느껴졌다.
    금오 스님도 보길도의 아름다움에 도취하였는지 한동안 아무 말씀이 없었다. 스님은 보길도의 사방을 한번 둘러보고는 바닷가에 앉아 끝없이 밀려오는 파도 소리에 귀기울이고 있었다.
"스님!"
쉬임없는 파도소리 사이를 뚫고 월산의 음성이 들려왔다.
월산도 바다 한가운데에 그윽한 시선을 둔 채 금오 스님께 조용히 여쭈었다.
"세상을 돌아다니며 보고 듣고 겪는 것, 이것들이 과연 수행하는 것이옵니까, 스님?"
금오 스님은 곧바로 대답하는 대신 먼저 월산의 생각을 물었다.
"그래, 그것이 도닦는 것이라고 생각하느냐?"
"아니라고 생각하옵니다."
"그래……. 보고 듣고 하는 것, 그것이 곧 도는 아니요, 그것 자체가 다 수행은 되지 못하느니라. 허나 도인의 분상에는 다 쓰는 것이니 보고 듣고 겪는 것, 그것은 다 좋은 것이다."
제자 월산은 스님의 다음 말씀을 기다렸다.
"월산아, 저기 굴뚝에서 연기가 피어오르고 있느냐, 아니면 안 피어오르고 있느냐?"
금오 스님이 문득 말머리를 돌려 멀리 마을이 있는 곳을 가리켜 보이며 물었다.
월산이 유심히 살펴보니, 마을의 집들 가운데 굴뚝에서 연기가 피어오르고 있는 집은 두 집밖에 되지 않았고, 다른 집들 굴뚝에선

이미 연기가 멎어 있었다.

월산이 본대로 대답하자 금오 스님이 자리에서 일어섰다.

"그럼 이제, 탁발에 나설 때가 되었느니라. 어째서이냐?"

"그, 그건 스님, 집집마다 밥짓기를 마쳤으니 이제 곧 밥을 퍼낼 때이고, 그때 가서 탁발을 하면 얻을 수 있음이옵니다."

"그래, 잘 알아맞췄다."

밥을 얻어먹는 데에도 이와 같은 이치가 있으니 부지런한 걸인이라고만 해서 밥을 잘 얻어먹는 것은 아닌 법이다. 굴뚝에서 한참 연기가 치솟고 있을 때는 한참 밥을 짓고 있다는 중인데, 그때 가서 구걸을 하면 십중팔구 퇴짜를 맞기 일쑤일 터이다. 어리석은 걸인은 퇴짜를 맞고도 자기 어리석음은 알지 못한 채 세상인심만 탓하는 것이다.

금오 스님은 이렇듯 걸인이 밥을 얻어먹는 예화를 들어 출가수행자의 구도행각에 있어 꼭 지켜야 할 바를 제자에게 깨우쳐주시는 것이었다.

"출가수행자가 도닦는 것도 그와 같으니 밥이 다 익어서 그릇에 퍼담을 적에 탁발을 나가면 밥을 얻어먹을 수 있으되, 이제 막 밥짓기 시작해서 불을 지피고 있는데 밥을 달라고 하면 밥을 얻어먹지 못하고 퇴짜를 맞는 법!…… 꽃은 피면서 일러주고, 지면서 일러주고, 산은 산대로 물은 물대로 두두물물 두두색색이 다 화두를 일러주고 있건마는 수행자가 저 어리석어서 알아듣지 못하느니라……."

고산 윤선도가 어부사시사를 지으면서 유배생활을 했던 보길도.
이곳 보길도에는 자그마한 암자 하나가 있었는데, 그곳에는 금오 스님의 제자인 비룡 스님이 머물고 있었다.
금오 스님과 월산은 마을을 지나 그 암자로 발길을 옮기었다.
금오 스님을 맞이한 비룡 스님은 반색을 하며 인사를 올렸다.
"아이구 조실스님, 조그마한 섬에까지 어인 걸음이시옵니까?"
"내 이미 다 알고 왔으니, 이실직고 하렷다?"
난데없는 호통에 비룡 스님은 멀뚱한 표정을 지었다.
"예에? 무슨 말씀이시온지요, 스님?"
"비룡이가 천하절경 보길도에서 경치를 혼자 독차지하고 있다기에 내 시샘이 나서 빼앗으러 왔노라! 하하하하!"
비룡 스님도 그제서야 웃음보를 터뜨리며 농담 한마디를 던졌다.
"원참 스님두. 겉보리 탁발해서 먹은 것두 죄가 되나 해서 가슴이 철렁 내려앉았습니다요, 스님."
"어쩔 텐가? 보길도 천하절경을 나한테 내놓겠는가?"
"아이구 스님, 무슨 말씀이시옵니까요? 계시겠다고만 하시오면

 이 보길도를 통째로 스님께 드리겠사옵니다요."
 금오 스님은 우스갯소리를 빌어 보길도의 암자에 머물겠다는 말씀이었으니, 비룡 스님은 이를 흔쾌히 받아들였다.
 이렇게 해서 금오 스님은 월산과 비룡 스님과 함께 셋이서 보길도 암자에 머물게 되었다.
 그러던 중 하루는 금오 스님이 월산과 비룡 스님을 불러 일렀다.
 스님의 말씀인즉슨, 보길도에서 여름 한철을 세 식구가 지내자면 양식이 있어야 할 것이니 다음날부터 셋이 다 나가 탁발을 해야겠다는 것이었다.
 월산과 비룡 스님은 물론이요, 금오 스님 자신도 함께 탁발에 나서겠다는 말씀이었다.
 당시 보길도 섬주민들의 생활형편은 육지 서민들의 그것보다 더 어려운 처지였다. 섬이 워낙 가난한 탓에 탁발을 나간다해도 겉보리가 고작이었다.
 "겉보리면 어떻고, 감자면 어떻더냐? 겉보리건 감자건 주는 대로 얻어다가 여름 한철 지내야 할 것이니 그리 알고 탁발을 해오자."
 "예, 스님. 분부대로 하겠사옵니다."
 다음날 금오 스님은 월산과 비룡 스님을 이끌고 마을로 나가 손수 탁발을 하였다. 탁발을 해온 겉보리와 감자가 한철 지낼 수 있을 만큼 되자, 이번에는 매일같이 절구질을 하지 않으면 안되었다. 말이 절구질이지, 하루 한나절을 꼬박 절구질을 해봤자 양식거리는 얼마 나오질 않았다. 이래가지고는 어느 세월에 보리방아를 찧어 밥을 해먹겠는가 싶었다.

월산과 비룡 스님이 어렵사리 절구질하는 것을 보다 못한 금오 스님은 안타까운 마음에 혀를 끌끌 찼다.

"허허, 거 이렇게 절구질을 해가지구서야, 쯧쯧……."

"쉬엄쉬엄 찧다보면 다 찧어질 것입니다, 스님."

월산이 이마의 땀을 훔쳐내며 느긋하게 아뢰었다.

"허허, 월산이는 이렇게 천하태평이라 탈이다!"

"원참 스님두, 아 천하태평이면 왜 탈입니까요?"

"그 많은 곡식을 어느 세월에 일일이 절구질을 해서 찧어 먹는단 말이더냐? 쯧쯧……, 원 디딜방아라도 하나 있어야지."

금오 스님은 제자들의 절구질을 멈추게 한 연후에 바깥으로 나갈 채비를 했다. 날은 이미 캄캄하게 어두워진 뒤였다.

"아니, 스님. 이 밤중에 어딜 가서 디딜방아를 만든다고 이러십니까요?"

"허허, 따라나서라면 나설 것이지 뭘 꾸물대고 있는고? 어서 썩 따라오지 못하겠느냐?"

제자들이 절구질을 멈추고 우물쭈물하자 금오 스님이 언성을 높

였다.

"예예, 스님."

제자들은 화들짝 놀라 절구대를 놓고는 즉시 금오 스님을 따라 나섰다. 조금만 더 우물쭈물했다간 금오 스님의 불호령이 떨어질 게 분명했다.

원래 금오 스님은 무슨 일이건 뒤로 미루는 일이 없고 성미도 퍽이나 급한 편이어서 한번 마음먹은 일은 그 즉시 해치우지 않으면 직성이 풀리지 않는 그런 분이었다.

월산과 비룡 스님, 도광 수좌는 금오 스님의 분부대로 나무를 깎아 디딜방아를 만들고, 마을에 버려져 있는 돌확을 구해서 산 위에 있는 암자까지 지고 날랐다.

돌확을 구해오기로 한 첫날, 월산은 무거운 돌확이 힘에 부쳐 제대로 짊어질 수가 없었다. 그냥 들기에도 힘든 판에 그것을 지게에 짊어져서 산 위 암자까지 나르라 하였으니 월산으로선 보통 난감한 일이 아니었다.

간신히 돌확을 들어 지게에 실은 다음 몇 걸음 걷지도 못해 다리가 후들후들 떨려오는 것이었다.

그 모습을 보다 못한 금오 스님이 월산에게 이르었다.

"허허허 이것봐, 월산이. 수좌 노릇을 제대로 하려면 그 돌확쯤은 거뜬히 들어야 하지."

"무거운 짐을 잘 져 나르라, 그런 말씀이신가요, 스님?"
"무거운 짐을 많이 짊어지라는 뜻은 아니야!"
"그럼 왜 기운이 세야 한다고 그러셨습니까요, 스님?"
"근력이 약한 사람은 참선을 제대로 할 수가 없어. 용맹정진 사나흘만 하고 나면 허깨비를 보고, 헛소릴 하는 게, 그게 다 근력이 부족한 탓인 게야."

아닌게 아니라 금오 스님의 말씀은 백번 지당한 말씀이었다. 참선수행을 하려면 하루종일 가부좌를 틀고 면벽수도를 해야 하는데, 그 힘든 수행을 잘 해내자면 정신력도 정신력이지만 그것을 뒷받침해줄 수 있는 근력이 갖춰져야 하는 것이다.

금오 스님은 보길도 암자에 기어이 디딜방아를 차려놓고 수좌들과 함께 디딜방아를 밟아가며 여름 한철을 보길도에서 보냈다.

그리고 그 해 가을 어느 날, 금오 스님은 월산을 조용히 불러들였다.

"이젠 또 걸망을 챙겨야겠어."
"예에? 걸망을 챙기다니요, 스님. 아니 왜……?"

보길도를 떠나야겠다는 금오 스님의 말씀에 월산은 적이 놀랐다. 금오 스님이 보길도에 당도했을 때 여름 한철을 지낼 것이라

말씀한 적은 있었지만, 그래도 이렇게 빨리 보길도를 떠나리라곤 생각지 못했던 것이다.

더군다나 스님이 암자에 디딜방아까지 만들어놓은 걸로 봐서 생각보다 보길도에 오래 머물러 계실 것이라 생각하던 터였다.

허나 금오 스님의 말씀은 맨 처음 보길도를 찾았을 때와 한치의 변함도 없었다. 여름 한철이 끝나기가 무섭게 또다시 운수납자의 길로 들어서기 위해 행장을 재촉하시는 금오 스님의 마음은 이미 보길도를 떠나 있었던 것이었다.

"아니 스님, 디딜방아까지 차려놓으시고 벌써 떠나신단 말씀이십니까?"

"차려놓은 디딜방아야 다른 스님들이 잘 쓰실 게구, 이 보길도에서 한철 잘 지냈으니 그만 가봐야지."

금오 스님은 못내 아쉬운 기색을 감추지 못하는 제자 월산에게 당장 걸망을 챙겨달라 하였다.

"아니 그럼, 지금 당장 떠나시게요?"

"가고 싶다 생각이 들면 바로 떠나는 게야."

가고 싶다 생각이 들 때 바로 떠나는 것……. 그렇다, 이 한 마디의 말씀이 여태껏 운수행각의 길을 걸어온 금오 스님의 수행 자세를 가장 적절하고 운치있게 상징해주는 싯구일지도 모른다.

월산은 그간 암자에 머문 동안 보길도와 깊은 정이 들었던 모양이었다.
월산은 걸망을 챙기지는 않고 재차 금오 스님을 만류하려 하였다. 부득불 떠나야 한다면 한 이틀 후쯤에나 떠났으면 하는 것이 월산의 간절한 바람이었다.
그러나 한번 결심한 일은 단 하루도 뒤로 미루는 법이 없는 금오 스님이 월산의 간곡한 부탁을 들어줄 리 없었다.
"쓸데없는 소리 그만하고 어서 가서 걸망이나 챙겨와!"
금오 스님이 울상을 짓고 있는 월산을 재촉하였다. 월산도 금오 스님의 성미를 익히 알고 있는 터라 더 이상 만류할 생각 없이 스님의 분부를 받아들였다.
"예, 스님. 곧바로 챙겨오겠습니다."
금오 스님은 월산과 함께 보길도를 떠나 노화도 완도를 거쳐 다시 목포에 당도하여, 그곳에서 한동안 머물게 되었다.
그런데 사흘째 되던 날 이상하게도 월산의 모습이 보이지 않는 것이었다.
금오 스님은 이상한 생각이 들어 원주스님을 불러 월산의 행방을 물었다. 원주스님의 대답인즉슨 월산은 이른 새벽에 걸망을 짊어지고 절을 떠난 것 같다는 것이었다.
제자가 불현듯 떠났다는 말을 듣고도 금오 스님은 놀라는 기색

은커녕 오히려 호탕하게 웃어제끼는 것이었다.
 "허허허, 그렇지 않아도 아침에 떠나자고 그러려던 참이었는데, 이번에는 월산이가 나보다 한 걸음 더 앞섰구먼그래, 허허허허."

14
불도(佛道)를 어찌 감히 지식으로 이룰 수 있겠느뇨

금오 스님은 워낙 선지가 깊은 큰스님이었기에 스님을 따르는 제자들의 수효도 매우 많았다.

스님은 문하의 제자들에게 손수 법명을 지어주었는데, 이상하게도 그 법명들은 월 자(字) 돌림인 것이 무척 많았다.

해방되던 해 함경도 안변 석왕사에서 제자 월산에게 달월(月) 자(字)를 붙여 법명을 지어준 뒤 어찌된 영문인지 다른 제자들에게도 으레이 달월(月) 자(字)를 돌림자로 해서 법명 지어주기를 좋아하셨다.

월산·월서·월주·월탄·월남·월성·월만·월조·월태·월담·월령·월나·월선 등 월 자(字) 돌림의 제자들만 해도 무려 사십여 명에 이르는 것이었다.
 여기서 법명에 얽힌 금오 스님의 일화 하나를 소개해보기로 한다.
 때는 1953년 봄, 이때 금오 스님은 충청남도 예산군 덕승산 수덕사에 머물고 있었다.
 하루는 금오 스님의 제자인 월남 수좌가 스님께 한 행자를 데려와 인사를 올리게 하였다.
 그 행자는 마곡사 대원암에서 보낸 행자로 속가는 전라북도 정읍군 산외면 오공리라 하였다.
 재남이란 속명을 가진 이 행자는 열아홉의 어린 나이에 출가하여 대원암을 찾았는데, 수행자가 되고자 하는 그 남다른 발심이 금오 스님의 제자인 월남 수좌의 눈에 들어 마침 수덕사에 머물고 있는 금오 스님을 찾아뵙게까지 된 것이었다.
 월남 수좌와 함께 절에 당도한 행자는 금오 스님께 큰절을 올리었다.
 "한번 계를 받고 수행자가 되면 결코 물러섬이 없어야 할 것이니라."
 금오 스님은 행자를 제자로 받아들이기 전에 우선 단단히 다짐을 받아놓았다.
 "예, 스님. 결코 물러서는 일은 없을 것이옵니다."

"그러면 내 허락할 것이니 불퇴전의 각오로 수행에 힘써야 할 것이니라."

"예, 스님. 명심하겠사옵니다."

이렇게 해서 행자는 금오 스님 문하에 들어오게 되었는데, 이때 금오 스님이 제자에게 지어내린 법명은 달월 자(字) 말두 자(字), 월두였다. 이번에도 역시 달월 자(字)를 돌림으로 해서 제자의 법명을 지어준 것이었다.

그런데 이 월두 수좌가 어느 날 밤 금오 스님의 방문 앞에 와서 뵙기를 청하는 것이었다.

금오 스님은 월두 수좌를 방으로 들게 하고 찾아온 연유를 물었다.

월두 수좌는 잠시 망설이는 눈치더니 조심스럽게 말문을 열었다. 월두 수좌의 대답인즉슨 자신의 법명에 쓰인 달월 자(字)가 왠지 싫다는 것이었다.

"무엇이라구? 내가 지어준 이름이 싫다구?"

금오 스님은 제자의 당돌하기까지 한 태도에 다소 놀라워하는 모습이었다. 이제 문하에 갓 들어온 어린 제자가 스승이 손수 지어내린 법명이 싫다고 하니 금오 스님으로서도 그다지 듣기좋은 소리는 아닐 터였다.

월두 수좌는 스님의 불호령이 떨어질 것만 같아서 더 이상 아무

소리도 못하고 있었다.
"그러면 대체 어찌 해달란 말이던고? 다시 지어달란 말이더냐?"
스님이 제자의 의중을 묻자, 제자는 잠시 우물쭈물하더니 말문을 열었다. 말인 즉 법명을 자기가 다시 지었다는 것이었다. 제자가 스스로 지은 법명은 지혜 혜 자(字) 깨끗할 정 자(字), 혜정이었다.
"죄송하옵니다, 스님."
"혜정이라……. 네 스스로 지었다는 말이더냐?"
"용서하십시오, 스님……."
제자는 마치 중죄라도 저지른 양 송구스럽기 그지없는 마음에 스승의 얼굴을 똑바로 쳐다보지도 못할 지경이었다. 가슴이 조마조마하기도 하였다. 괜시리 스승의 심기를 건드려 꾸지람이라도 들으면 어쩔까 하는 조바심마저 들었던 것이었다.
그런데 잠시 후, 금오 스님은 제자를 나무라기는커녕 자상한 음성으로 제자의 이름을 불러주는 것이었다.
"혜정아……."
"예에?"
"내가 불러주었으니 이제 네 법명은 혜정이니라."
"감사합니다, 스님. 정말 감사합니다."
제자는 어리둥절한 기분이 채 가시기도 전에 너무나 기쁜 나머

지 스님께 큰절을 올렸다. 이때 금오 스님이 제자의 이름을 재차 불렀다.

"혜정아."

"예, 스님."

"지혜는 호칭에 있는 것이 아니요, 깨끗함도 글자 속에 있는 것이 아니니 호칭과 글자에 얽매이면 못쓴다."

"예, 스님. 명심하겠습니다."

"혜정아?"

"예, 스님."

"복동이라는 이름을 지어주면 복 많은 아이가 저절로 되겠느냐?"

"아, 아니옵니다, 스님."

"호칭만 혜정이가 되면 아무 짝에도 쓸모가 없는 것. 네가 정말 혜정이가 되려면 부지런히 힘써 화두를 들어야 할 것이요, 죽기를 기약하고 마음을 닦아야 할 것이야."

"예, 스님. 명심하여 열심히 공부하겠습니다."

이렇게 해서 제자는 스승이 지어내린 월두라는 법명 대신 제 스스로 지은 혜정이란 법명을 가지게 되었다.

금오 스님의 제자 가운데 월 자(字) 돌림이 아닌 분으로는 범행・탄성・혜정・정일・천룡・혜덕・아월・묘각・삼덕・혜성・

남월·이두 스님 등이 있는데, 이두 스님도 처음 지어내린 법명은 월천이었다.

 스승이 한번 지어내린 법명에 대해서는 싫다 좋다, 감히 내색을 하지 못하는 법이요, 마음대로 고쳐쓰지 않는 것이 불가의 법도이다.

 그러니 스승이 지어준 법명을 고쳐 쓴다는 것은 불가의 법도는 물론 제자의 도리를 크게 벗어나는 무례한 행동인 것이었다.

 다른 스님 같았으면 법명을 고치겠다는 제자에게 불호령을 내렸을 게 뻔할 터인데, 금오 스님은 범향을 범행으로 고쳐주었고, 묘덕을 탄성으로, 월두를 혜정으로 고쳐 부르도록 허락해주었다.

 이 점에 있어서는 금오 스님만큼 관대했던 스님도 없다고 하겠다.

 그처럼 제자들에게 관대했던 금오 스님이었던지라 스님은 문하의 제자들에게 언제나 지극한 공경을 받아왔다. 특히 스님은 제자들에게 여러가지 화두를 들어 참선수행에 참구하도록 가르치곤 하였다.

 스님이 제자들로 하여금 화두로 삼게 하는 것은 주변의 사소하고 보잘것없는 사물이나 대상이 될 때도 많았다.

 길가에 뒹구는 사소한 돌멩이 하나, 풀잎 하나, 무심히 스쳐지나

가는 바람 한줄기, 빗방울 하나, 눈송이 하나, 공양간 부뚜막에 떨어진 밥알 하나, 심지어는 길가의 쇠똥까지도 스님에게는 화두가 될 수 있었다.

하루는 금오 스님이 혜정 수좌에게 법문을 내려주고 있는데 사찰 내의 풍경소리가 은은히 들려오고 있었다. 혜정 수좌는 금오 스님의 말씀에 열중하고 있었기에 그 사소한 풍경소리 같은 것이 귀에 들어올 리가 없었다. 그때 금오 스님이 혜정 수좌에게 넌즈시 물었다.

"너는 지금 저 소리를 듣고 있느냐?"

"무슨 소리 말씀이시옵니까, 스님?"

바람도 금오 스님의 음성을 들었는지 풍경소리가 더욱 크게 울리었다. 혜정 수좌는 그제서야 금오 스님이 가리키는 소리가 무엇인지를 알아차릴 수 있었다.

"아 예, 듣고 있사옵니다, 스님."

"너는 저 소리가 어디서 나오는지 알고 있느냐?"

"저 소리가 어디서 나오냐구요, 스님?"

스승의 난데없는 질문에 제자는 아무런 대답도 올리지 못했다. 매일 듣는 풍경소리이건만, 스승으로부터 이처럼 엉뚱한 질문을 받게 되니 혜정 수좌는 어리둥절해질 수밖에 없었다.

"그것을 의심해보아야 하느니라. 풍경소리는 어찌하여 울리며,

저 소리는 대체 어디서 나와서 어디로 가는고. 이렇게 의심을 하는 것, 이것이 바로 공부의 시작이다."

"의심해보는 것이 공부의 시작이라구요, 스님?"

"그래, 의심해보는 것이 공부의 시작이니라."

금오 스님은 이렇게 말하고는 잠시 두 눈을 지그시 감았다. 스님의 그 모습은 깊은 회상에 잠긴 듯한 모습이었다. 금오 스님은 어렸을 적에 북치는 것을 보고 북소리가 대체 어디서 나와서 어디로 가는지 골똘히 생각하고, 의심해보았던 자신을 회상하고 있는 것이었다.

"하오면 스님, 저 풍경소리는 어디서 나와서 어디로 가는 것이옵니까?"

"바로 그것을 네 스스로 의심해서 네 스스로 답을 찾아야 한다. 바로 그것이 수행자가 참구해야 할 화두이니라."

"하오나, 스님."

스님의 말씀이 갈수록 아리송하게만 생각되었는지 혜정 수좌는 고개를 갸웃거렸다. 그러자 금오 스님이 간단한 예화 하나를 들어 설명해주었다.

"한 병 속에 꿀이 들어 있다 치자. 단 한번도 꿀을 먹어본 일이 없는 사람이 병 속에 들어 있는 게 무엇입니까? 하고 나에게 물었다. 그때 내가 이것은 꿀이니라 하고 답을 말해준들 단 한번도 꿀

을 먹어보지 못한 사람이 꿀을 제대로 알 수 있겠느냐? 꿀이라는 명칭은 귀로 들을 수 있을지 모르나 꿀이 어떤 것이며, 어떤 맛인지, 먹어보지 아니하고는 알 수가 없는 것이니, 도를 닦아 나감도 그와 같으니라."

"예, 스님. 명심하겠사옵니다."

금오 스님은 제자들에게 가르침을 내릴 때 올바른 수행자가 되기 위해선 참선수행에 용맹정진해야 한다고 강조하곤 하였다. 스님의 가르치심은 첫째도 참선, 둘째도 참선, 셋째도 참선이었으니 진정한 수행자란 스스로 참구하고 도를 터득할 수 있는 사람이라는 가르침이었다.

그리하여 금오 스님은 제자들이 글공부나 경공부를 하는 것을 보면 그때마다 호통을 치는 것이었다.

그러던 중 하루는 한 제자가 스님에게 그 연유를 여쭈었다. 어찌하여 공부하는 것을 야단치시냐는 물음이었다.

제자의 물음에 금오 스님은 글공부나 경공부는 수행자로서 할 짓이 못된다고 못을 박았다. 출가수행자가 된 것은 확철대오해서 견성성불하자는 것인데, 설익은 글공부, 경공부로는 확철대오할 수 없다는 게 금오스님의 신념이요, 철학이었다.

스님의 가르침에 제자가 재차 여쭈었다.

"하오면 참선만 해야 한다는 까닭은 어디에 있사옵니까?"

"여기 한 사람이 방 안에 들어앉아 종이 위에다 금강산 이름을 천 번 쓰고, 천 번을 외웠다고 치자."

"금강산을요?"

제자는 알 수 없는 표정이 되어 어리둥절한 음성으로 반문하였다.

금오 스님이 다시 설명하였다.

"그 사람이 금강산 이름을 천 번 쓰고 천 번 외웠다고 한들, 금강산에 단 한 번도 가본 일이 없다고 하면 과연 그 사람은 금강산을 잘 안다고 할 수 있겠느냐?"

"그, 그건 잘 모르겠습니다."

"상업학교를 삼 년 다닌 사람과 시장바닥에서 장사를 삼 년 해본 사람과 어느 쪽이 장사에 대해서 더 제대로 알겠느냐?"

"그야 시장바닥에서 장사를 해본 사람이 제대로 알 것입니다."

"글자와 경귀에 얽매이면 그것은 지식을 챙기는 일에 불과한 것이요, 금강산 이름을 천 번 쓰고 높이는 얼마며, 면적은 얼마이며, 그런 것을 외우되 단 한번도 금강산에 가보지 아니하면, 그것은 쓸데없는 지식만 보탤 뿐, 정작 금강산은 알지 못하는 것이니라."

"예, 스님. 명심하겠습니다."

금오 스님의 말씀에 제자는 스님이 평소 누누이 강조한 바 있는 참선수행의 참뜻을 깊이 헤아릴 수 있었다.

　수행자는 첫째도 참선, 둘째도 참선, 셋째도 참선, 넷째도 참선……

　글자 하나만으로는 정작 금강산을 알지 못할진대, 하물며 불도를 어찌 감히 지식으로 이룰 수 있겠는가!

15
근력이 튼튼해야 수행도 되는 게야

　금오 스님은 살아 생전 어느 한 절에 거처를 정해둔 적이 없었다. 뿐만 아니라 이 절 저 절 옮겨다니며 어느 한 곳에 오래 머무는 법 또한 없었다.
　그것은 금오 스님이 맨 처음 금강산에 들어와 그곳을 떠난 이래로 줄곧 이어져온 스님 특유의 고난의 구도행이었다.
　사람이란 어느 한곳에 연고를 두어 자신의 뿌리를 내리는 것이 인지상정이건만, 금오 스님은 그러한 인습을 초월하여 부초(浮草)와도 같은 유랑의 삶을 영위하였다. 말하자면 금오 스님의 삶은 철저한 운수행각 그 자체였다고 할 수 있다.
　수덕사를 떠난 금오 스님은 이번에는 대구 관음사로 발길을 돌렸다.

관음사에 머물러 있는 동안 금오 스님은 수좌들에게 참선지도를 해주고 있었는데, 하루는 웬 젊은 수좌 하나가 금오 스님을 찾아왔다.

금오 스님은 젊은 수좌의 인사를 받고 찾아온 연유를 물었다.

젊은 수좌는 큼지막한 행장 한 귀퉁이에서 종이 한 장을 꺼내들었는데, 그것은 금오 스님의 제자인 탄성이 손수 써준 소개장이라 하였다. 탄성이 젊은 수좌에게 소개장을 친히 써주며 금오 스님 문하에 들어가도록 분부했다는 것이었다.

금오 스님은 탄성의 소개장을 펼쳐 읽어본 다음 젊은 수좌에게 물었다.

"그래, 내 밑에서 수행을 하고 싶단 말이지?"

"예."

젊은 수좌는 정중히 예의를 갖춰 대답하였다.

그 젊은 수좌는 충남 공주읍내 옥룡동에서 온 청년으로 공주농업학교를 졸업하고 공주 갑사에서 삭발을 했다는 것이었다.

"어떤 스님이 머리를 깎아주었는고?"

"예 저, 서주관 스님께서 깎아주셨습니다."

"그러면 그 스님 문하에서 공부할 것이지 왜 이리 옮겨왔는고?"

금오 스님이 넌즈시 물어보았다.

젊은 수좌의 대답인즉슨 자기는 참선수행을 하고 싶은데 먼저

있던 절에서는 공부를 가르쳐주지 않았다는 것이었다.
 젊은 수좌의 대답을 들은 금오 스님은 방부를 허락한다는 이야기는 일체 꺼내지도 않고 전혀 엉뚱한 질문을 젊은이에게 던졌다.
 "너는 쌀 한 섬을 질 수 있겠느냐?"
 "쌀 한 섬을요? 예, 질 수 있사옵니다."
 젊은 수좌는 자신있게 대답하였다. 그렇지않아도 소개장을 써준 탄성 스님이 수좌에게 쌀 한 섬에 대한 귀띔을 미리 해주었다. 만일 금오 스님이 쌀 한 섬을 질 수 있냐고 물으시거든 지체없이 질 수 있다고 대답해야 금오 스님이 허락해주실 것이라고 일러주었던 것이다.
 "정말 쌀 한 섬을 짊어질 수 있단 말이냐?"
 "……예에, 스님."
 "수좌가 되려면 그만한 근력은 있어야 된다. 그 정도라면 참선할 그릇이 되는 셈이구나."
 금오 스님의 말씀에 젊은 수좌는 아리송한 생각이 들었다. 쌀 한 섬 짊어지는 것과 참선수행이 무슨 연관이 있는지 알다가도 모를 일이었다.
 "……쌀 한 섬 짊어지지 못하면 참선은 못하는 것이옵니까, 스님?"
 "참선공부는 어렵고 힘든 공부야. 약골은 글이나 보고 경이나 봐야지 큰그릇은 못 되는 게야."

　금오 스님은 젊은 수좌들에게 늘 말씀하신 것처럼 참선수행의 참뜻과 어려움을 그 수좌에게도 설명해주었다.

　"너는 쌀 한 섬을 짊어진다니, 어디 한번 공부해보아라."

　"아 예 감사합니다, 스님."

　이렇게 해서 젊은 수좌는 금오 스님으로부터 월천(月天)이라는 법명을 받고 스님의 문하에 들어와 참선수행을 하게 되었는데, 월천 수좌가 바로 오늘날의 장이두 스님이다.

　그런데 이 월천 수좌는 금오 스님과 함께 참선수행을 한 지 한 달도 채 안되어 그만 깜짝 깜짝 놀라면서 헛소리를 해대는 것이었다. 금오 스님의 말씀대로 근력이 뒤따르지 못해 참선수행을 제대로 할 수 없는 것이었을까?

　월천 수좌가 헛소리를 지를 때마다 영락없는 죽비 소리가 선방 안에 울려퍼졌다.

　딱! 딱! 딱!

　죽비 소리가 날 때마다 월천 수좌는 정신을 차리기는커녕 오히려 더 실성한 사람처럼 헛소리를 늘어놓았다.

　"아아, 아닙니다, 아니에요. 내가 그런 것이 아니란 말입니다. 아니에요."

　월천 수좌의 헛소리가 계속되자 금오 스님의 죽비도 사정없이

내리쳐졌다.
"살려주십시오! 살려주십시오, 으악!"
월천 수좌는 스님의 엄한 죽비세례에도 불구하고 계속 헛소리를 해대고 있었고, 얼굴에는 땀이 비오듯 하였다.
이 모습을 보다 못한 금오 스님이 월천 수좌를 따로 불러다 앉혀 엄히 물었다.
"너 이녀석, 월천아!"
"예에, 스님."
월천 수좌의 목소리는 몹시 떨리고 있었다.
"내 묻는 말에 숨김없이 대답을 해야 할 것이니라."
"예에, 스님."
"너 입산하기 전에 무엇을 했느냐?"
"예…… 저…… 학도병이었습니다."
"지난 전쟁중에 학도병이었단 말이지?"
"예에…… 그, 그렇습니다, 스님."
월천 수좌는 여전히 두려움에 움츠러든 꼴로 더듬거렸다. 입술이 경련을 일으켜 심하게 떨리었다.
금오 스님은 월천 수좌에게 어떤 연유로 입산을 하게 되었는지부터 소상히 이르도록 하였다.
"예에……. 처, 처음에는 휴양을 하려고 절에 갔었습니다요."

"무슨 병이 있었던고?"

"예에, 깜짝깜짝 놀라고, 외마디소리를 지르고, 자다가 악몽에 시달렸습니다, 스님."

"어떤 악몽에 시달렸단 말이냐?"

"예, 저 사실은 학도병으로 있을 때……."

월천 수좌는 차마 대답을 할 수 없었던지 말꼬리를 흐리며 어쩔 줄을 몰라했다. 얼굴에는 좀전보다 더 많은 땀이 흘렀고, 입술의 경련도 더 심해지고 있었다.

"어서 이르지 못하겠느냐?"

금오 스님이 다시 엄하게 다그쳤다.

월천 수좌는 또 한번 깜짝 놀라더니 다시금 말문을 열었다.

월천 수좌의 고백인즉슨 자기가 학도병으로 있을 때 중대장의 명령을 받고 살려달라 애원하는 인민군 여자 한 명을 총살 시킨 적이 있었다는 것이었다.

월천 수좌의 고백이 끝나자 금오 스님은 두 눈을 지그시 감았다.

"그래서 그 후로 그 여자가 자꾸 꿈속에 나타나서 깜짝깜짝 놀랬단 말이렷다?"

"그, 그렇습니다, 스님."

"너는 업장이 두꺼운 몸."

"예, 스님."

 업장이라는 말씀에 월천 수좌는 눈물을 글썽이며 고개를 떨구었다. 그때 금오 스님이 참으로 무서운 예언을 한마디 했다.
 "너는 내가 시키는 대로 하지 않으면 오래 살지 못할 것이다."
 "예에?"
 월천 수좌는 스님의 충격적인 말씀에 다시 한번 깜짝 놀랐다.
 "그래 네가 참선을 할 적에도 그 여자가 눈앞에 나타나더냐?"
 "예, 그 여자 인민군은 하얀 옷을 입고 있었습니다."
 "그래, 그 하얀 옷 입은 여자가 또 나타나더란 말이더냐?"
 "참선을 하고 있었는데, 멀리서 하얀 점이 조그맣게 보였습니다. 그, 그러더니 그 하얀 점이 점점 커지면서 제 앞에 다가왔는데, 그 때 눈을 크게 뜨고 보니 그 하얀 게 바로 그 여자, 그 여자였습니다, 스님."
 월천 수좌는 마치 또다시 악몽 속에 빠진 듯 두려움에 떨며 중얼거렸다. 그 모습을 본 금오 스님이 안되겠다 싶어 죽비를 호되게 내리쳤다. 월천 수좌가 퍼뜩 정신을 차리자 금오 스님이 부드럽게 물었다.
 "월천아! 내 말이 분명 들리느냐?"
 "예 들리옵니다, 스님."
 "너는 전생의 업장이 두꺼워서 사람으로서는 못할 일을 하게 되었던 게야."

"예, 스님."

"너는 이제 출가수행자가 되었으니 그 업장을 소멸시킬 수 있는 좋은 길로 들어선 게야."

"예, 스님."

월천 수좌는 금오 스님의 말씀에 다소 진정이 된 듯 다소곳하게 귀를 기울였다.

"네 두꺼운 업장을 녹여 없애야 할 것이니 너는 오늘부터 천수주력을 해야 될 것이다."

"천수주력을 해야 한다니요, 스님?"

금오 스님은 월천 수좌 앞으로 책 한 권을 내놓았다. 책에는 신묘장구대다라니가 적혀 있었는데, 그것을 앞으로 삼칠일 계속해서 독송을 하면 업장이 소멸될 것이라는 말씀이었다.

"신묘장구대다라니를 삼칠일 계속해서 독송하라구요, 스님?"

"일구월심으로 독송을 해야 할 것이다. 그래야 네 업장이 소멸될 것이요, 만일 하루라도 게을리하고 건성으로 하면 네 업장은 결코 소멸되지 못할 것이니라, 알겠느냐?"

"예, 스님. 죽기로 작정하고 독송하겠습니다."

이날부터 월천 수좌는 금오 스님의 분부대로 참선수행 대신 신묘장구대다라니를 지극정성으로 독송하면서 참회의 나날을 보내었다. 그런데 선방에 있는 다른 수좌들이 이를 달가워하지 않았다.

 선방이란 조용히 참선수행을 하는 곳인데, 새로 들어온 수좌 하나가 참선수행은 고사하고 난데없는 신묘장구대다라니를 독송하며 참회를 하고 있으니 다른 수좌들이 그것을 탐탁치 않게 여기는 것은 매우 당연한 일이었다.
 그러던 중 하루는 수좌 몇명이 금오 스님께 찾아와 청하였다. 그들의 청인즉슨 월천 수좌가 선방에서 독송을 하고 있어 참선수행을 하는 다른 수좌에게 방해가 되니 월천 수좌를 다른 절로 보내든지, 속가로 보내어 병을 고치도록 하는 게 좋지 않겠느냐는 것이었다.
 수좌의 청을 들은 금오 스님은 그 자리에서 언성을 높이었다.
 "너 이녀석들, 똑똑히 들어라!"
 "……예, 스님."
 여간해서 제자들에게 언성을 높이는 일이 없던 금오 스님이었는데, 스님의 진노한 모습을 보자 제자들은 잔뜩 움츠러들었다.
 "저 수좌는 육신에 병이 든 것이 아니요, 너희들에게 옮길 병도 아니니라."
 "하오나 스님."
 "전생의 업장이 두꺼워서 그 업보를 받고 있거니와 그 업장을 소멸할 수 있도록 도와주지는 못할 망정 어찌 여기서 내쫓으라 한단 말이더냐?"
 "용서하시옵소서. 저희의 소견이 좁았사옵니다."

수좌들은 금오 스님께 더 이상 아무런 말씀도 드리지 못하고 돌아갔다.
한편, 월천 수좌는 하루도 빠짐없이 스무하루 동안 신묘장구대다라니를 독송하였다. 정확히 스무하루째 되어 독송을 끝마치자 금오 스님이 월천 수좌를 불러 물었다.
"월천아! 며칠째 독송을 했느냐?"
"그건 헤아려보지 못했사옵니다, 스님."
"그러면 그동안 무엇을 헤아렸더란 말이더냐?"
"자나깨나 신묘장구대다라니만 독송했을 뿐 헤아린 것은 아무것도 없었사옵니다, 스님."
금오 스님은 고개를 끄덕이더니 넌즈시 물었다.
"그러면 독송을 할 적에도 네 눈앞에 하얀 옷이 나타나더냐?"
"하얀 옷이라니요, 스님?"
월천 수좌는 악몽 속의 여인을 까마득히 잊은 듯한 모습이었다.
스님은 내심 흡족해 하며 월천 수좌에게 재차 확인하였다.
"하얀 옷을 입은 여자가 보이지 아니 하더냐?"
"아 예, 처음 사나흘 동안에는 가끔씩 보였습니다만 요즘에는 통 보이질 않았습니다, 스님."
월천 수좌의 건강한 모습에 금오 스님의 마음은 기쁘기 그지 없었다.

"월천아."

"예, 스님."

"내 눈을 똑바로 쳐다보아라."

금오 스님은 월천 수좌의 두 눈을 한동안 직시하였다. 무릇 눈이란 마음의 거울일 터, 월천 수좌의 눈빛에는 과거의 악몽이 깨끗이 걷혀져 맑고 영롱한 기운마저 감돌고 있었다.

"그래, 네 눈을 보니 너는 이제 업장에서 벗어났느니라."

"정말이시옵니까, 스님?"

"부처님께서 일찍이 이렇게 이르셨느니라."

악의 씨앗을 심으면 악과가 열리고,
선의 씨앗을 심으면 선과가 열리니,
이것이 바로 인과응보의 법이다.

월천 수좌는 금오 스님이 전해주는 부처님의 말씀을 마음속 깊이 새겨들었다.

"이제부터라도 늦지 않았으니 부지런히 힘써 도를 구하고, 반드시 중생들을 이익되게 할 것이요, 결코 중생들에게 해를 끼쳐서는 아니될 것이다."

"예, 스님. 명심하여 수행하겠사옵니다."

이렇게 해서 월천 수좌는 끔찍했던 과거의 악몽에서 벗어나 용맹정진 참선수행에 들어갈 수 있게 되었다. 업장 소멸과 함께 득도의 길로 들어선 월천 수좌, 그가 바로 오늘날의 장이두 스님인 것이다.

16
잡다한 알음알이를 버릴지어다

대구 관음사에서 수좌들을 지도하던 금오 스님은 다시 거처를 옮겨 김천 직지사 선원의 조실스님으로 가게 되었다.

관음사를 떠나면서 금오 스님은 다른 수좌들은 다 그대로 놓아두고 유독 월천 수좌만을 따로 불러들였다.

그동안 월천 수좌를 각별하게 생각해온 금오 스님으로서는 월천 수좌를 김천 직지사에 가서도 당신 문하에 두고 싶으셨던 것이다.

월천 수좌도 물론 기꺼이 금오 스님을 모시고자 하였다.

"스님 분부대로 모시고 따라가겠습니다."

월천 수좌가 스님을 따라나설 채비를 끝내자 금오 스님이 단단히 다짐을 받았다.

"똑똑히 들어라!"

"예, 스님."

"날 따라가서 내 시봉이나 들라는 말이 아니다. 제대로 수행할 각오거든 따라나서란 말이다."

"예, 스님. 알겠습니다."

사실 금오 스님은 그제껏 여러 상좌들을 두었으되 상좌들을 데리고 다니면서 시봉을 받은 일은 없던 터였다.

금오 스님이 월천 수좌를 데리고 가는 것도 월천 수좌로 하여금 시봉을 들게 함이 아니요, 스님 문하에서 선근을 키워 더욱더 참선수행에 용맹정진토록 하고자 함이었다.

"분명히 말해두거니와 나는 참선수행자를 내 문하에 둘 뿐 요령 좋은 제자 두기를 원치 않는다."

"예, 스님. 명심하겠습니다."

제자 월천과 함께 김천 직지사에 당도한 금오 스님은 선원에 머무르면서 육십여 명의 수좌들을 지도하게 되었다.

월천 수좌도 그 많은 수좌들 틈에 끼여 금오 스님의 지도를 받고 참선수행하였다.

수행자다운 수행자가 되어 확철대오, 기어이 견성성불을 이루리라는 비장한 각오로 나선 월천 수좌였지만, 한동안 쉴 틈 없는 참선수행을 하다 보니 어느새 육신이 지쳐 입선시간에 꾸벅꾸벅 조는 적도 없지 않았다. 그럴 때면 금오 스님의 죽비가 사정없이 내리쳐졌다.

딱! 딱! 딱!

입선수행 중에 졸다가 엄한 장군죽비 소리를 들을라치면 순간적으론 퍼뜩 제정신이 돌아오지만, 그것도 잠시뿐 지친 육신은 다시금 졸음 속으로 빠져들기 일쑤였다. 월천에게 뿐만 아니라 모든 수좌들에게 있어서도 입실수행은 그만큼 초인적인 근력을 요구하는 힘든 일인 것이었다. 특히 졸음은 장군죽비로도 다스리기 힘든 참선수행의 걸림돌이었다.

선방에서 조는 월천의 모습을 보다 못한 금오 스님은 하루 날을 잡아 월천을 으슥한 곳으로 데리고 갔다.

금오 스님은 월천 수좌에게 관음사를 떠날 때 다짐해두었던 말씀을 재차 확인시키며 꾸짖는 것이었다.

금오 스님의 말씀에 월천 수좌는 일언반구도 내세울 말이 없어 부끄럽기 한량없었다. 일구월심 수행해서 확철대오하겠다고 스승께 다짐했던 몸이 아니었던가. 월천 수좌는 송구스런 마음이 들어 몸둘 바를 모르고 있었다.

"……잘못되었습니다, 스님."

"잘못된 것을 알았으면 입고 있는 옷을 벗어라."

"예에? 옷을 벗으라구요, 스님?"

"내 분명히 일렀느니라. 어서 옷을 벗어라."

월천은 영문을 몰라 하면서도 스님의 분부대로 옷을 벗었다.

그러자 금오 스님은 들고 있던 주장자로 월천을 사정없이 후려쳤다. 월천 수좌는 호된 매질을 이기지 못해 쓰러지고 말았다. 금오 스님은 땅바닥에 쓰러진 월천 수좌를 발로 밟으면서 꾸짖었다.
"이 멍청한 녀석아! 잠은 요다음에 죽으면 끝도 한도 없이 실컷 자는 게야. 잠이 그렇게도 좋으면 어디 한번 죽어보아라, 응?"
"잘못되었습니다, 스님. 한번만 용서해주십시오."
월천 수좌는 땅바닥에 엎드려 고스란히 매를 맞아가면서도 스님께 용서를 빌었다. 그러나 금오 스님의 매질은 그치질 않았다.
"입선 시간에 꾸벅꾸벅 조는 녀석은 더 이상 살 필요가 없는 녀석이다. 죽어라 이녀석아! 죽어! 죽어! 죽어!"
"아이구 스님, 잘못되었습니다. 아이구, 스님."
"사내 대장부가 꼴좋다, 이녀석아! 옷을 홀랑 벗기운 채 매맞고 발로 밟히고, 에이끼 이런 못난 녀석!"
스승으로부터 호된 매질과 모욕을 받아들이면서 월천 수좌는 난생 처음 뼈저린 모멸감을 맛보아야 했다. 서러움에 복받쳐 흐르는 눈물 속에서 너무나 분한 마음이 들어 이를 악물기도 하였다.
이 일이 있은 이후, 월천 수좌는 죽기를 맹세하고 이를 악물며 용맹정진, 밤에도 잠을 자는 일이 없이 참선수행을 견뎌내었다.
금오 스님은 이처럼 선방에서 조는 수좌에게는 중벌을 내렸지만, 반면 근력이 딸려 뒷방에 건너가서 잠을 자는 수좌에게는 관대

하기 짝이 없었다.

한번은 선방에서 꾸벅꾸벅 졸고 있는 용 수좌를 보고 금오 스님이 이렇게 이른 적이 있었다.

"너는 근력이 모자라서 참선을 하기에는 벅차 보인다."

"아, 아니옵니다, 스님. 하루 이틀만 쉬면 괜찮을 것이옵니다, 스님."

"그럴 것 없다. 네가 가 있을 곳을 마련해놓았으니 가서 지내다가 기운차려지면 다시 오너라."

"아니옵니다, 스님."

"네가 이렇게 뒷방에서 자고 있으면 다른 수좌들에게 전염이 된다. 그러니 어서 가서 편히 지내다 나중에 다시 오너라."

그제서야 용 수좌는 자리에서 일어나며 말했다.

"그, 그럼, 기력을 회복해가지고 다시 오겠습니다, 스님."

"그래 그래, 기력을 되찾거든 그때 다시 오너라."

용 수좌는 금오 스님의 분부대로 선방을 나선 이후 며칠 동안 선방에 들어오는 일이 없었다.

용 수좌 자신의 말대로라면 벌써 며칠을 쉬었으므로 기력을 회복하고도 남음이 있을 터인데, 웬일인지 용 수좌는 여지껏 되돌아오지 않는 것이었다.

그러던 중 하루는 월천 수좌가 용 수좌 일로 금오 스님께 여쭈었다.

"스님, 그 수좌가 기력을 회복하면 정말 다시 선방으로 돌아오겠습니까?"

"돌아오지 않을 것이다."

금오 스님은 일언지하에 단언하였다.

"아니 그럼, 돌아오지 않을 것을 다 아시면서도 내보내셨읍니까요, 스님?"

월천 수좌는 용 수좌를 내보낸 스님의 처사를 이해할 수 없다는 듯 재차 여쭈었다.

"그런 녀석들은 십 년 아니라 백 년을 붙잡아 앉혀놓아도 수좌 되기는 틀린 녀석들이니라."

"아니 그러면, 스님……."

"어차피 수좌 노릇 못할 녀석, 일찌감치 속퇴를 해서 농사라도 짓든지 고무신이라도 만들든지 제 근기에 맞는 일을 찾아 중생들에게 이익될 일을 해야지, 허송세월하게 해서는 안 되느니라."

"하오면 스님……."

"이녀석아, 탱자나무 씨앗을 마을 앞에 심어놓고 정자나무가 되어라 정성을 들인들 탱자나무가 어느 세월에 정자나무가 되겠느냐?"

금오 스님의 말씀인즉슨 수행자다운 수행자가 못 될 바에야 차

라리 빨리 속퇴를 하는 것이 더 좋은 일이라는 것이었다.
 월천 수좌가 제법 그럴듯하게 스님의 말씀을 풀이하였다.
 "하오면 탱자나무 씨앗은 과수원 말뚝에다 옮겨 심는 게 좋다, 그런 말씀이시군요?"
 "허허, 이녀석이 이제 제법 귀가 열렸구나그래. 허허허허."

 그 해 여름, 안거가 끝나자 금오 스님은 수좌들을 내보내고 당신도 직지사를 떠날 요량이었다.
 직지사 선원 조실 자리를 맡은 지 석 달도 채 안된 무렵이었다.
 금오 스님이 걸망을 챙기고 있는데, 주지스님이 선원을 찾아왔다.
 주지스님의 바람은 금오 스님이 더 머물러 있으면서 학인들을 지도해주었으면 하는 것이었는데, 금오 스님이 이렇게 빨리 직지사를 떠난다고 하니 주지스님으로서도 못내 안타까운 심정이었다.
 "아니 조실스님, 조실스님께서 어디로 가시겠다고 이러십니까요?"
 "어디로 가기는 어디로 가겠는가? 수좌 떠난 선방에 더 있어야 할 까닭이 없으니 길따라 물따라 인연 닿는 대로 가야지."
 "아이구 조실스님. 그동안 수좌들 눈 띄워 주시느라고 고생이 많으셨으니 이제 좀 편히 쉬시지 그러십니까요."

주지스님이 펄쩍 뛰는 시늉을 하며 금오 스님을 간곡히 붙들었다. 그러나 금오 스님은 벌써 직지사를 떠날 마음을 굳힌 터였다.
"물은 고여 있으면 썩는 법이요, 수행자는 멈춰 있으면 나태해지는 법. 인연이 남아 있으면 또 오게 될 것이니 그때 가서 다시 만나세나."
금오 스님은 주지스님의 만류를 뿌리치고 걸망 하나 짊어지고 직지사를 훌쩍 떠났다.
이때 월천, 묘각 두 수좌가 금오 스님을 따라나섰는데, 금오 스님은 두 제자를 데리고 또다시 정처없는 길을 떠나게 된 것이었다.
몇날 며칠을 정처없이 떠돌다가 금오 스님은 대구 근교 용연사 입구 옥포산 기슭 강약국집 제당을 빌어 금련사라 칭하고 그곳에서 토굴생활을 하게 되었다.
그러던 중 하루는 월천과 묘각 수좌가 탁발을 나갔다 돌아와서 낮에 겪었던 일을 금오 스님께 소상히 아뢰었다.
낮에 겪었던 일이란 월천 수좌가 웬 목사 한 사람과 논쟁을 벌였다는 것이었는데, 그때 옆에서 그들 두 사람의 말싸움을 지켜보고 있었던 묘각 수좌가 이를 금오 스님께 자랑삼아 아뢰었던 것이다.
두 제자는 탁발을 하던 중 웬 부인 하나가 도와주겠다고 하기에 따라 갔다가 난데없이 목사와 대면하게 되었는데, 나중에 알고 보니 그 부인은 다름아닌 목사의 아내 되는 사람이었고, 부인이 두

 스님들을 남편에게 데려간 것은 그들을 영적으로 구원해주기 위해서였다고 말하더라는 것이었다.
 "그래, 그래서 어떻게 했더란 말이냐?"
 금오 스님이 그 다음 얘기를 재촉하여 물었다.
 "아 글쎄 월천 수좌와 목사가 서로 말씨름을 시작했는데요, 세상 만물을 하나님이 다 창조했다고 목사가 그러자, 월천 수좌가 이렇게 따져물었습니다. '그럼 왜 사탄은 만들었고, 선악과는 왜 만들었느냐, 선악과를 아예 만들지 않고 사탄인 뱀도 만들지 않았더라면 이 세상에는 죄악도 없었을 것인데, 어찌자고 사탄을 만들고 선악과를 만들었느냐' 그렇게 따지니까 그 목사가 그만 대답을 못하더라구요, 스님."
 상대방의 코를 납작하게 만든 월천 수좌가 자랑스럽다는 듯 묘각 수좌는 흥에 겨워 아뢰었다. 그렇잖아도 묘각 수좌 역시 월천과 마찬가지로 자기네들을 구원해주겠다고 만용을 부린 목사와 그 부인을 못마땅하게 생각하던 터였다.
 그런데 금오 스님은 이야기를 다 듣고 난 다음에도 아무런 내색을 하지 않았다.
 금오 스님은 두 눈을 지그시 감고 잠자코 있더니, 잠시 후 나지막한 음성으로 월천 수좌에게 말했다.
 "월천아, 네가 정녕 그렇게 말씨름을 했더란 말이더냐?"

"그 목사가 불교를 우상이니 뭐니 그러기에 그렇게 쏘아주었을 뿐입니다, 스님."

"너 이녀석아! 글쟁이나 말쟁이는 될지 몰라도 내가 기다리는 도인은 못 될 모양이다."

"예에?"

금오 스님의 따끔한 꾸중을 듣고서, 월천 수좌는 움찔하면서도 정작 스님의 말뜻을 정확히 헤아리지는 못하는 기색이었다.

월천 수좌가 뭐라고 말을 해야 할지 몰라 우물쭈물하고 있는데, 금오 스님은 월천 수좌가 가지고 있는 책을 모조리 가져오라는 분부를 내리었다.

월천 수좌는 하는 수 없이 책을 스님 앞에 내놓았다.

"이녀석아, 선지식이 되는데는 이런 책이 다 소용없는 게야."

금오 스님은 그 자리에서 책들을 모두 버리라 명하였다.

스승의 청천벽력과도 같은 분부에 월천 수좌는 눈앞이 캄캄해졌다.

"예에? 책을 다 버리라구요?"

월천 수좌가 책을 스님 앞에 놓으니 그 양이 실로 엄청나 방 한 귀퉁이를 가득 메울 정도였다. 양이 많은 만큼 책의 종류도 매우 다양하였다. 불경은 물론 각종 종교서적과 철학·역사·문학 서적 등 각양각색이었다.

금오 스님은 이 많은 책들을 모조리 챙겨 불교신도에게 넘겨주도록 한 연후에 월천 수좌에게 물었다.
"너는 대체 학자가 되려고 출가를 했더냐?"
"아, 아니옵니다, 스님."
"그러면 글줄이나 쓰고 말깨나 하려고 출가를 했더냐?"
"아, 아니옵니다, 스님."
"마음을 닦아 도를 깨우쳐 견성성불하려면 잡다한 알음알이는 버리라고 했느니라."
"예, 스님. 명심하겠습니다."
금오 스님은 그동안 월천 수좌가 책을 통해 쌓아온 수많은 지식들을 '잡다한 알음알이'로 일축해버리는 것이었다.
평소에도 제자들이 경을 읽거나 글공부하는 것을 볼라치면 금오 스님은 여지없이 꾸지람을 내렸고, 그때마다 참선수행의 참뜻을 재삼 설파하곤 하였다.
참다운 수행자란 잡다한 지식에 얽매이지 않고 오로지 참선수행에만 용맹정진해야 한다는 것이 금오 스님의 변함없는 가르침이었던 것이다.
"출가수행자에게는 첫째도 참선이요, 둘째도 참선이요, 셋째, 넷째, 다섯째도 참선이라 일렀거늘 너는 어쩌자고 참선에는 매달리지 아니하고 잡다한 알음알이에만 집착한단 말이더냐?"

그 많던 책까지 모조리 빼앗기고 호된 꾸지람까지 듣게 된 월천 수좌는 눈물을 글썽이며 금오 스님께 사죄하였다.
"잘못되었습니다, 스님……. 용서하여 주십시오."
"오직 참선에만 매달리면 도인이 될 것이요, 책읽고 글쓰기나 좋아하면 장차 시인문사나 강백이 될 것이니 이 점 망각해서는 아니 될 것이다."
"예, 스님. 명심하겠습니다."
월천 수좌는 그야말로 책읽기를 좋아하여 금오 스님의 예언대로 훗날 승려시인이 되어 문명을 날리었으니, 이분이 바로 오늘의 청주 관음사 주지인 장이두 스님인 것이다.
책읽기를 좋아하고 글쓰기를 좋아하다가 결국은 승려시인이 된 셈이었다.

금오 스님은 선지가 깊은 큰스님으로도 유명하지만 또한 성미가 급하기로도 유명한 분이었다. 워낙 성미가 불 같은지라 무슨 일이든 한번 마음먹으면 그 즉시 해결해야 직성이 풀리는 그런 분이었다. 그 때문에 간혹가다 제자들이 갑작스레 곤욕을 치러야 했던 일도 적지 않았다.
그런가 하면, 금오 스님은 매사에 꼼꼼하고 검소하기로도 매우 유명하였다. 그 흔한 물 한 방울이라도 헛되이 쓰는 법이 없었을

정도로 금오 스님의 생활은 매우 검소하였다. 또 그런가 하면, 써야 할 때는 아낌없이 크게 쓰는 게 금오 스님 특유의 아량이기도 했다.

금오 스님의 그러한 모습을 엿볼 수 있는 이야기 한 토막을 소개해보기로 하자.

금오 스님이 제자 월천과 묘각 수좌를 데리고 금련사에 머물고 있을 때의 일이었다.

이 무렵 금련사에는 서암 스님, 경산 스님 등 여러 스님들이 금오 스님을 찾아 뵙기 위해 들르곤 하였는데, 하루는 금오 스님이 출타중일 때에 서암 스님과 명준 스님이 찾아왔다.

마침 점심 공양 때였던지라 월천과 묘각 수좌는 국수를 삶아 두 스님께 식사대접을 하였다.

"아, 이 사람아…… 국수를 삶는다고 하더니 어찌된 건가, 응?"

두 스님은 먼길을 걸어오느라 시장기가 돌았는지 자꾸 공양을 재촉하였다.

잠시 후 월천과 묘각 수좌가 허겁지겁 상을 차려 스님들께 올리었다.

그런데 상을 올리자마자 서암 스님이 월천 수좌에게 말했다.

"이것 보게. 국수는 말일세 이렇게 맨국수로 그냥 먹는 것보다는 비빔국수가 더 감칠맛이 있느니라."

서암 스님은 월천 수좌더러 고추장과 참기름을 가져오라 하는 것이었다.
"아, 예…… 그러지요, 스님."
서암 스님의 분부에 월천 수좌는 뭔가 난처한 듯 잠시 망설이던 끝에 고추장과 참기름을 가져왔다.
객스님들이 비빔국수를 맛있게 들고 떠나간 뒤, 월천 수좌는 걱정이 태산 같았다.
객스님들이 참기름을 병째로 부어 반병 가까이 남아 있던 참기름이 순식간에 바닥이 나버렸으니, 금오 스님께 꾸지람을 들을 것은 뻔한 일일 터였다.
그렇잖아도 금오 스님은 평소에 참기름을 아껴 먹으라고 귀에 못이 박히도록 이르곤 하셨던 터였다.
그런데 그날 저녁 때 돌아오신 금오 스님은 하필이면 또 비빔국수를 해오라고 이르는 것이었다.
월천 수좌는 객스님들이 다녀갔다는 말씀도 차마 드리지 못하고 초조한 마음으로 일단 국수부터 삶고 보았다.
"국수 삶아 왔습니다, 스님."
"그래 수고했다. 헌데 고추장 그릇은 여기 있다마는 참기름병을 좀 가져 오너라."
"아 예, 스님……."

　월천 수좌는 엉겁결에 대답부터 하고 보았지만, 빈 참기름병을 갖다드릴 수도 없고 해서 이만저만 난처한 게 아니었다.
　생각다 못한 월천 수좌는 빈 참기름병을 만지작거리다 말고 엉뚱하게도 가사장삼을 챙겨 들었다.
　월천 수좌는 가사장삼을 갖추어 입고 다시 방 안으로 들어가 금오 스님께 절부터 올리었다.
　월천 수좌의 엉뚱한 행동에 금오 스님의 두 눈이 휘둥그래졌다.
　"아니 이 녀석아, 참기름을 가져오라니까 웬 가사장삼을 차려입고 절을 하는 게냐?"
　월천 수좌는 여전히 방바닥에 엎드린 채 금오 스님께 아뢰었다.
　"죽을 죄를 지었사오니, 이 자리에서 죽여주십시오, 스님."
　"무, 무엇이라구? 죽을 죄를 지었다니 그게 대체 무슨 소리더냐?"
　"스님께 갖다드릴 참기름이 한 방울도 남아 있지 아니하옵니다, 스님."
　"아니, 이건 또 무슨 소리더냐? 오늘 아침까지 남아 있던 참기름이……."
　월천 수좌는 그제서야 자초지종을 아뢰었다. 월천 수좌의 말을 다 듣고 난 금오 스님은 나지막하게 실소를 터뜨렸다.
　"허허……. 이런 절살림 망해먹을 녀석을 보았는가?"

"그러니 저를 죽여주십시오, 스님."

"이런 망할 녀석! 내가 인석아, 사람 죽이는 사람이더냐?"

갈수록 점입가경이라더니, 참기름병을 가지러 갔다가 난데없이 가사장삼을 차려입고 큰절을 올리고 죽여달라고 하였던 월천 수좌의 그 다음 말이 더더욱 걸작이었다.

"스님께서는 자비가 충만하시니 죽이지야 않으시겠습니다만, 그래도 벌을 내려주십시오. 전생의 업이 두꺼워서 그런 줄 아옵니다."

"전생의 업?"

그깟 참기름 하나 때문에 전생의 업까지 들먹이고 있으니 금오 스님으로서는 정말이지 어처구니가 없는 노릇이었다.

"이런 망할 녀석……. 말이나 못해야 밉기나 덜하지?"

이 날 월천 수좌는 영락없이 금오 스님께 호된 꾸지람을 들을 게 뻔하여 가슴이 조마조마했는데, 금오 스님은 꾸지람은커녕 오히려 재미있다는 듯이 웃어넘기고 말뿐이었다.

그런데 며칠 후 월천 수좌에게 놀라운 일이 하나 벌어졌다. 금오 스님이 밖에 나갔다 돌아오면서 참기름을 자그만치 삼십 병이나 사서 짐꾼에게 지워가지고 오셨던 것이었다.

"아이구, 스님……. 웬 참기름을 이렇게나 많이 사오셨습니까, 예?"

　금오 스님은 월천 수좌의 얼굴을 빙그레 쳐다보며 농 한 자락을 깔았다.
　"얘 인석아……. 전생에 업장이 두꺼운 녀석이니 어디 한번 참기름이나 실컷 먹어보아라."

17
독신수좌승들의 수난시대

금오 스님은 대구 근교 토굴 금련사에서 일 년쯤 지낸 다음 제자 월천 수좌를 데리고 수원 팔달사로 향하였다.

수원 팔달사는 금오 스님의 제자인 범행 스님이 주지로 있는 절이었다.

금오 스님의 제자들은 법명이 대부분 달월자로 시작되는데, 팔달사 주지스님의 법명은 경우가 달랐다.

범행 스님의 원래 법명은 범향이었다. 이 범향이란 법명 역시 금오 스님이 지어내린 법명이었는데, 다른 수좌승들이 '범향'을 짓궂게 '범행'으로 고쳐 부르는 바람에 졸지에 법명이 바뀌어버리고 만 것이었다.

"내 잠시 이 팔달사에 머물러도 괜찮겠는가?"

"아이구 스님, 무슨 말씀이십니까요. 잠시가 아니라 몇 년을 계셔도 아무 걱정하실 것 없으십니다요."

금오 스님의 급작스런 방문에도 불구하고 범행 스님은 반색을 하며 스승을 맞이하였다.

"와서 보니 절이 아주 명당에 자리를 잡았구먼그래."

"스님 마음에 드신다니 다행입니다."

금오 스님은 경내의 이곳 저곳을 찬찬히 살펴본 다음, 범행 스님이 이 절을 맡게 된 사연을 물었다.

"말씀드리자면 이 절은 사연이 좀 있습니다요, 스님."

"사연이 있다니?"

범행 스님의 말인즉슨 이 절은 원래 속가 누님의 시어머니가 지은 절인데 그동안 비구니가 맡고 있다가 자기한테 비워준 절이라는 것이었다.

말하자면, 이 절은 범행 스님 속가와 인연이 닿는 절로써 따지고 보면 범행 스님의 소유이기도 하다는 말이었다.

"어 그래? 그러면 어디서 간섭할 수 없는 그런 절이로구먼그래?"

"그렇습지요, 스님. 그러니 아무 염려마시고 편히 지내십시오."

전쟁 직후, 당시만 해도 우리나라 불교계는 비구승과 대처승 간의 다툼이 끊이질 않고 있었다. 특히 일제시대 때 막강한 힘을 축

적한 왜색승려들이 전국의 사찰운영권을 독점하다시피 하고 있었다.

그러나 수원 팔달사는 왜색 승려는 물론 그 누구도 간섭할 수 없는 절이었다.

"그거 잘되었다, 정말 잘된 일이야."

금오 스님은 범행 스님의 이야기를 듣고 반색을 하였다. 그도 그럴 것이 떠돌이 승려인 금오 스님도 그동안 전국의 사찰들을 두루 돌면서 왜색승려에 의한 여러 폐해들을 겪어야 했던 것이다.

금오 스님은 이곳 팔달사에 머물고 있는 동안 범행 스님으로부터 극진한 대접을 받으며 한동안 참선삼매에 젖어들었다.

그러던 중, 하루는 금오 스님이 출타했다가 돌아오더니만 범행 스님과 월천 수좌를 불러 앉히었다.

"내 범행이하고 월천이한테 할말이 있어!"

"예, 스님. 말씀 내리시지요."

"내 특히 범행이한테 부탁을 해야겠는데, 부탁이라는 게 다름이 아니고······."

스님의 부탁은 의왕면 광교산에 토굴을 지어 그곳에서 수행을 하고자 하니, 범행 스님이 토굴 짓는 일을 좀 거들어달라는 것이었다. 그렇잖아도 금오 스님은 근래 들어 광교산을 자주 들르시곤 하였는데, 그때마다 광교산에 토굴을 지을 생각을 하던 터였다.

금오 스님이 보기에 광교산은 산세가 수려하였고 참선수행을 하기에도 안성마춤인 장소였다.

"예에? 토굴을 지으시겠다구요?"

　범행 스님은 토굴생활을 하겠다는 금오 스님의 말씀에 펄쩍 뛰었다.

"아이구 스님, 이제 토굴생활은 그만 하시고 이 팔달사에서 편히 계십시오. 제가 정성껏 모시겠습니다."

"아, 아니야. 이 팔달사가 불편해서 그런 게 아니구, 수행자는 수행이 본분이니 조용히 산속에 들어앉아 수행을 하려고 그러는 게야."

"아이구! 그래두 그렇지요, 스님. 이젠 제발 연세도 생각하셔야지요."

　범행 스님은 금오 스님이 늙그막한 나이에 이르러서도 고생을 자초하는 게 안타깝게 생각되어 토굴생활을 극구 만류하였다. 그러나 이미 마음을 정한 금오 스님이 범행 스님의 간청을 받아들일 리 없었다.

"편히 지내구 호의호식하려면 애당초 머리를 깎지 말았어야지. 출가수행자가 어찌 편하기를 바란단 말이더냐?"

"알겠습니다, 스님. 스님께서 그곳에 토굴을 꼭 지으실 의향이시면 지으셔야지요."

　이렇게 해서 범행 스님은 금오 스님의 분부를 받들어 의왕면 광교산에 토굴을 짓는 데 뒷바라지를 하였다. 월천 수좌도 금오 스님의 시중을 들어 토굴을 짓느라 고생이 이만저만이 아니었다.
　이윽고 토굴 짓기가 끝나고, 금오 스님은 범행 스님과 월천 수좌와 함께 안거에 들어갔다. 범행 스님은 팔달사를 잠시 떠나 금오 스님과 함께 토굴에 머무르게 된 것이었다.
　하루는 금오 스님이 월천 수좌더러 소금을 사오게 하여 김치를 담그도록 분부를 내렸는데, 다음날 아침 김치를 먹어보니 맛이 이상한 것이었다.
　"아니 월천아, 이 김치 어젯밤에 담근 게 분명하더냐?"
　"예, 스님. 그러하옵니다."
　"아니 그런데, 김치맛이 이상하구나."
　"김치맛이 이상하다니요, 스님?"
　옆에 있던 범행 스님이 끼어들었다.
　"범행이가 한번 먹어봐."
　범행 스님이 김치 한쪽을 먹어보려 하자 옆에 있던 월천 수좌도 고개를 갸우뚱거리며 김치 한쪽을 집어들었다.
　범행 스님과 월천 수좌가 김치를 먹어보니 아닌게아니라 김치맛이 영 이상한 것이었다. 그 맛이란 김치맛이 아니라 독약처럼 쓰디쓸 뿐이었다. 게다가 담근 지 하룻밤밖에 안된 김치가 이상하게도 몇달된 김치처럼 폭삭 삭아 있었다.

"맛이 이상한데요, 스님?"

범행 스님과 월천 수좌가 쓴 입맛을 다시며 이구동성으로 말했다.

"어젯밤 분명히 소금을 쳤으렷다?"

금오 스님이 월천 수좌에게 다짐을 받았다. 김치를 담근 당사자는 월천 수좌이었던만큼 월천 수좌야말로 이 예상치도 못한 사태에 가장 의아한 생각이 들었다.

월천 수좌는 어젯밤 분명히 소금을 사와서 듬뿍 뿌렸건만, 김치맛이 그 지경이 되었으니 알다가도 모를 일이었다.

잠시 후 금오 스님이 어젯밤 월천 수좌가 사온 소금을 가져오도록 일렀다. 금오 스님은 소금 봉지를 찬찬히 살펴보고는 실소를 터뜨리고야 말았다.

그때까지도 월천 수좌는 아무 영문을 몰라 스님의 얼굴과 소금 봉지를 번갈아 쳐다보았다. 그때 옆에 있던 범행 스님이 소금 봉투를 쳐다보더니 대경실색 소리쳤다.

"아이구 스님! 이건 소금이 아니라 요소비료입니다요, 비료요!"

월천 수좌의 두 눈이 휘둥그래졌다.

"비, 비료라니요? 전 분명히 소금인 줄 알고 한 됫박 달라고 그랬는데……."

그 비료가 소금과 모양이며 색깔이 너무나도 똑같았던지라 월천 수좌는 그것이 영락없는 소금인 줄로만 알았던 것이었다.
"에이끼 이런 녀석! 아 인석아 색깔, 모양만 같으면 다 소금이란 말이더냐? 이녀석 이거 아주 생사람 잡을 녀석이네, 응!"

금오 스님은 의왕면 광교산에 지은 토굴을 백운암이라 칭하고, 그곳에서 두 제자와 함께 두어 달을 지내었다.
그러던 어느 날이었다.
금오 스님이 제자들에겐 일언반구도 없이 걸망을 챙겨 길떠날 채비를 하는 것이었다. 범행 스님과 월천 수좌가 이상히 여겨 금오 스님께 행선지를 여쭈었다.
"내 잠시 다녀올 데가 있어."
배웅을 나온 제자들에게 금오 스님은 토굴을 떠나지 말고 수행에 열중하라 이르고는 백운암을 훌쩍 떠나는 것이었다.
그런데 잠시 다녀오겠다고 토굴을 나선 금오 스님은 그후 사흘이 지나고 열흘이 지나고, 한 달이 지나도 돌아오지를 않았다.
'잠시'라는 스승의 말에 곧 돌아오시겠지 하는 생각으로 토굴을 지키고 있던 제자들도 이젠 스승을 기다리기에 지쳐버릴 만도 하였다.
도대체 스님들이 말씀하시는 '잠시'라는 것이 얼마쯤인지 종잡을 수 있는 것이었겠는가.

"아무래도 우리 스님께서는 돌아오시지 않을 모양입니다요."

금오 스님이 두어 달째 돌아오지 않자 이제나 저제나 스님이 돌아오기만을 애타게 기다려왔던 월천 수좌가 범행 스님에게 말했다. 범행 스님 역시 허탈한 표정을 지으며 먼 허공을 바라보고 있었다.

"그러게 말일세. 잠시 다녀오겠다고 하시고선……."

범행 스님은 금오 스님을 원망하듯 말꼬리를 흐렸다.

"우리 스님이야 일 년도 잠시요, 삼 년도 잠시겠지요."

금오 스님이 백운암을 완전히 떠났다고 생각한 월천 수좌는 더 이상 스님을 기다리지 않기로 마음먹은 터였다. 월천 역시 백운암을 떠날 생각이었다.

"전 그만 떠나볼까 합니다."

"그야 뭐 자네 알아서 하시게만……."

범행 스님은 월천 수좌를 떠나보내고, 며칠 더 토굴에 머물러 있으면서 금오 스님을 기다렸다.

그러나 금오 스님은 그후로도 영 소식조차 없었으니 범행 스님도 별수없이 토굴을 떠나 팔달사로 돌아오기에 이르렀다. 이렇게 해서 토굴에는 아무도 남아 있지 않게 되었다.

결국 아무도 남아 있지 않게 된 토굴을 짓느라 모두 고생만 실컷

한 셈이었다.

그로부터 몇 달이 지난 후, 금오 스님은 불쑥 팔달사를 찾아왔다.

"아니 스님, 그동안 대체 어디에 계셨습니까요?"

범행 스님이 놀라움 반 반가움 반으로 금오 스님을 맞이하였다.

제자들이 보기에 금오 스님의 운수행각은 도저히 종잡을 수 없는 것이었다. 떠나셨다 싶으면 돌아오시고, 또 돌아오셨다 싶으면 홀연히 다시 떠나는 금오 스님이 아니었던가!

"어디 있긴 어디 있었겠는가. 산속에 있었지."

"그렇다고 그렇게 소식조차 주시지 않으셨습니까, 스님!"

"출가수행자가 어디에서나 수행을 하고 있으면 그만이지 소식은 무슨 소식……. 토굴 잘 지키고 있으라고 했더니 어째서 여기 와 있어?"

금오 스님은 흡사 며칠만에 돌아온 것마냥 태연히 물었다.

"아이구 스님, 말씀두 마십시오."

범행 스님은 월천 수좌를 떠나보내고 토굴에서 혼자 지낸 이야기를 장황하게 늘어놓으며 엄살을 떨었다. 혼자서 독살이를 해보니 세상에 못할 게 그 독살이더라는 것이었다.

"세상에 못할 게 독살이라?"

"예에, 먹는 것 두 끼에 아무것도 못하겠더라구요, 스님."

"그러니까 그게 수행이지."

수행이라는 말씀에 범행 스님은 펄쩍 뛰며 여전히 엄살을 늘어놓았다.

"아이구 아닙니다요, 스님. 쌀 씻고, 밥하고, 채소 듣고, 어쩌고 하다 보면, 하루종일 그 일만 하다 세월 다 가더라구요. 그래서 그만 내려와버렸습니다요, 스님."

금오 스님은 범행 스님의 말을 잠자코 듣고만 있었을 뿐, 토굴을 지키지 않은 일에 대해서는 더 이상 아무 말씀도 하지 않았다.

"나 당분간 이 팔달사에 좀 있어야겠어."

"아이구 스님, 그거야 스님 뜻대로 하십시오."

금오 스님이 팔달사를 굳이 다시 찾은 것은 그나마 팔달사가 참선수행하기에 가장 좋다고 생각되었기 때문이었다. 그 당시 전국의 사찰들에서는 독신수좌들을 괄시하여 선방까지 폐쇄하는 일이 다반사였으니 독신수좌들이 갈래야 갈 곳이 없고 수행할래야 수행할 곳이 변변치 않은 형편이었다.

사정이 이러하니 평생을 독신수좌로 살아온 금오 스님의 참선수행도 어려움이 이만저만이 아니었다.

이즈음 독신수좌들이 차지하고 있는 절은 전국을 통털어 불과 다섯 곳밖에 되지 않았는데, 서울의 선학원을 비롯해 부산 금정사, 대전 심광사, 인천 보각사, 그리고 수원 팔달사 등이었다.

 이 다섯 절을 제외하고 나머지 절은 대처승 측에서 모조리 차지하고 있었다.
 일천육백 년이라는 우리나라 불교 역사상 독신수좌들이 이처럼 괄시를 받는 일은 처음 있는 일이었다.
 "그런데 스님!"
 우리나라 불교계의 폐해상에 대해 이런저런 이야길 나누던 범행 스님이 이때 반가운 소식 하나를 금오 스님께 아뢰었다.
 "서울 선학원을 중심으로 해서 뜻있는 수좌들이 모여들고 있다 합니다."
 당시 우리나라의 불교계가 썩을 대로 썩어가고 있을 때 이를 개탄한 소수의 뜻있는 수좌들이 불교다운 불교를 일으켜 세우고자 하는 뜻으로 서울 선학원을 중심으로 해서 모여들고 있었던 것이었다.
 "그런 소문이 수원까지 들려오더란 말인가?"
 "소문으로 들은 게 아니라 은밀히 그런 연락이 있었습니다, 스님."
 범행 스님의 이야기를 들은 금오 스님은 두 눈을 지그시 감고 잠시 생각에 잠기었다. 지금 선학원을 중심으로 해서 수좌들이 모여들고 있다면, 그 뜻있는 일은 극히 초기단계에 이른 것에 불과할 터였다. 이제 막 불교정화운동의 불씨가 피어오르려는 순간인 셈이었다.
 잠시 후 금오 스님은 범행 스님에게 단단히 일러두었다.
 "일을 시작하기도 전에 소문이 먼저 퍼지면 될 일도 아니 될 것이니 각별히 입조심을 해야 할 것이야."

18
부처님 경전대로 할지어다

때는 1954년 여름.

불교정화운동을 벌이려는 뜻있는 수좌승들이 서울 선학원을 중심으로 모여들기 시작할 무렵, 하루는 부산 동래 범어사 동산 스님의 제자인 지효 스님이 수원 팔달사로 금오 스님을 찾아뵈었다.

지효 스님은 불교정화운동이 본격적으로 출범하기 직전인 최근의 정황들을 금오 스님께 먼저 아뢴 다음 이 정화운동의 필요성을 재차 강조하였다.

"더 이상 이대로 놔두어서는 우리 수좌들이 발붙일 곳을 잃게 되오니 이제 우리 수좌들이 일어설 때라고 생각하옵니다."

지효 스님의 이야기를 들은 금오 스님은 새삼 조심스러운 반응을 보였다.

선학원의 뜻있는 수좌승들이 속속들이 모여든다고는 하지만, 이들 수좌승들의 항거와 운동들은 여러가지 현실적인 사항들을 고려해볼 때 역부족이라 하지 않을 수 없는 상황이었다.

싸움으로 치면 중과부적이라고나 할까. 뜻있는 수좌승들이 오합지졸의 풋내기병사들이라면, 상대는 천군만마(千軍萬馬)를 거느린 대규모의 병력이라 해도 과언이 아닐 터였다.

"젊은 혈기만 가지고는 성사하기 어려울 것이니 모든 일에는 상대가 있는 법. 지금 저들은 모든 사찰을 한 손에 움켜쥔 채 막강한 권세와 엄청난 재력, 게다가 만여 명의 권속을 거느리고 있으니 섣불리 건드렸다가는 오히려 일을 그르치기 쉬울 것이야."

금오 스님의 조심스러운 전망에도 불구하고 지효 스님은 초지일관 강경한 자세를 보였다.

"그래서 저희 수좌들은 죽기를 무릅쓰고 이 일을 시작하려 하오니 부디 스님께서 저희들을 이끌어주십시오."

"정녕 죽기를 각오했단 말이시던가?"

금오 스님이 지효 스님의 결심한 바를 다시금 확인하듯 되물었다.

지효 스님의 비장한 각오에는 한치의 변함도 없는 듯하였다. 금오 스님도 한눈에 그것을 확인할 수 있었다.

이윽고 금오 스님이 지효 스님의 청을 수락하였다.

"그대들의 각오가 정녕 그러하다면 내 기꺼이 앞장을 서겠네."

이렇게 해서 금오 스님은 제자 범행과 함께 서울 선학원으로 떠났다. 스님은 곧이어 불교정화추진위원장으로 선출되어 역사적인 불교정화운동의 선구자적 역할을 수행하기에 이르렀다.

이때 금오 스님은 서울 선학원과 수원 팔달사를 오가면서 대월·지효·지영·표공 등을 시켜 효봉 스님과 동산 스님, 그리고 청담 스님을 서울로 모셔 오도록 하는 한편 팔달사 주지 범행으로 하여금 불교정화운동의 뒷바라지를 맡도록 분부하였다.

서울과 수원 사이를 수없이 오가는 금오 스님은 말할 것도 없지만 범행 스님의 고생도 이만저만이 아니었다.

금오 스님은 수원 팔달사에 제자들을 모아놓고 우리나라 불교계의 부패상과 불교정화운동의 필요성을 역설하였다.

"그대들도 다들 잘 알고 있겠지만 왜정 36년 동안 우리나라 불교는 병들고 썩었어! 이제 우리가 이 병들고 썩은 불교를 바로잡아 썩은 곳을 도려내고 병든 곳을 잘라내야 할 것이니, 만약 이 불교정화운동이 성공하지 못하면 얼굴을 들고 살 수가 없을 것이요, 그땐 무인도로 들어가서 보리농사나 지으면서 묻혀 지낼 각오를 해야 할 것이야. 모두들 내 말 알아들었는가?"

"예, 스님."

금오 스님의 말씀을 듣는 제자들의 모습은 진지하고 숙연하기까지 하였다.

"부처님 계율을 어기고 취처육식(取妻肉食)에 음주흡연하는 잡배들이 사찰을 독점하고, 청정계율을 지키는 독신수좌들은 배가 고파도 먹을 것이 없고, 눈비를 맞아도 잠잘 곳이 없으며, 참선수행을 하려고 해도 쫓겨나는 세상이 되었으니 이 어찌 더 이상 당하고만 있을 것인가! 그대들은 이제 죽기를 각오하고 불교정화에 떨쳐나서야 할 것이니, 비장한 각오가 없는 사람은 차라리 미리 내 앞에서 떠나야 할 것이다. 모두들 내 말 알아들었는가?"

"예, 스님. 죽기를 각오하고 싸우겠습니다."

불교정화운동이 본격적으로 추진될 기미가 보이자, 한편 태고사 측에는 비상이 걸리지 않을 수 없었다. 태고사라면, 당시 우리나라의 부패한 불교계를 상징하는 종단으로써 다름아닌 정화운동의 대상이었다.

금오 스님이 불교정화추진위원장이 되어 전국비구승대회를 소집하는 등 본격적인 활동을 개시하자 태고사 측에서는 부랴부랴 긴급회의를 소집하기에 이르렀다. 이윽고 태고사 측은 불교정화운동을 무마시키기 위해 전국의 18개 사찰을 비구 측에 내주겠다고 제의해왔다.

그러나 이 약속은 끝내 지켜지지가 않았다.

태고사 측의 주지회의에서는 18개 사찰을 비구 측에 넘겨주기로 결의했지만, 정작 해당 사찰 주지들이 못내놓겠다고 버티는 바람에

　결국 이 양도약속이 파기되어 버린 것이었다.
　만일 이때에 태고사 측이 당초의 약속대로 18개 사찰만이라도 독신비구승들에게 선선히 내놓았더라면 아마도 불교정화운동은 그 방향이 확연히 달라졌을 터였다.
　하지만 끝내 이 약속이 지켜지지 않는 바람에 우리나라의 불교계는 더욱 큰 소용돌이 속으로 말려들게 되는 결과를 초래하였던 것이다.

　당초의 약속대로 비구 측에서 사찰을 양도받지 못하게 되었다는 소식을 들은 금오 스님은 비분강개하여 불교정화운동에 더욱 박차를 가하였다.
　태고사 측에서 그렇게 나오는 이상, 비구 측에서도 이젠 더 이상 지체하고만 있을 수 없는 노릇이었다.
　이윽고 금오 스님은 전국비구승대회를 열어 본격적인 실력행사에 들어갔다.
　요원의 불길처럼 번지기 시작한 불교정화운동은 수차에 걸친 전국비구승려대회와 유혈충돌, 그리고 이승만 대통령의 특별유시와 언론의 전폭적인 지지를 받게 되었다. 독신비구승들이 속속들이 사찰들을 접수하기 시작하여 서울 견지동에 있는 태고사까지 접수, 그 이름을 조계사로 개칭하기에 이르렀다.

이 무렵 비구승 측이 사찰을 접수하는 과정에서 밀고 밀리는 불상사가 수도 없이 속출하고 있었는데, 이 와중에 금오 스님은 뚝섬 나루 건너 봉은사를 접수하기 위해 제자들과 함께 절 안으로 들어갔다.

다른 절과 마찬가지로 봉은사 승려들이 순순히 절을 내놓을 리가 없었다.

일단의 제자들을 데리고 봉은사에 이르자, 그곳의 주지가 절 입구에 버티고 서서 완강히 저항할 태세를 갖추고 있었다.

"이 절 주지가 엄연히 살아 있는데 감히 누가 비워라 말아라 한단 말입니까요?"

말뚝처럼 버티고 선 주지에게 금오 스님이 타이르듯 점잖게 일렀다.

"그동안 잘 살았으니 이제 그만 비구승들에게 비워줄 때가 되었네."

그러나 주지는 여전히 완강한 자세였다.

"안되겠소이다. 이 절 주인은 나란 말이오!"

주인 운운하는 말에 금오 스님은 가소로운 생각이 들었다.

"허, 이 사람이 뭘 몰라도 한참 모르는구먼그래. 이 절 주인은 부처님이 주인이요, 부처님을 믿는 불자들이 주인이거늘 어찌 감히 주지가 주인이란 말인가?"

"말씀 한번 잘하셨소! 그래 부처님이 주인이요, 불자들이 주인이라면서 왜 스님이 날더러 비워라 어째라 그러십니까? 사실 따지고 보면 부처님도 처자식이 있었는데 내가 처자식이 있다고 해서 나가라는 건 말도 안된다구요!"

주지는 취처육식하는 저 자신의 타락상을 부처님의 이름까지 빌어 변명하면서 제법 비아냥거리기까지 하였다.

주지의 맹랑한 발설에 금오 스님은 더 이상 참을 수가 없었다.

"너 이놈! 어디서 감히 주둥이를 함부로 놀리는고!"

금오 스님의 불 같은 역정에 주지는 다소 겁에 질린 듯 말을 더듬기 시작하였다.

"……아니 뭐, 내 내가 틀린 말 했습니까?"

"너 이놈! 부처님은 모든 걸 다 버리신 분이다. 아내도 버리셨고, 자식도 버리셨고, 태자 자리도 버리셨고, 왕의 자리도 버리셨어! 그런데 넌 대체 무엇을 버렸느냐?"

금오 스님이 엄히 꾸짖자 주지는 잔뜩 움츠러들었다.

"그, 그거야 나두……."

주지가 당황하여 더듬거리자 금오 스님은 더욱 고삐를 늦추지 않았다.

"네 이놈! 너도 부처님 계율대로 다 버리고 오너라! 그러면 언제든지 이 절을 다시 내줄 것이다. 내 말 알아들었느냐!"

이렇게 해서 금오 스님은 아무 몸싸움 없이 봉은사를 고스란히 접수해서 비구승들로 하여금 머물게 하였다.

그 이후 금오 스님은 속리산 법주사로 내려가 그곳에서 잠시 머물고 있었다.

법주사에는 금오 스님의 제자인 혜정 수좌가 있었는데, 하루는 혜정 수좌가 고향 친구 하나를 데려와 금오 스님께 인사를 올리도록 하였다.

금오 스님은 혜정 수좌의 고향 친구를 스님의 방으로 들게 하였다.

속명이 송현섭이라는 그 젊은이는 수원농과대학에 재학중인 대학생이었다.

"그래, 이 절에는 어찌 왔는고?"

송현섭의 인사를 받고 나서 금오 스님이 넌즈시 물었다.

"예, 절구경도 할 겸, 친구도 만날 겸해서 이렇게 왔습니다."

절을 찾아와서 조실스님께 인사를 올리는 청년들은 이럴 때면 으레이 부처님의 가르침을 배우기 위해서라든가, 속세의 번잡한 삶을 떠나 참자아를 발견하기 위해 절을 찾았다는 등 거창하게 대답하는 것이 보통인데, 이에 반해 송현섭의 대답은 매우 간단하고 솔직하였다.

그 솔직담백함이 금오 스님의 마음에 와닿았다.

"그래, 그래, 잘왔다. 대학을 다닌다고 하니 한마디 해주겠다."
"예, 스님."
"그 진리라고 하는 게 대체 어디에 있는지 그걸 알겠느냐?"
"……그, 글쎄요."
"모두들 진리라고 하는 게 책 속에 있는 줄 알고 찾고 헤매지만 사실은 그 진리라고 하는 게 어디 있는고 하니 …… 바로 네 마음 속에 있는 게야."
"……마음 속에 진리가 있다구요?"
"그렇지. 마음을 닦아 마음을 바로 알고 보면, 이 세상 모든 진리가 바로 마음속에 있다는 걸 알게 될 것이니, 사나이 대장부라면 무엇보다도 먼저 참선을 통해 마음을 깨쳐야 하는 게야."
"마음을 어떻게 깨쳐야 하는데요, 스님?"
금오 스님의 말씀에 점점 빨려들어가는 듯 송현섭의 눈망울에는 맑은 기운이 감돌았다.
금오 스님은 그 눈빛을 그윽히 바라보며 말씀하였다.
"창 밖에 바람은 어찌해서 불어오는가, 숲속에 꽃은 어찌해서 피는가, 세상만물을 보고 느끼는 것은? 과연 그 주인공이 무엇인가? 이것들을 하나하나 의심해나가면 그게 바로 마음닦는 공부요, 깨침을 얻는 공부인 게야."

"예, 스님."

송현섭은 금오 스님의 말씀을 하나라도 놓치지 않으려는 듯, 스님의 말씀 하나하나에 자기의 온마음을 던져 그 뜻을 헤아리고 또 헤아렸다.

법주사에 있는 친구 혜정 수좌를 만나러 왔던 농과대학생 송현섭은 그만 금오 스님의 법문에 큰 감화를 입어 출가득도하기로 마음을 먹게 되었는데, 이 청년이 바로 훗날의 금산사 주지, 송월주 스님인 것이다.

금오 스님은 법주사에서 또 한 명의 제자 월주를 얻은 뒤 구례 화엄사로 발길을 옮기었다.

화엄사 역시 태고사 측에서 차지하고 있는 절이었는데, 그 절의 주지승이 절을 내놓지 않겠다고 하도 완강히 버티는 터라 금오 스님이 손수 제자들을 이끌고 화엄사로 내려갔던 것이었다.

금오 스님이 화엄사에 도착하고 보니 과연 듣던 대로 주지승의 저항이 만만치 않았다. 주지승은 죽으면 죽었지 절만은 절대로 내놓을 수 없다고 버티었다.

"그래 이 절간이 그렇게도 욕심난단 말이오?"

제자들이 화엄사 승려들과 몸싸움을 벌이려 하자 금오 스님이 이를 만류한 다음 주지승을 상대하였다.

"절간이 욕심나서가 아니요."

절간이 탐나서가 아니라면서 절간을 내놓지 않겠다니, 이는 또 무슨 해괴망측한 소리인가!

"절간이 욕심나지 않는다면, 그러면 법당에 모신 부처님이 욕심난단 말이던가? 그렇다면 부처님을 내줄 터이니 어서 들고 나가시게나."

주지승의 궤변에 맞서 금오 스님은 스님 나름대로 은근히 맞받아쳤다. 그러자 주지승은 이번에도 궤변을 늘어놓을 태세였다.

"부처님이 욕심나서가 아니요."

"그럼 대체 무엇이 그리 가지고 싶어서 절을 비워줄 수 없다는 말이던고?"

"기왕에 출가해서 승려가 됐으니 계속해서 중 노릇을 하고 싶다, 그 말입니다."

주지승의 이 말은 절간을 내놓지 못하겠다는 말에 다름아니었다. 금오 스님은 주지승의 이러한 속마음을 일찌감치 꿰뚫어보고는 서슴없이 쏘아붙였다.

"허 그것 참, 듣던 중 반가운 소리로구먼그래. 그렇다면 방법이 있으니 내 시키는 대로 하게."

"방법이 있다니요?"

"자네도 부처님 경전을 읽었을 테지?"

"그, 그야 볼 만큼은 봤지요."
"그러면 그 부처님 경전대로만 하시게."
"부처님 경전대로만 하라니요?"
주지승은 금오 스님의 지혜로운 언변에 점점 이끌려, 갈수록 아리송한 기분이 들었다. 그때 금오 스님이 따끔하게 일침을 가했다.
"부처님이 이르신 그대로, 부처님이 하신 그대로, 아내도 버리고, 자식도 버리고, 벼슬도 버리고, 부귀영화도 버리고, 그것들을 다 깨끗이 정리하고 오면 내 언제든지 이 절에서 살 수 있도록 받아줄 것이니 어서 가서 정리부터 하고 오도록 하게!"
명색이 승려인 주지승도 금오 스님의 이런 말씀을 듣고 나서는 더 이상 어찌할 도리가 없을 터였다. 제 입으로도 절간이 욕심나서가 아니요, 다만 중 노릇을 계속하고 싶어서라 했는데, 이 마당에 절간을 내놓지 못하겠다고 버텨봐야 그것은 자기 얼굴에 흙칠을 하는 것이나 마찬가지일 것이었다.
금오 스님은 이렇게 타이르기도 하고 꾸짖기도 해서 별다른 불상사 없이 화엄사를 접수하게 되었다.
어린 나이에 출가를 한 데다가 법력이 높은 금오 스님이고 보니 상대방은 대항할 명분이 없을 뿐만 아니라 스님의 위엄 앞에 맥을 출 수가 없었던 것이었으리라.
이때 금오 스님을 모시고 화엄사에 간 제자는 탄성 · 월성 · 월주

등이었는데, 화엄사를 접수한 그날 밤 금오 스님은 세 제자들을 모아놓고 특별히 당부의 말씀을 전하였다.

"이제 우리가 이 화엄사를 접수했다만은 긴장을 풀어서는 안 될 것이야."

태고사 측 승려들이 화엄사를 일단 내주긴 했지만, 그들은 언제든지 핑계만 있으면 다시 쳐들어오려고 기회만 노리고 있을 게 뻔하였다.

"그렇지 않아도 스님, 간밤에 돌팔매질을 하고 달아난 녀석이 있었습니다."

"그것 보아라. 허나 저들은 부처님 계율을 어겼기 때문에 저희들 스스로 부끄러움을 느끼고 명분이 없어 물러난 것. 만일 너희들 중에 계율을 어기고 허튼짓을 하면 그때에는 저들이 들고 나올 것이다. 청정비구들이라고 절을 차지하더니 너희들과 우리가 다른 게 무엇이 있느냐, 이렇게 되면 우리는 할말이 없게 될 것이니 너희들은 죽기를 각오하고 청정계율을 지켜야 한다. 내 말 알아들었느냐?"

"예, 스님. 명심하겠습니다."

한마디 한마디가 출가수행자의 본분을 일러 말씀하시는 금오 스님의 신중한 당부에 세 제자는 다시금 새로운 각오를 다졌다.

"절 안에서나 절 밖에서나 한치 한푼도 계율에 어긋남이 없어야 할 것이요, 절살림을 살아가는 데 있어서는 곡식 한 톨도 허비함이 없어야 될 것이요, 시주물을 철저히 아껴야 할 것이요, 누구를 대하든 아만심을 버리고 공손해야 할 것이다."

"예, 스님. 명심하겠습니다."

금오 스님은 제자들에게 청정비구승들이 갖춰야 할 덕목들을 조목조목 자상히 일러주었다.

탄성·월성·월주는 금오 스님이 정하여 준 대로 원주·재무·교무 일 등을 제각기 맡게 되었다.

"이것 보아라, 월주야!"

금오 스님은 월주 수좌에게 따로 당부의 말씀을 내리었다.

"세속공부를 많이 했다고 해서 아만심을 가져서는 아니 될 것이니 너는 더더욱 허리를 굽혀서 인사를 해야 할 것이요, 경책을 보아서는 아니 될 것이니, 오직 참선수행을 해서 입지를 찾으면 경은 그때 가서 보아도 늦지 않을 것이다."

"예, 스님. 명심하겠습니다."

"이 세상에는 키가 큰 사람도 있고 키가 작은 사람도 있다."

"……예, 스님."

"키가 남보다 작은 사람은 왜 그런지 그 까닭을 아느냐?"

"……잘 모르겠습니다, 스님."

스님의 물음에 월주 수좌는 공손한 자세로 스님의 다음 말씀에

 귀를 기울였다.
 "남보다 키가 작은 사람은 전생에 아만심이 많아서 누구 앞에서나 뻐기고 뽐내던 사람이다. 그래서 그 벌로 키가 작게 태어나는 게야."
 "예, 스님."
 "남보다 잘났다고 뽐내지 말고, 남보다 많이 배웠다고 으시대지 말고, 남보다 앞서 있다고 우쭐대지 말고, 남보다 좋은 집안이라고 자랑하지 말 것이니 사람은 언제 어디서나, 누구에게나 겸손하고 공손하게 자기를 낮춰야 하는 것이니라."
 금오 스님은 속가공부를 많이 한 월주 수좌가 자칫 범하기 쉬운 잘못들을 하나하나 짚어가며 충고를 하였고, 월주 수좌 또한 스님의 말씀들을 하나하나 가슴 깊이 새겨놓고 있었다.

19
스승의 참사랑은 혹독한 가르침

　금오 스님은 화엄사에 머물고 있을 적에도 제자들에게 늘 참선 수행할 것을 당부하였다.
　출가수행자는 오로지 참선수행에만 용맹정진해야 한다는 것이 금오 스님의 한결같은 가르침이었다.
　금오 스님은 수행자가 참선 이외에 경공부나 글공부하는 것도 결코 용납하지 않았다. 금오 스님의 사상은 철저한 참선 수행을 통한 득도의 경지만을 수행자의 유일무이한 공부로 인정하고 있었기에, 간혹 제자들이 글공부하는 것을 볼라치면 여지없이 호통을 치곤 하였다.
　금오 스님은 또 수행자의 본분은 주지나 교무, 재무 등의 직책을 맡는 데 있는 것이 아니라고 이르기도 하였다.

그렇기에 금오 스님은 주지승 자리를 탐한 적이 한 번도 없었고, 더욱이 어느 한 절에 오래 머무는 법도 없었다.
금오 스님의 외형적인 수행자의 모습은 이 절 저 절 기약없이 떠돌아다니는 운수행각의 비구승에 다름아니었다.
고인 물이 썩듯이 수행자가 어느 한 절에 안주해버리면 그만큼 수행자 본연의 마음도 그 순수성을 잃는다는 것이 금오 스님의 사상이었다.
득도를 하려면 첫째 참선수행을 해야 하고, 참선수행을 하려면 일체의 세속적인 소유욕을 버려야 하는데, 금오 스님에게 있어선 어느 한 절에 안주하는 것도 일종의 소유욕에 다름아니었기에 언제나 당신 스스로 운수납자의 길을 자청하고 나섰던 것이었다.
금오 스님이 화엄사에 머물고 있을 때 하루는 참선수행에 소홀한 제자 월주를 호되게 꾸짖은 일이 있었다.
"그동안 화두를 잘 들었더냐?"
금오 스님의 급작스런 물음에 월주 수좌는 우물쭈물하였다. 그도 그럴 것이 금오 스님이 내린 화두를 제대로 참구할 틈이 없을 정도로 절의 잡다한 직무에 시달리고 있었기 때문이었다.
"어찌하여 대답이 없는고?"
금오 스님이 다그쳤다.
월주 수좌는 잠시 우물쭈물하다가 어렵게 말문을 열었다.

 "말씀드리기 죄송하오나, 제가 교무소임을 맡고 있는 관계로 군청이다 경찰서다 들락거리면서 처리할 사무가 많은 탓에 화두를 제대로 들지 못했사옵니다, 스님."

 하소연처럼 들릴 수도 있을 월주 수좌의 이 말에도 일면 설득력은 있었다. 화엄사를 접수한 지가 얼마 안된 탓에 교무소임을 맡은 월주 수좌가 각종 행정적인 일로 눈코 뜰 새 없이 바쁘다는 것은 금오 스님도 익히 알고 있던 터였다. 그러나 금오 스님은 거두절미하고 화두를 참구하지 않은 제자를 몰아붙이기 시작하였다.

 "하루종일 허구헌날 사무처리만 하고 다녔더란 말이더냐?"

 "……죄송하옵니다, 스님."

 "낮에 군청에 가고, 경찰서에 가고, 교육청에 다닌 것은 나도 알고 있다. 하지만 밤에는 대체 무엇을 했더란 말이던고?"

 "……일처리가 하두 복잡하고 어려워서……."

 제자의 조심스런 변명에 금오 스님은 버럭 역정을 내었다. 월주 수좌가 아무리 고달파도 밤 시간을 이용해서라도 화두를 참구해주길 금오 스님은 기대했던 것이었다. 금오 스님이 월주 수좌를 상좌로 삼은 것이 심부름이나 시키자고 한 것이 아니었기에 금오 스님의 실망은 더욱 크지 않을 수 없었다.

 "듣기 싫다!"

 스님으로부터 불호령을 들은 월주 수좌는 송구스런 마음에 더 이상 아무 변명도 늘어놓을 수가 없었다.

"잘못되었습니다, 스님."

"수행자의 본분은 첫째도 참선이요, 둘째도 참선이요, 삼천대천 세계가 다하고 미래세가 다하도록 참선뿐이라고 일렀느니라."

"예, 스님……."

"행정처리 잘하고, 사무처리 잘해봐야 소용없는 일. 마음이 우주 진리의 본바탕이요, 진리의 당처요, 몸의 주인공인 게야!"

"예, 스님."

"내가 내려준 화두 '이뭣꼬'를 붙들고 늘어지도록 해라!"

"예, 하오나 화두가 잘 잡히지 아니하옵니다, 스님."

"화두가 제대로 잘 잡히지 아니하는 것은 네 마음속에 번뇌망상이 일어난 까닭이다. 그렇지 않느냐?"

"그, 그렇사옵니다, 스님."

"망상이 일어나는 것을 너무 걱정하고 집착하지 말고 그대로 놓아버려라."

"……어떻게 하면 번뇌망상이 일어나는 것을 고치게 할 수 있는 것이옵니까, 스님?"

"번뇌망상이란 곧 잡다한 생각이니 생각을 쉬면 자연히 번뇌망상이 사라질 것이다."

"생각을 쉬라구요, 스님?"

"모든 것을 다 놓아버리면 쓸데없는 생각이 사라지게 될 것이다."

그 해 겨울, 화엄사에 머물고 있던 금오 스님은 가끔 실상사를 다녀오곤 하였는데, 하루는 실상사 약수암을 참배하고 나오다가 입구에서 한 청년과 우연히 마주치게 되었다.

청년은 실상사 경내로 들어오지도 않고 입구 주변을 서성이고 있는 중이었다.

청년의 용모는 이목구비가 뚜렷하고 기골이 장대하여 한눈에도 늠름한 분위기가 가득하였다. 선이 굵은 콧날 양옆으로는 총기 서린 두 눈이 형형하게 빛나고 있었다.

"이것 보아라. 너 이리좀 오너라."

금오 스님은 청년과 마주치자마자 대뜸 말을 붙였다.

"왜 그러시는지요, 스님?"

노스님의 난데없는 부름에 청년은 뜨악한 표정을 하고 제자리에 우뚝 섰다.

금오 스님은 청년이 실상사를 찾은 연유를 먼저 물어보았다.

청년은 실상사가 부모님이 다니는 절이라서 한번 구경할 겸해서 와본 것이라 했다.

"오 그래? 그러면 집이 이 근처 어디더냐?"

"예, 저 산 아래입니다."
청년의 집은 설상사 인근의 마천면 군자리에 있다 하였다.
"허면, 이름은 무엇이던고?"
"김계식이라고 하옵니다."
이때 금오 스님이 다짜고짜 청년에게 물었다.
"너 혹시 머리 깎고 중 될 생각 없느냐?"
"예에? 절더러 머리 깎고 중이 되라구요?"
청년은 금오 스님의 난데없는 물음에 무척 당황한 기색을 보였다.
청년이 두 눈을 휘둥그래 뜨자, 금오 스님이 다시금 추스려 말하였다.
"아, 아니다. 관상을 보아 하니 출가득도해서 수행자가 되면 요 다음에 큰인물이 될 것 같아서, 그래서 한번 해본 소리니라."
"대체 스님께서는 어느 절에 계신 스님인데 그런 말씀을 하시는 겁니까?"
청년은 다소 언짢은 표정으로 제법 따지듯 물었다.
그러나 금오 스님은 청년의 태도에는 아랑곳하지 않고 웃음보를 터뜨렸다. 당돌하지만 늠름하기도 한 청년의 기백이 마음에 들었기 때문이었다.
"하하하! 나는 오늘밤에는 실상사에 있을 것이요, 그 다음에는

화엄사에 있을 것이니라."

"오늘밤은 실상사에, 그 다음에는 화엄사에요?"

"행여라도 중 될 생각나거든 화엄사로 찾아오너라."

금오 스님은 이렇게만 말할 뿐 청년이 더 이상 여쭐 기회도 주지 않고 산 아래로 총총히 사라져갔다.

금오 스님은 원래 아무에게나 출가하기를 권하는 분이 결코 아니었다. 하물며 수행자가 되려고 제발로 찾아온 이들에게도, 신중히 재고하도록 권하는 분이 금오 스님이었는데, 이상하게도 이날 금오 스님은 처음 본 청년에게 대뜸 출가를 권유한 것이었다.

그런데 이 일이 있은 후 또다시 이상한 일이 벌어졌다.

그 청년이 금오 스님을 만난 지 꼭 한 달만에 그 멀고 먼 화엄사를 제발로 찾아온 것이었다.

"스님, 저를 알아보시겠습니까요?"

"그래 잘왔다, 어서 들어오너라."

금오 스님은 청년을 한눈에 알아보고 방 안으로 친히 불러들였다.

"스님!"

방으로 들어온 청년은 스님께 대뜸 큰절부터 올리는 것이었다.

"왜 그러느냐?"

"저를 정말 스님의 제자로 삼아주시겠습니까요?"

"암, 제자로 삼구말구."
금오 스님은 자비심 가득한 표정으로 청년의 소청을 흔쾌히 받아들였다.
이때 이 기묘한 인연으로 금오 스님의 제자가 된 청년이 바로 오늘의 월서 스님인 것이었다.
청년 김계식에게 금오 스님은 월서라는 법명을 내려 제자로 삼았는데, 바로 이해 음력 칠월 보름에는 월영·월조·월곡·월만·월석·월초 등 여러 제자들에게도 법명과 함께 계를 내리었다.
쿵! 쿵! 쿵!
주장자의 엄한 소리와 함께 금오 스님의 법문이 이어졌다.

그대들은 이 소리를 들었는가!
그대들은 이제 큰뜻을 세우고 산문 안에 들어왔으니 과연 그 큰뜻이 무엇인고?
재물 많은 부자가 되려는 게 큰뜻이 아니다.
높은 벼슬 하려는 게 큰뜻이 아니다.
고대광실 호의호식하는 것이 큰뜻이 아니다.
오직 대도의 진리를 깨우쳐 본래 성품을 바로 보고 생사의 고통에서 벗어나는 길을 증득하여 고해중생을 제도하고자 함이 바로 큰

뜻이라 할 것이다.

허면, 바로 그 대도의 진리는 과연 어디에 있는 것이더냐?

저기 산 위에 있는 것이더냐?

바다 건너 있는 것이더냐?

구름 위에 있는 것이더냐?

대도의 진리는 바로 그대들의 눈앞에 있으니 엉뚱한 곳에서 찾으려 하지 말라!

누구나 뜻을 세워 발원하면 얻을 수 있는 것이 바로 대도의 진리이다.

그러나 스스로 참성품을 어기는 날이면 미혹의 바다에 빠지고 만다.

도는 배우려 하면서도 도심을 갖지 아니했다면 과연 도를 어떻게 얻을 수 있을 것인가?

도 닦는 마음을 지니지 아니한 채 도를 닦으려 한다면 이는 마치 밭을 갈려고 하나 소가 없는 것과 마찬가지이니 결코 도에 나아갈 수 없을 것이다.

부디 도를 배우고자 하거든 무엇보다 먼저 그 뜻을 굳건히 하여 용맹스럽게 정진해나가야 할 것이다.

그대들은 잠시도 용맹정진을 잊어서는 아니 될 것이다!

잘 알다시피 금오 스님은 참선수행 하는 제자들을 가장 기특하게 여기고 사랑하였다. 그러나 또 참선수행 중에 꾸벅꾸벅 졸고 있는 제자가 있으면 사정없이 죽비를 후려치며 꾸짖기를 주저하지 않으셨다.
　하루는 월서 수좌가 참선수행 중에 졸다가 금오 스님께 호되게 꾸지람을 들은 적이 있었다.
　"너 이녀석 월서야!"
　"……예, 스님."
　"하라는 참선은 제대로 아니하고 꾸벅꾸벅 졸고 있으니 꿈속에서 도를 닦을 셈이더냐?"
　"……잘못되었습니다, 스님."
　"이녀석 안되겠구나!"
　금오 스님은 한밤중에 느닷없이 월서 수좌를 데리고 밖으로 나갔다.
　"이녀석 월서야!"
　"예, 스님."
　아닌 밤중에 홍두깨 식으로 스님께 끌려나온 월서 수좌는 얼떨떨한 기분이 들었다.
　그런데 잠시 후 월서 수좌는 더욱 얼이 빠져버렸다. 금오 스님이 지게를 지고 톱과 도끼를 가져오라 분부를 내린 것이었다.

스님의 분부가 하도 황당한 것이어서 월서 수좌가 그 까닭을 여쭈었다. 그러나 꾸지람만 오히려 더 들을 뿐이었다.

"한번 일렀으면 그대로 할 것이지 왜 되묻고 그러는고?"

호된 꾸지람에도 불구하고 월서 수좌가 재차 조심스럽게 여쭈었다.

"하오나 이 한밤중에 지게는 왜 지라고 그러시는지요, 스님?"

금오 스님이 그러한 분부를 내린 까닭은 매우 간단하였다. 월서 수좌로 하여금 산에 올라가 나무 한 짐을 해오게 하여 졸음을 달아나게 하려는 것이다.

"나도 함께 갈 것이니 어서 따라오너라!"

캄캄한 밤중에 산중턱까지 오른 금오 스님은 거기서 월서 수좌에게 고사목을 찾으라는 분부를 내렸다. 하고 많은 나무 가운데 고사목을 찾게 한 데에는 스님 나름대로의 깊은 뜻이 있었다.

"그래 이 고사목을 베어 가도록 하자."

"도끼로 때리는 게 좋겠지요, 스님?"

월서 수좌가 도끼를 잡으려는 순간 금오 스님이 이를 만류하였다.

"이 나무를 도끼로 베겠단 말이더냐?"

"예에."

"이것 보아라 월서야!"

"예, 스님."
"너는 이 나무를 자르되 도끼를 써서도 안 될 것이요, 톱을 써서도 안 될 것이다."
"예에? 도끼도 톱도 사용하지 않고 이 나무를 어떻게 자르란 말씀이시옵니까, 스님?"
금오 스님의 분부에 월서 수좌가 난처한 음성으로 여쭈었다. 금오 스님의 말씀이 무슨 뜻인지 알다가도 모를 일이었다.
"참선수행을 제대로 하지 않고도 도를 깨칠 수 있다는 사람은 도끼질 톱질을 하지 않고도 이 나무를 자를 수 있을 게 아니겠느냐?"
참선수행 중에 졸은 월서 수좌를 빗대어 나무라는 금오 스님의 따끔한 충고였다.
"이것 보아라, 월서야!"
"예에, 스님."
월서 수좌는 그제서야 스님이 대낮도 아닌 한밤중에 예까지 자기를 데려온 이유를 깨달을 수 있었다.
"농사를 제대로 지으려면 제철에 씨를 뿌리고 제철에 김매기를 부지런히 해야 하는 법!"
"예, 스님."
"씨를 뿌리다가 말다가, 김을 메다가 말다가 하면서 꾸벅꾸벅 잠이나 자고 있으면 그 농사가 제대로 되겠느냐?"

"제대로 되지 않습니다, 스님."
"하물며 도 닦는 일을 하다가 말다가 꾸벅꾸벅 졸기나 하면 대체 어느 세월에 도가 닦이겠느냐?"
"잘못되었습니다, 스님. 용서하십시오."
이 일이 있은 후 월서 수좌는 두번 다시 참선수행 중에 조는 일이 없었을 뿐더러 어느 제자보다도 더욱 참선수행에 용맹정진하였다.
사실 이날 금오 스님의 꾸지람이 이 정도에 그쳤으니 월서 수좌는 비교적 운이 좋은 편이라 할 것이다.
금오 스님은 사랑하는 제자일수록 더욱 엄벌로 다스리는 바, 예전에는 참선수행 중에 잠을 잔 월천 수좌를 역시 한밤중에 밖으로 끌고 나가 사정없이 매질을 가한 적이 있지 않았던가!
그에 비한다면 월서 수좌는 참으로 운이 좋은 셈이기도 한 터이다.
이렇듯 금오 스님의 혹독한 가르침이 있었기에 당신 문하에 들었던 수많은 제자들의 존경을 한몸에 받을 수 있었고, 또한 훗날 그 제자들의 선지도 그만큼 더 밝아질 수 있었던 게 아니었을까!

20
어찌 모래로 밥을 짓는고?

그해 겨울이었다.

금오 스님은 제자 월서와 월초에게 지리산 반야봉으로 떠날 채비를 하도록 시켰다.

스님의 분부인즉, 지리산 반야봉에 암자 하나가 있었다는 옛기록이 있으므로 이 참에 두 제자와 함께 가서 그 절터를 찾아보자는 말씀이었다.

"아이구, 저 스님……."

급작스럽게 천막이며 양식, 냄비까지 챙겨 지리산으로 향하자는 금오 스님의 분부에 월서 수좌가 조심스럽게 여쭈었다.

"절터는 찾으시더라도 해동이 되거든 그때 가시는 게 좋지 않겠습니까요?"

무슨 일이든 한번 마음먹으면 당장에 실천하고야 말았던 금오 스님이었으니 제자의 설득이 먹혀들 리가 없을 터였다.

"쓸데없이 토를 달지 말고 어서 시키는 대로 천막부터 챙길 일이렸다."

금오 스님의 꾸중을 듣고도 이번엔 월초 수좌가 한마디 끼어들었다.

"하오나 스님, 반야봉에 올라가면 눈이 쌓여 있을 텐데 옛 절터를 찾으실 수 있으시겠습니까?"

제자들은 서로 약속이나 한 듯이 내놓고 한겨울에 길 떠나는 것을 꺼리는 눈치였으니 스님이 크게 역정을 내시는 것 또한 당연한 일이었다.

"허허, 이런 고얀 것들을 봤는가! 이런 일을 시키면 이러이러한 이유를 달고, 저런 일을 시키면 저러저러한 핑계를 대고, 그게 대체 어디서 배워먹은 수작이더란 말이냐?"

"잘못되었습니다, 스님……."

"여러 소리 할 것 없으니 어서 가서 챙길 것 챙겨가지고 썩 나서거라!"

이리하여 금오 스님은 북풍한설이 몰아치는 가운데 기어이 두 제자를 데리고 지리산 반야봉을 향해 떠나게 되었다.

빨치산 토벌작전이 끝난 지 얼마 되지도 않았던 때라, 산속 여기

저기에 철모가 뒹굴고 시신들이 흩어져 있어 제자들은 산길을 오르면서도 등골이 오싹거렸다.

그러나 금오 스님은 세속나이 환갑을 넘긴 노인답지 않게 산길을 앞서 걸으며 뒤처진 제자들을 재촉하는 것이었으니, 젊은 수좌들은 그야말로 죽을 힘을 다해야 했다.

"아이구, 정말 배가 고파서 혼났네! 우선 저녁 공양부터 짓자구."

"그렇게 하지."

금오 스님과 두 제자가 가까스로 노고단에 이르렀을 때였다. 날이 어두워지니 그 자리에 천막을 치라는 스님의 분부에 공양 준비까지 함께 하려던 제자들은 뜻밖에 또 한 번의 꾸지람을 들어야 했다.

"이녀석들아! 산에 와서 밥이나 지어 먹고 들놀이나 하자고 너희 둘을 데려온 줄 아느냐? 오늘 저녁은 물이나 한 모금씩 마시고 이 천막 안에서 참선을 해야 할 것이다."

"예에?"

"가져온 양식이나 누룽지는 견디다 견디다 견딜 수 없을 때에 먹기로 하고, 오늘 저녁은 그냥 앉아서 참선을 하잔 말이다."

엄동설한에, 그것도 산중에서 저녁까지 굶어가며 참선에 들자는 금오 스님의 분부에 제자들은 그만 눈앞이 캄캄해지는 것 같았다.

하지만 제자들은 스님의 분부에 토를 달았다가 주장자세례만 호되게 맞았을 뿐이었다.

숨가쁘게 산길을 걸어 올라온 데다가 끼니도 거른 채 그대로 앉아 입선에 들어야 했던 두 제자는 밤새 숨죽여 끙끙 앓는 소리를 했다.

그러한 제자들의 고충을 모를 리 없는 금오 스님이었건만, 이튿날 새벽같이 또 길을 재촉하시는 것이었으니 제자인 월서와 월초는 말 그대로 죽을 지경이었다.

"스님, 잠시만 좀 쉬어가도록 해주십시오."

헉헉 가쁜 숨을 몰아쉬며 뒤따르던 제자 월서가 애원하듯이 스님께 여쭈었다.

"안 될 소리! 어서 따라오지 못하겠느냐?"

금오 스님은 뒤도 돌아보지 않고 큰소리로 제자를 나무래며 그저 휘적휘적 산길을 오르고 있었다.

"목이 타서 그럽니다요, 스님! 잠시 쉬어서 목이나 좀 축이고 가게 해주십시오, 스님……."

이번엔 제자 월초가 다 죽어가는 소리로 사정하였다. 각기 등에 천막이며 식기며 양식 따위의 무거운 짐이 든 걸망까지 짊어진 제자들은 더 이상 한 발짝도 움직일 수 없을 만큼 기진맥진해 있었다.

"안 된다면 안되는 줄 알아야지 웬 말들이 그리 많은고! 어서 냉

큼 따라오지 못할까?"

금오 스님의 추상 같은 불호령만이 산중에 쩌렁쩌렁 울렸다.

금오 스님은 노구를 이끌고 산길을 오름에도 젊은 제자들보다 훨씬 부지런히 발걸음을 옮기는 모습이었다.

그런데 바로 그때였다.

"스님! 도저히 저는 더 이상 못 참겠습니다. 먹지도 못하게 하고 쉬지도 못하게 하시니 저는 차라리 이 쪽 길로 내려가겠습니다."

허기에 지친 데다가 무거운 걸망까지 짊어지고 허우적거리며 뒤따르던 월서 수좌가 갑자기 산길을 도로 내려가버리는 것이었다.

"너 이녀석 월서야!"

금오 스님이 아무리 불러도 월서는 벌써 씨근덕거리며 저만치 산아래로 내려가고 있는 중이었다.

"어이구 스님, 이 일을 어쩌면 좋겠습니까요, 예? 제가 가서 붙잡아 오겠습니다."

혼비백산 당황한 월초 수좌가 금오 스님에게 송구스러워 어쩔 줄을 모르며 산 아래를 내려다보았다.

"내버려두어라. 중다운 중 노릇 제대로 못할 그릇이면 차라리 내려가게 내버려두어라……."

금오 스님은 가버린 제자를 더는 붙잡을 생각도 아니하고 그렇듯 초연히 산길을 오르는 것이었는데 제자 월초는 스님과 산 아래로 도망치듯 내려가는 월서 수좌를 번갈아 쳐다보며 어찌할 바를 모르던 중, 기어이 산 밑으로 월서 수좌를 데리러 내려가고 말았다.

금오 스님은 월초 수좌의 행동 또한 억지로 말리지 않은 채 혼자서 산길을 따라 올라갔다. 그렇게 시간이 얼마나 지났을까.

겨울바람 소리만이 깊은 산중의 적막을 일깨워주는 가운데 금오 스님은 홀로 산속에 앉아 참선삼매에 드신 듯 두 눈을 꼬옥 감고 있었다.

"스님, 제가 다시 왔습니다. 용서하십시오."

스님이 눈을 떠보니 씨근덕거리며 산 밑으로 내려갔던 월서 수좌가 무릎을 꿇고 있었다. 그를 데리러 가겠다고 산을 내려갔던 월초 수좌도 함께였다.

"어찌하여 다시 올라왔느냐?"

금오 스님이 월서 수좌에게 물었다.

"스님의 모습이 눈앞을 가로막아서 차마 내려갈 수가 없었습니다."

"월초, 너는 내려가고 싶은 생각이 일어나지 않았더냐?"

금오 스님은 이미 두 제자의 마음속까지 훤히 꿰뚫었던 듯 빙그레 웃어가며 월초 수좌에게도 물었다.

"저도 물론 내려가고 싶은 생각이 들 때도 있었습니다만, 스님을

산속에 버려두고 어찌 감히 저희만 내려갈 수 있겠습니까!"

"월서야, 그리고 월초야!"

좀전에 산길을 올라올 때의 엄한 음성과는 달리 이번의 스님은 그 표정과 음성이 자애롭기 그지없었다.

"단 몇 끼의 배고픔도 견디지 못하고, 단 며칠의 산길도 참아내지 못한대서야 어찌 감히 도를 성취할 수 있겠느냐?"

두 제자들은 금오 스님의 따끔한 가르침에 머리를 깊이 조아렸다. 금오 스님의 말씀이 계속 이어졌다.

"저기 저 천왕봉에 당도할 때까지는 쉬어서도 아니될 것이요, 먹어서도 아니될 것이요, 잠을 자서도 아니될 것이니, 어쩌겠느냐? 나를 따라 올라가겠느냐, 아니면 나를 버리고 내려가겠느냐?"

"스님 뫼시고 올라가겠습니다……."

이렇게 해서 금오 스님은 두 제자를 데리고 이레 동안을 지리산 속에서 참선을 하다가 돌아왔다.

스님은 이때에 두 제자의 참을성이 과연 어느 정도인가를 시험하셨던 것이었는데, 이 산행이 끝난 뒤에 특별히 월서 수좌를 따로 불러 말씀을 내리었다.

"너는 경을 보거나 뭐 좀 알게 되면 마음이 쇠퇴해져서 속퇴할 우려가 있다. 그러니 너는 참선만 해야지 경학을 공부하게 되면 중노릇 때려치우고 속세로 내려가게 될 것이다."

일찍이 화엄사 약수암에서부터 참배객으로 왔던 월서 수좌, 즉 예전의 김계식 청년의 선근을 알아보고 출가득도를 권유하셨던 금오 스님이었으니, 그를 아끼는 마음 또한 깊었을 터이다.

스님이 이때 월서 수좌에게 경학보다는 참선에 치중하라 당부하신 것은 혹여 섣부른 지식이 제자로 하여금 교만함에 빠져드는 원인이 될세라 경계하신 것이었다.

월서 수좌는 그후 스님의 간곡한 분부를 받들어 열심히 참선수행에 임하며 선근을 닦아나가게 되었다.

그러던 중 1957년 음력 4월 보름, 바야흐로 여름 안거 결제일이 다가왔다.

"세상 사람들은 모두가 다 산송장들이니, 어째서 산송장들인가? 마음이 모든 것을 다 만들었거늘 사람들은 자기 마음도 제대로 모르면서 저마다 부자가 되겠다, 정치가가 되겠다, 판사·검사가 되겠다, 장관·사장이 되겠다 떠들고 있으니 저 스스로 자기 본체도 모르면서 떠들기만 해서 세상이 시끄러운 게야! 이것이야말로 모래를 삶아서 밥을 지으려는 것과 같은 어리석은 짓! 꿈을 깨고 마음을 바로 보아라. 마음을 바로 보아라! 사나이 대장부로 태어났으면 큰생각 크게 먹고, 크게 살아야지, 어찌 그리 좁쌀 같은 생각으

로 좁쌀 같은 짓거리만 일삼는단 말이냐! 다시 한번 이르거니와 마음을 바로 보아라! 마음을 바로 보란 말이여!"

쿵! 쿵! 쿵!

일체유심조의 진리를 설하시는 스님의 감로법문에 대중들은 숨소리 하나 내지 않고 귀를 기울이는 모습이었다.

그런데 바로 그날 밤, 스님의 거처에 웬 젊은이가 찾아왔다. 그는 얼마전부터 화엄사에서 고시공부를 하던 유찬수라는 학생이었다.

전라북도 완주군 이서면 반교리 태생인 유찬수는 그날 낮에 우연히 스님의 법문을 듣게 되었는데, 일체유심조의 참뜻을 깨닫고 나니 도무지 자신이 고시공부를 하는 것이 부질없게만 생각되더란 것이었다.

"그래서 나한테 무슨 볼일이 생겼다는 게냐?"

청년 유찬수는 금오 스님의 물음에 공손한 자세를 가다듬으며 진지한 음성으로 아뢰었다.

"저도 삭발출가하여 수행자가 되고자 하오니 받아주십시오."

"무엇이라구?"

그때까지 청년을 문 밖에 세워두고 말씀을 나누시던 금오 스님은 그를 일단 방으로 들어오도록 허락하였다.

"금년에 나이가 몇이나 되었느냐?"

청년이 방 안으로 들어와 다시 예를 갖추고 공손히 꿇어앉자 금오 스님의 물음이 떨어졌다.
"예, 스물두 살이옵니다."
"헌데 이 화엄사에는 어떤 인연으로 와 있게 되었던고?"
금오 스님의 물음이 이어졌다. 청년 유찬수는 자기가 고등학교 때 화엄사로 수학여행을 왔던 일과, 그때 본 절 경치가 너무도 좋아서 훗날 고시공부를 하러 다시 화엄사에 하숙생으로 들게 되었다는 연유를 소상히 아뢰었다.
"그러면 애당초 목적한 대로 고시공부나 잘할 것이지 어쩌자고 출가를 하겠다고 하는고?"
금오 스님은 청년 유찬수의 얼굴을 하나하나 뜯어보며 다시 그렇게 물었다. 그는 귀공자풍의 수려한 용모에 눈망울도 총기가 넘쳐나는 청년이었다.
"이 절에 와서 공부하는 동안 스님들 모습이 거룩하게 보이고 신선처럼 느껴지던 차에 오늘 노스님의 법문을 듣고 나니, 그동안 헛공부를 했다는 생각이 들었습니다."
음성도 맑고 또랑또랑한 청년 유찬수의 대답이 이어졌다. 그는 특히 홍월국 스님의 수행자세를 지켜보고 큰 감명을 받았는데 그 모습이 신선과 같았다고 털어놓았다.
"허허허, 넌 아마도 월국 수좌하고 전생에 좋은 인연이 있었던가

보구나. 이것 보아라, 네 속명이 유 무엇이라고 했더냐?"
 금오 스님은 좀전에 얼핏 들었던 청년의 이름이 생각나지 않아 다시 물었다.
 "예, 유찬수라 하옵니다."
 "그래, 유찬수라……. 이것 보아라, 찬수야! 내가 보아 하니 찬수 너는 중 될 생각은 그만두는 게 좋겠다."
 "예에……?"
 청년 유찬수의 얼굴에 실망의 기색이 역력히 나타났다. 금오 스님은 그런 유찬수의 얼굴을 다시 한번 찬찬히 살펴본 연후에 어버이처럼 인자한 미소를 지었다.
 "체격 좋지, 얼굴 훤하지……. 너는 속세 인연이 너무 깊어서 세속에서 출세하고 양명할 사람이니 출가는 아니하는 게 좋겠어!"
 금오 스님은 청년 유찬수에게 부드럽게 타이르듯이 말씀하시길, 유찬수는 세속에서 살면서 좋은 일을 많이 하는 것으로 보람을 얻으라는 내용이었다.
 그러나 한번 굳게 결심한 청년 유찬수의 뜻도 간절하기 그지없었다. 유찬수는 스님이 그렇듯 간곡하게 타일러 되돌려보냈음에도 불구하고, 보름 동안이나 아침 저녁으로 문안을 올리며 금오 스님께 간청을 했던 것이었다.
 금오 스님은 그러한 유찬수의 지극정성에 그만 감복하게 되었다. 자그만치 보름 동안이나 아침 저녁으로 찾아와 간청을 드리는데 더 이상 출가득도를 허락하지 않을 수 없었다.

금오 스님은 지객 소임을 맡고 있던 제자 월국에게 일러 그 청년 유찬수를 행자실에 넣도록 하였다. 석달 동안 공양주 소임을 맡게 해 그의 선근을 시험해볼 요량이셨던 것이다.

그해 음력 7월 보름 백중날, 행자가 되어 석달 동안 공양주 노릇을 충실히 했던 청년 유찬수는 금오 스님으로부터 월탄이라는 법명을 받고 스님의 제자가 되었다.

이분이 바로 훗날의 속리산 법주사 주지를 맡아 세계 최대의 청동미륵불을 조성한 유월탄 스님이다.

아무튼 고시공부를 하러 왔다가 스님의 법문 한마디에 인생의 진로를 바꿔버린 월탄 수좌는 화엄사 금정암에서의 생활이 마냥 좋기만 했던 모양이었다.

그는 그 어렵고 힘든 행자 노릇을 하면서도 밤이나 낮이나 연신 싱글벙글 웃고 다녔는데 하루는 금오 스님이 그 연유를 물어보았다.

"대체 무엇이 그리 기쁘고 즐겁단 말이냐?"

"스님을 가까이 모시고 있으니 모든 일이 다 기쁘고 즐겁습니다, 스님."

"원, 이런 녀석, 새벽 세 시에 일어나는 것도 기쁘고 즐겁더란 말이냐?"

"예, 스님."

금오 스님은 선근이 활짝 피어나고 있는 제자 월탄의 총명한 두 눈을 그윽이 바라보았다. 아닌게아니라 월탄의 표정에선 더없이 만족스럽고 뿌듯해하는 기운이 넘쳐나고 있었다.

"그러면 나무하고, 밥 짓고, 빨래하고, 다듬이질, 게다가 다림질까지 하고 있거늘 그것도 기쁘고 즐겁더란 말이냐?"

"예, 스님! 모든 게 기쁘고 즐거울 뿐입니다."

금오 스님은 그런 제자의 모습을 대견스러이 바라보다가 짐짓 엄한 표정으로 분부를 내리었다.

"기쁘고 즐겁다고 웃고만 있어서는 소용없는 일! 이 뭣꼬 화두를 들어 대장부 일대사를 요달해야 할 것이니라!"

"예, 스님……. 분부 명심하여 화두를 열심히 참구하겠습니다."

월탄 수좌는 그후 금오 스님의 가르침을 받들어 성실히 출가수행자의 본분을 닦아나가는 한편으로 화두 참구에도 열심이었다.

그러던 중 하루는 금오 스님이 월탄 수좌와 함께 남원 선국사로 떠나게 되었다. 당시 남원 선국사에는 금오 스님의 제자 월마가 주지스님으로 있었다.

금오 스님과 월탄 수좌는 기차를 타고 남원으로 향했다. 그 당시의 기차는 창고처럼 생긴 화물칸에 나무의자가 놓여져 있을 뿐 매우 초라하고 협소하기 그지없었다.

금오 스님이 탄 기차는 게다가 승객들이 빽빽이 들어차 발디딜 틈도 없는 콩나물시루였다.

그 와중에도 불량배나 다름없는 잡상인들이 승객들에게 물건을 강매하고 행패를 부리는 일이 다반사였다.

그날도 잡상인들은 승객들이 눈쌀을 찌푸리거나 말거나 아랑곳없이 억지로 물건을 떠맡기다시피 하였다. 이윽고 잡상인들이 금오 스님 앞에 척 다가와 버티고 섰다.

"이거 한장 삽쇼!"

그들이 협박하듯 내미는 물건은 춘향의 사진이었다.

"아, 아니……. 이런 걸 왜 나한테 사라는 게야?"

"아, 보시다시피 이 사진은 춘향이 사진입니다요, 춘향이 절개를 생각해서라도 한 장 삽쇼……."

그 불량배는 어처구니없는 표정을 지어 보이는 금오 스님과 월탄 수좌를 비웃기라도 하는 듯이 더욱 큰소리로 떠들어댔다.

청정계율을 목숨처럼 지키며 출가수행자의 길을 걷고 있는 승려에게 여인의 사진을 사라는 것이었으니 실로 기가 막힌 일이었다.

"보다시피 우리는 출가수행자라 춘향이 사진 같은 건 필요없으

니 다른 사람한테나 파시게."

　금오 스님의 점잖은 타이름에도 불구하고 그 불량배는 좀처럼 물러설 기세가 아니었다.

　"이거 정말 이러깁니까요, 예?"

　잡상인 패거리들이 금방이라도 덤벼들 듯이 스님에게 행패를 부리기 시작했다. 이를 보고 참다 못한 월탄 수좌가 그들을 가로막고 나섰다.

　"이것 보시오! 우리 스님은 이런 사진이 아무 소용 없으니 다른 데나 가서 팔란 말입니다."

　"이건 또 무슨 소리야, 이거?"

　잡상인 패거리 중의 하나가 험상궂은 표정을 지어 보이며 월탄 수좌를 손가락질했다.

　"어⋯⋯. 그리고 보니 따라다니는 새끼중인 모양인데, 그럼 당신이 사지 그래, 엉?"

　"뭐야? 아니, 이것들이 절로 터진 주둥이라고 어디서 함부로 입을 놀리고 이래, 엉?"

　"어렵소. 이 젊은 중이 사람 팰 모양이네, 이거! 아니 중도 사람 패나? 엉? 어디 한번 쳐보라구!"

　"이자식들이 이거!"

　급기야 월탄 수좌는 잡상인 두목의 멱살을 거머쥐었다. 스승이 모욕을 당하는 꼴을 더 이상 볼 수 없었던 월탄 수좌는 화를 참지 못하고 그 잡상인들과 한판 싸움을 벌일 기세였다.
"이런 불한당 같은 놈들. 몇 놈이건 다 덤벼! 기차 밖으로 내던져버릴 테다!"
월탄 수좌가 하도 호되게 나오자 잡상인들은 겁이 나서 슬금슬금 뒤로 물러섰다. 월탄 수좌는 불량배의 멱살을 연신 쥐어 흔들며 큰소리를 쳤다.
"너 이자식들, 나 중 노릇 안해도 좋다……!"
"아, 아, 아, 이, 이거 놓구 말해……. 숨막혀 죽겠어!"
"너 같은 버러지 같은 자식들 죽이고 감옥 가기 억울해서 놔주긴 놔준다만, 다시 또 이런 짓 했단 봐라……. 다리몽둥일 분질러놓고 말 테니까."
월탄 수좌는 겁에 질려 벌벌 떠는 불량배의 멱살을 놓아주고는 단단히 다짐까지 받는 것이었다.
워낙 월탄 수좌가 어깨도 떡 벌어진 거구인 데가 기운이 항우장사였으니 불량배 잡상인들은 아무 소리도 못한 채 꽁무니를 빼고 말았다.
이윽고 남원역에 당도했을 때 금오 스님은 기차에서 내려 싱긋싱긋 웃는 것이었다. 이를 이상히 여긴 월탄 수좌가 금오 스님께 여쭈었다.

 "아니 스님, 왜 그렇게 절 보고 웃으십니까요?"
 "기차 안에서 그 불량잡배들에게 네가 하두 시원하게 잘해줘서 그게 고소해서 웃는 게야, 인석아!"
 "원참, 스님두……. 아 그때 뭐라고 한말씀 야단쳐주실 일이지 그땐 왜 가만 계셨습니까요?"
 월탄 수좌가 스님을 원망하듯 가볍게 불평하였다.
 "아, 월탄이 네가 시원하게 혼을 잘 내주니 내가 할말이 뭐 있어야. 헌데 말이다, 월탄아."
 "예, 스님."
 "그럴 땐 옷 벗어던지면서 '너희 같은 불량배들 제도해주려고 내가 중이 되었으니 너희들 오늘 잘 만났다' 이렇게 으름장을 놔야지 왜 중 노릇을 안 하겠다고 그랬냐?"
 금오 스님은 월탄 수좌의 젊은 용기와 기백이 대견스러우면서도 짐짓 꾸짖듯 물었다.
 부드럽지만 심지가 박힌 꾸중이었다. 이에 머쓱해진 월탄 수좌는 입맛을 쩍쩍 다셨다.
 "……그야 그 말이나 그 말이나 마찬가지 아닙니까요, 뭐."
 "그래두 이녀석아, 중 노릇 그만두겠다는 소리는 함부로 하는 게 아니야."
 "……아 예, 스님. 알아듣겠습니다요."

금오 스님은 월탄 수좌와 이런저런 정담을 나누면서 선국사를 찾아가고 있었다.

그런데 어느 마을 앞을 지나가는데 그 마을 아이녀석들이 금오 스님과 월탄 수좌의 주위를 깡충깡충 돌면서 놀려대는 것이었다. 삭발을 한 머리에 장삼을 걸친 두 스님의 모습이 별스러워 보였는지 아이들은 연신 짓궂게 놀려대었다.

"중, 중, 까까중, 중, 중, 까까중……."

아이들이 하도 놀려대는 통에 월탄 수좌는 그만 또다시 화가 치밀었다.

"스님, 여기 잠깐만 계십시오. 저녀석들을 혼내주고 오겠습니다요."

월탄 수좌가 험상궂은 얼굴을 하고 아이들에게 달려들려고 하자 금오 스님이 이를 제지하며 타일렀다.

"아, 이녀석아. 저 아이들이 우리를 놀려먹는 인연, 그게 다 부처님 제자될 인연이니 내버려두어라."

"그래두 그렇지요, 스님. 저런 녀석들은 그저……."

월탄 수좌는 그제껏 화가 풀리지 않았는지 꼬마아이들을 잔뜩 노려보고 있었다. 금오 스님은 제자의 그런 모습을 측은한 눈빛으로 바라보았다.

철부지 어린 아이들의 악의없는 장난에도 혈기가 발동하는 제자

의 참을성 없는 성미를 두고 스님의 걱정이 이어졌다.
"허허 …… 이녀석, 너 성질 삭이려면 아직두 멀었다. 아직두 멀었어……."

21
금오 스님의 실수

금오 스님은 제자 월탄과 함께 남원 선국사에 당도하여 며칠 동안을 머물렀다. 선국사는 금오 스님의 제자인 월마 스님이 주지승으로 있는 절이었는데, 하루는 금오 스님이 월마 스님을 불러 물었다.
"월마야! 이 선국사 주지 노릇을 하면서 참선수행은 어찌하고 있는고?"
제자의 참선수행을 점검하시는 스승의 말씀에 월마 스님은 난감하고도 송구스런 표정을 짓고 있었다.
무릇 주지승이라면 절살림을 도맡아 생활을 꾸려가는 살림꾼이나 다름없기에 다른 청정비구승들처럼 참선수행이 제대로 될 턱이 없었다.

속세의 사람들도 돈을 만지고 소위 돈맛을 알면 인간 본연의 순수함을 잃는 것이 당연지사일진대, 하물며 승려의 신분으로서 섣불리 돈을 만진다면 자칫 참선수행의 본분을 망각할 수도 있을 터였기 때문이었다.
　금오 스님도 이 점을 너무나 잘 알고 있었기에 월마 스님에게 넌즈시 물어본 것이었다.
　월마 스님의 대답은 금오 스님의 예상대로였다.
　"말씀드리기 죄송스럽사옵니다만 절살림 맡고 보니 참선수행할 시간을 많이 빼앗기고 있습니다, 스님."
　"그래서 주지 자리는 맡지 말라는 거다. 옛조사님들이 이르시기를 주지 자리 하나면 지옥이 삼천 개라고 그러셨어!"
　"지옥이 삼천 개라구요, 스님?"
　"그래. 중 벼슬은 닭벼슬보다두 못한 것! 기왕에 삭발출가하여 수행자가 되었으면 일구월심 참선수행을 해서 도인이 되어야지 주지 감투나 뒤집어쓰고 살림이나 살아서야 그게 어디 수행자라 하겠느냐!"
　금오 스님의 말씀에 월마 스님은 스승을 뵐 면목이 없었다.
　"요즘 우리 불교 집안이 잘못되어 가지고 서로 주지 자리를 차지하려고 팔을 걷어붙이고 난리를 피우고 있다마는 옛스님들은 서로 주지 자리를 맡지 않으려고 도망을 치셨느니라."

"……예, 스님. 명심하겠습니다."
"감투 쓰는 게 본분이 아니니, 이 점을 명심해야 한다."
"예, 스님."

금오 스님이 선국사에 머문 지 사나흘쯤 되었을 때, 하루는 제자 월탄 스님이 금오 스님께 찾아와 아뢰었다.
"저는 참선수행을 해서 도인이 되고자 학교도 그만두고 고시공부도 작파했습니다."
금오 스님은 조용히 제자의 말에 귀를 기울였다. 오늘따라 제자의 모습이 그 어느 때보다도 진지하고 비장한 듯한 느낌마저 들었다.
"허나 오늘 이때까지 참선수행을 게을리했으니 더 이상 이렇게는 살 수 없습니다."
월탄은 사뭇 탄식하는 듯이 말을 이었다.
"저기 저 지리산 산속에 있는 상무주암이 마침 비어 있다 하기에 다녀왔사옵니다."
"으음 그래. 그래서 어찌하겠다는 말이던고?"
월탄 스님의 대답인즉슨 속가 형님 집에 가서 쌀 세 가마를 얻어 상무주암에 갖다놓았으니 상무주암에서 쌀이 떨어지기 전까지 견성성불을 이루겠다는 것이었다.

"스님, 그러니 허락해주시옵소서."

금오 스님은 제자의 뜻하지 않은 청에 잠시 말문을 잃고 말았다. 제자가 견성성불하겠다는 것에 대해 반대할 스승이 어디 있겠으랴마는, 사전에 아무런 말도 없이 급작스레 산속으로 떠나가겠다고 하니 금오 스님으로서도 조금은 당혹스런 느낌을 떨칠 수가 없었다.

금오 스님이 다시 한번 확인하듯 물었다.

"그러니까 월탄이 너 혼자 상무주암에 들어가서 견성성불하겠다는 말이더냐?"

"그러하옵니다, 스님. 허락해주시옵소서."

월탄 스님은 이미 결심을 굳힌 듯, 견성성불하기 전에는 결코 하산하지 않겠다는 말도 덧붙였다.

제자의 뜻이 그런 이상 금오 스님으로서도 말릴 이유가 없었다.

"잘 생각했다. 출가장부에게는 그만한 각오가 있어야 일대사를 요달하느니라."

"고맙습니다, 스님. 고맙습니다."

이렇게 해서 금오 스님은 제자 월탄을 상무주암으로 올려보내고 다시금 화엄사에 돌아와 머물었다.

그러나 금오 스님은 화엄사에서도 그리 오랫동안 머무르지 않고, 곧바로 수원 팔달사로 발길을 옮기었다.

팔달사에 머무는 동안, 하루는 웬 낯선 청년 하나가 찾아와 인사를 올리었다.

"스님, 저를 못 알아보시겠습니까?"

"그대가 대체 누구시던가?"

느닷없이 찾아와 반갑게 인사를 올리는 청년을 보며 금오 스님은 고개를 갸우뚱거렸다.

어디서 한 번 본 것도 같고 안 본 것도 같은 청년의 얼굴이었다.

잠시 후 금오 스님은 기억을 더듬은 끝에 청년을 알아볼 수 있게 되었다. 알고 보니 청년은 광주정신병원에 근무했던 박경훈이란 젊은이였다. 박경훈은 서울대학교 사범대학을 다닌 젊은 인재였다.

그런데 박경훈은 이상하게도 머리를 삭발하고 있었다. 누가 보면 한눈에 출가수행자로 보이기 십상이었다. 금오 스님이 박경훈을 대번에 알아보지 못한 것도 삭발을 했기 때문이었다.

"대체 머리는 어찌해서 깎았는고?"

금오 스님의 물음에 박경훈은 다소 겸연쩍은 미소를 지으며 대답하였다.

"그냥 가면 스님께 퇴짜를 맞을 것이라고 해서 이렇게 미리 깎고 왔습니다."

머리를 미리 삭발하고 왔다니!

필시 박경훈의 이 말은 출가를 하겠다는 뜻일 터였다.

"아니, 그러면 출가득도를 하겠다는 말이던가?"

"예, 스님. 스님 문하에서 수행하고 싶사오니 부디 허락하여 주십시오."

"대체 내가 이 수원 팔달사에 있는 것을 어찌 알고 찾아왔는고?"

"예. 화엄사에 가니 서울 조계사로 가셨다기에, 서울 조계사로 갔더니 여기 계신다 하였습니다."

금오 스님은 박경훈이 수소문 끝에 팔달사에까지 찾아온 것은 물론 제 스스로 삭발까지 한 것이 대견스럽기도 하여 그의 청을 흔쾌히 들어주기로 하였다.

"허허허! 그대가 먼저 머리를 깎고 왔으니 퇴짜를 놓을 수도 없게 되었구먼그래. 헌데 정녕 수행자가 되고 싶던가?"

"예, 스님."

박경훈은 금오 스님 문하에서 삼년 간 수행을 하고 싶다고 아뢰었다.

"무엇이라구?"

금오 스님은 박경훈의 간청에 고개를 갸우뚱했다. 박경훈처럼 기한을 정해놓고 수행을 하겠다는 젊은이는 난생 처음 보는 일이었다.

박경훈이 그 이유를 찬찬히 아뢰었다.

"수행자의 생활이 어떤 것인지 아직은 아무것도 모르니 우선 삼 년을 기한하고 수행하고자 하옵니다."

"허허 나원참, 이런 별스런 사람을 보겠는가!"

"무슨 일이 있어도 삼 년은 채우겠습니다만, 그후의 일은 아직 장담하지 않는 게 도리가 아니겠습니까?"

듣고 보니 박경훈의 말도 일리가 있는 말이었다. 무릇 출가수행이란 것이 결코 쉬운 일이 아닐진대 무턱대고 출가를 하는 것보다는 신중을 기하여 기한을 둔 출가수행을 해보는 것도 나쁘진 않을 터였다.

"그럼, 어디 한번 내 밑에서 공부해봐!"

이렇게 해서 박경훈은 이날 금오 스님 문하에 들어오게 되었다. 금오 스님은 박경훈에게 월탑이라는 법명을 지어내렸는데, 이 월탑이 바로 훗날의 동국역경원 편찬부장 박경훈이다.

금오 스님은 월탑 수좌를 팔달사에 데리고 있다가 범어사 선방으로 보내 참선수행을 하게 했는데, 이 일이 있은 지 얼마후 금오 스님에게는 뜻하지 않은 큰 감투가 씌워지게 되었다. 다름아닌 대한불교조계종 총무원장직을 맡게 된 것이었다.

금오 스님은 애당초 불교정화운동을 시작할 적에도 불교정화추진위원장직을 맡았고, 그후에도 부종정·봉은사 주지 화엄사 주지

자리를 맡은 바 있었다.

　원래 금오 스님은 감투나 직함 따위에 연연해하는 분이 결코 아니었다. 스님 자신이 늘상 제자들에게 말했듯이 승려의 본분은 오직 참선수행에 있을 뿐, 그외의 감투나 직함 따위는 한낱 무의미하고 속된 것에 불과한 것이었다.

　그럼에도 불구하고 금오 스님이 감투를 쓰게 된 것은 당시의 종단 사정이 그럴 수밖에 없는 상황이었기 때문이었다.

　종단에서 금오 스님에게 총무원장 자리를 거의 강제로 떠맡겼던 것이었다. 사정이 이러하니 금오 스님으로서도 마지못해 총무원장직을 맡지 않을 수 없었다.

　이때 금오 스님은 범행 스님에게 조계사 주지를 맡기고, 월주 스님과 월탄 스님에게 종단 사무를 맡기는 한편 탄성과 월조에게는 시봉을 들게 하였다.

　그러던 중 금오 스님이 총무원장직을 맡은 지 채 두 달도 못된 어느 날이었다.

　감투 같은 것이 영 마음에 들지 않았던 금오 스님이었던지라, 스님은 하루라도 빨리 총무원장 자리를 내놓고 싶은 심정이었다.

　"이게 세상에 못 맡을 게 이런 놈의 감투로구먼."

　금오 스님의 푸념을 들은 범행 스님이 옆에서 한마디 거들었다.

　"스님께선 겨우 이제야 아셨습니까? 원래 이런 자리는 말입니

다요……."
"그래, 어서 말해봐라."
범행 스님은 감투를 한낱 벌레에 비유하였다.
"노래기 아시지요? 냄새 지독한 노래기 말씀입니다요, 스님."
"그래 그 노래기가 어쨌다는 게냐?"
"그 노래기 회를 먹고도 눈 하나 깜짝 안해야 이런 자리에 앉으실 수 있는 것입니다."
범행 스님의 말은 금오 스님과 같은 청정비구승이 감투를 쓴다는 게 얼마나 고통스러운 일인지를 빗대어 말하는 것이기도 하였다.
금오 스님 역시 범행 스님의 말에 전적으로 동감하고 있었다.
"그래 그래. 범행이 말이 맞다. 세상에 두번 다시 못쓸 게 이런 감투로구먼!"
금오 스님은 고개를 절레절레 흔들더니 이번에는 월탑 수좌를 불러올렸다. 한시라도 빨리 감투를 벗어던지고 싶었던지라 제자들과 그 문제를 가지고 의논하려던 참이었다.
월탑 수좌는 금오 스님의 속마음을 훤히 들여다본 듯 금오 스님과 대면하자마자 대뜸 이렇게 말했다.
"총무원장 자리가 싫으시지요, 스님?"
"아 이녀석아! 싫은 정도가 아니라 지긋지긋하다. 어떤 사람은 주지 자리를 달라, 어떤 사람은 또 무슨 감투를 달라, 또 어떤 사람은 돈이 모자라니 돈을 만들어내라, 여기서 와달라, 저기서 와달라. 이거 원 어디 사람이 정신을 차릴 수 있겠느냐?"

"저 같으면 말씀입니다요, 스님."

금오 스님의 말씀을 듣다 못한 월탑 수좌가 말문을 열었다. 월탑 수좌의 말인즉슨 금오 스님 같은 분이 어떻게 감투 따위에 발을 묶일 수 있느냐, 그러니 자기가 금오 스님이라면 총무원장직을 내팽개치고 산으로 들어가겠다는 것이었다.

듣고 보니 그 말은 금오 스님의 생각과 한치의 어긋남도 없는 말이었다.

금오 스님은 제자들의 의견에 결심을 굳힌 듯 그 즉시 제자들에게 분부하였다.

"그래 그래, 너희들 말이 맞다. 월주야, 거기 있는 내 도장 좀 가져오너라."

월주가 도장을 가져오자 금오 스님은 미련없이 그자리에서 총무원장직 사퇴서를 작성해 제자들에게 맡기었다. 그리고는 그길로 제자들에게 뒷처리를 맡기고 미련없이 서울을 떠나버렸다.

22
부처님법에는 대처가 없을진대

 총무원장 자리를 미련없이 내버리고 서울을 떠난 금오 스님은 제자 월조·정일·월룡·천룡 등과 함께 전국의 사찰들을 돌며 운수행각에 나섰다.
 구름처럼 물처럼, 발길닿는 대로 정처없이 떠돌다가 도착하는 곳이 스님의 행선지였다.
 아무 사찰이건 암자건 여장을 풀어놓으면 그곳이 바로 스님의 거처요, 참선수행의 장소이기도 하였다.
 때로는 밤하늘을 지붕삼아 잠을 청하는 들판이 스님의 편안한 거처가 되기도 하였다.
 그런가 하면 뜨거운 햇볕을 잠시 피할 수 있는 나무 그늘이 스님의 쾌적한 선방이 되기도 하였다.

이렇듯 온 세상이 금오 스님의 거처요, 선방이었으니, 스님은 말 그대로 운수행각을 온전히 즐기는 것이었다.

"허, 이 산속에 들어서니 산은 산대로 푸르러 좋고, 물은 물대로 흘러서 좋구나. 자 너희들 여기 잠시 앉아서 쉬었다 가도록 하자."

이제 막 세속의 굴레에서 벗어난 금오 스님은 때묻지 않은 자연의 품속에서 새삼 법열의 기쁨을 느꼈다.

"세상 번거로운 일 훌훌 털어버리고 나면 이렇게도 홀가분한 것을……."

금오 스님이 무심한 새소리에 화답하듯 혼잣말로 중얼거릴 때, 옆에 있던 월조 수좌가 금오 스님께 조심스레 여쭈었다.

"저 …… 스님."

"왜 그러느냐?"

"스님께선 총무원장 자리를 버리시고 나니 정말 기분이 홀가분하십니까?"

"홀가분하다마다. 그동안 내가 숨막혀 죽을 지경이었느니라."

"정말 그렇게 힘드셨습니까요, 스님?"

"모름지기 출가수행자는 감투를 넘보지 말아야 할 것이니 너희들은 대체 무슨 목적으로 삭발출가했더냐?"

"……그거야 물론 도를 닦기 위해서 출가했습니다, 스님."

월조 수좌가 다른 동료 수좌들을 대신해서 아뢰었다. 그러자 금

오 스님은 제자들 모두에게 일일이 물어보았다.

"그럼, 월룡이 너는?"

"예, 저도 마음을 닦아 견성성불하려고 삭발출가했습니다."

"정일이도 천룡이도 같은 생각이렷다?"

"예, 스님."

두 제자는 약속이나 한 듯 입을 맞춰 대답하였다.

"그래. 마음닦는 공부를 해서 확철대오 견성성불해서 중생을 제도하려고 삭발출가하여 득도를 했거늘 쓸데없는 감투를 뒤집어쓰고 관청을 드나든다, 관리들을 만난다, 돈을 만들고 돈을 쓰고, 주지 자리를 이리저리 옮겨보고, 시시비비에 말려들며, 유지들 접대하랴, 신도들 말대꾸해주랴, 허구헌날 이런 잡사에 끌려다녀야 하니 그래 가지고서야 어느 세월에 공부를 할 수가 있겠느냐?"

"하오면 스님, 어떤 소임도 맡으려 들지 말라, 이런 말씀입니까요?"

스님의 말씀을 잠자코 듣고 있던 제자들 가운데 월룡 수좌가 한 마디 여쭈었다.

"절 살림을 꾸려 가자면 소임을 맡아줄 사람이 있어야 하겠지만, 권세를 휘두르는 일, 돈을 만지는 일, 그런 일에는 아예 기웃거리지 말란 말이다."

부득이하게 소임을 맡아야 할 때엔 기꺼이 그 소임을 맡되, 다만 그 소임을 이용해 세속적인 욕심을 내서도 채워서도 안된다는 것이 금오 스님의 말씀이었다.

"저 스님……."

이번에는 월조 수좌가 금오 스님께 여쭈었다.

"기왕에 소임 맡는 말씀을 하셨기에 말씀인데요……."

"그래, 무슨 말이더냐?"

"스님 연세도 생각하셔야 하고 건강도 생각하셔야 하니 기왕이면 어디 큰 절 하나 맡으셔서 편안히 지내시는 게 어떻겠습니까요, 스님?"

월조 수좌는 노스님이 되어서까지도 정착을 하지 않는 금오 스님의 후사가 염려되어 이렇게 제의한 것이었다. 그러나 금오 스님은 고개를 절레절레 흔들 뿐이었다.

"날더러 주지 노릇하면서 편안히 지내라? 에이끼 이런 멍청한 녀석! 아 인석아! 이제는 팔도강산 골골마다 있는 절, 웬만한 절은 다 독신수좌들이 들어가 있으니 가는 절마다 다 내 절이요, 우리 절인데 뭣하러 귀찮게 절 하나 맡아 가지고 끙끙거린단 말이냐그래."

"그래두요, 스님."

"네 이녀석! 모름지기 출가수행자는 절 차지할 욕심을 내기전에 도 닦을 욕심부터 내야 하는 법! 이녀석들아! 저 뻐꾸기 소리를 들

어 보아라."

무심한 뻐꾸기도 금오 스님의 말씀을 알아들은 듯 그 울음소리가 더 크게 메아리쳐졌다.

"저 뻐꾸기 소리가 아름다우니 만인이 듣고 즐겨하거늘, 저 뻐꾸기 소리에 욕심을 내어 자기것으로 만들려고 뻐꾸기를 잡아다 놓으면 뻐꾸기 소리는 듣지 못하게 되는 법! 그대로 놓아두면 다 자기 것이되, 거기에 집착하면 다 잃는 법이다."

마치 선 법문을 들려주시는 듯한 금오 스님의 말씀에 제자들은 공손히 머리를 조아렸다.

"예, 스님. 명심하겠습니다."

"두두물물이 다 부처라 하였으니 두두물물이 다 스승이니라."

금오 스님은 아무것도 가지지 않는 것, 이른바 무소유를 수행자의 본분으로 삼았다. 총무원장직을 맡았을 때에도 가사장삼이 한 벌밖에 없어서, 어떤 때에는 미처 마르지 않은 가사장삼을 입고 출타하기도 하였다. 일전에 문교부장관을 만나러 나갈 적에도 빨아 널은 가사장삼이 채 마르기도 전에 훌훌 털어 입고 길을 나섰던 일화는 유명한 이야기이다.

금오 스님은 일 년여 동안의 만행을 즐긴 후 제자 범행이 주지승으로 있는 대구 동화사 내원암의 조실스님으로 가게 되었다.

동화사에 당도한 지 며칠도 안되어 하루는 범행 스님이 금오 스님께 찾아와 아뢰었다.
"서울에서 큰일이 벌어졌다 하옵니다."
"서울에서 큰일이 벌어졌다니?"
범행 스님은 급하게 달려왔는지 잠시 호흡을 가다듬은 후 자초지종을 설명하였다.
"지난번 화엄사 재판에서 우리 비구승 측이 패소하지 않았습니까요. 그 재판이 지금 대법원에 계류 중인데 부처님법에 대처가 없다고 호소하기 위해 여섯 명의 비구승이 대법원장실에 들어가서 할복자결을 시도했다 하옵니다, 스님."
"무, 무엇이? 여섯 비구가 할복을 했다구?"
사태가 그 지경까지 이르렀으니 금오 스님으로서도 충격과 놀라움을 금할 수가 없었다. 그런데 잠시 후 금오 스님은 더더욱 놀라운 소식에 눈앞이 아찔해지고 말았다. 할복을 한 그 여섯 비구들 가운데 금오 스님의 제자인 월탄 수좌도 포함되어 있다는 것이었다.
"무엇이라구? 아니 월탄이가 배를 갈랐어?"

여섯 비구들의 할복자결 기도사건은 우리나라 종단은 물론 온 세상에 큰 충격을 안겨주었다.
이때의 여섯 비구들은 금오 스님의 제자인 월탄 수좌를 비롯해

문성각, 정성우, 이도명, 건진정, 이도현 등이었다.

여섯 비구들은 급히 병원으로 옮겨져 다행히 목숨은 건졌지만, 대법원장실에 들어가 협박을 가했다는 혐의 때문에 징역살이를 하지 않으면 안될 처지였다.

"나무관세음보살, 나무관세음보살! 늙은 중이 해야 할 일을 젊은 것들이 대신 했구먼. 나무관세음보살……."

금오 스님은 젊은 비구승들이 자랑스럽고도 대견스러워 두 손을 합장하면서도 징역살이를 해야 할 젊은 비구들이 안타까워 안절부절하였다.

금오 스님의 간절한 비원이 있었건만 여섯 비구들은 끝내 감옥에 갇히고 말았다.

그로부터 4개월 후.

교도소에서 풀려나온 제자 월탄이 동화사 내원암으로 금오 스님을 찾아뵙고 인사를 올리었다.

금오 스님은 반색을 하며 제자를 맞이하였다.

"죽었던 사람이 다시 살아왔으니 기쁘기 그지없구나. 이제 네 모든 업장은 깨끗이 소멸되었으려니와 늙은 중이 해야 할 일을 네가 대신 했으니 정말 고맙다."

"아니옵니다, 스님."

월탄 수좌는 금오 스님의 칭찬을 겸손하게 받아들였다.

금오 스님은 월탄 수좌의 근황을 이것 저것 자상히 물어보았고, 특히 건강문제에 각별히 신경을 썼다.
다행히도 할복자결을 기도한 월탄 수좌는 건강을 회복하고 있는 중이었다.
"감옥살이는 견딜 만하더냐?"
"수행으로 알고 잘 지냈습니다, 스님."
"징역살이를 오래 할 것 같아 걱정이었느니라."
"현장에 있던 고재호 대법관이 호소만 했을 뿐 협박한 일은 없었다고 증언해주어서 모두 무사히 풀려났습니다."
금오 스님은 제자 월탄을 줄곧 대견스레 바라보던 중 장삼 안자락에서 무엇인가를 꺼내 월탄에게 건네주었다.
"내게 있는 돈은 이것뿐이다."
금오 스님이 돈을 건네자 월탄 수좌는 얼굴을 붉히면서 한사코 거절하려 하였다. 그러나 금오 스님이 그 돈을 도로 집어넣을 리가 없었다.
"이 돈, 치료하는 데 보태쓰고 어서 기운차리거라."
"고맙습니다, 스님. 스니임……."
금오 스님이 자꾸만 떠넘기는 바람에 월탄 수좌는 그 돈을 받아들지 않을 수 없었다. 돈을 받아든 월탄 수좌의 두 눈에 어느덧 눈물이 그렁그렁 맺혀 있었다.

23
법주사에서 큰별 열반하시다

　금오 스님은 동화사 내원암을 떠나 속리산 법주사에 잠시 머물고 있었는데, 이때 뜻밖에도 월탑 수좌가 스님을 찾아뵈었다. 월탑 수좌는 얼마전에 참선수행을 하러 통도사로 내려갔었는데, 어인 일인지 승복 대신 속인 복장을 하고 있었다.
　"어쩐 일로 이렇게 날 찾아왔느냐?"
　"참회드리옵니다, 스님."
　금오 스님의 말씀이 떨어지자마자 월탑 수좌는 그자리에 무릎을 꿇어 스님께 사죄의 절을 올리었다.
　월탑 수좌는 이제 승복을 벗고 퇴속해야겠다고 아뢰었다. 월탑 수좌의 간청인즉슨 도저히 힘에 부쳐 더 이상 수행자의 길을 걸을 수가 없으니 퇴속을 허락해주십사 하는 것이었다.

월탑 수좌라면 삼 년 전에 금오 스님께 찾아와 임시 출가를 청한, 박경훈이란 속명의 청년이 아니던가. 그때 박경훈은 삼 년 동안 승려 생활을 해본 연후에 출가 여부를 최종적으로 결정할 것이라 말했었다.

승복을 벗게 해달라는 제자의 요청에도 불구하고 금오 스님은 전혀 불쾌한 내색을 보이지 않았다. 박경훈의 심경을 백분 이해하거니와 박경훈이 처음 절을 찾아왔을 때부터 오늘의 이 일을 일찌감치 예상할 수 있었기 때문이었다.

또한 오는 사람 마다하지 않고, 떠나는 사람 잡지 않는 게 금오 스님의 성품이 아니던가!

"죄송하옵니다, 스님."

박경훈은 못내 송구스런 마음이 들어 금오 스님께 재차 사죄의 말씀을 올리었다. 그러나 금오 스님은 옛제자의 속퇴를 흔쾌히 허락하고 충고 한말씀을 덧붙일 뿐이었다.

"속퇴를 하더라도 부처님법 잊지 말고 수행하는 자세로 살아야 할 것이야."

박경훈은 금오 스님 문하를 떠나 완전히 속퇴는 하였지만, 불교와의 인연의 맥은 그후에도 계속 이어나가고 있었다. 그는 비록 승적을 떠났지마는 불교신문 편집국장으로 일하며 나름대로 포교에 전념하는 일꾼이었다. 금오 스님은 가끔 불교신문사로 옛제자를 찾

아가 그의 신심을 복돋워주기도 하였다.

어느덧 금오 스님의 나이 칠십이 넘은 고령이었다.
금오 스님은 고령임에도 예전과 다름없이 어느 한 절에 오래 머무는 법이 없었으니, 이는 일생 동안 운수납자의 길을 걸어온 스님의 철저한 구도자적 생활철학에 다름아니었다.
또한 금오 스님은 보살계를 설해달라고 청해오는 절이 있으면, 어느 절이든 마다하지 않고 몸소 찾아가 주었다.
그런데 이즈음 금오 스님께 불상사가 들이닥쳤다.
충청북도 음성군에 있는 어느 사찰에서 보살계를 설하고 돌아오는 길에 기차를 타다가 그만 추락하여 스님이 큰 충격을 받고 병을 얻게 된 것이었다.
금오 스님은 병을 얻게 된 후, 제자 범행이 주지승으로 있는 수원 팔달사에 병석을 마련하였다.
범행 스님은 한시도 금오 스님 곁을 떠나지 아니한 채 간병을 하며 스님의 말벗이 되어주기도 하였다.
"이것봐, 범행이."
"예, 스님."
"그날 그 기차를 탈 생각말고 하룻밤 자고 천천히 올걸 그랬어."

금오 스님의 병약한 낯빛에 울음을 감추던 범행 스님은 또다시 눈물이 왈칵 쏟아질 것만 같았다.

"기차도 기차지만은, 이젠 연세도 좀 생각하셔야지요. 아무데나 왜 가십니까요. 앞으로는 어디 가실 생각 마시구요 이 팔달사에서 그저 편안히만 계십시오, 스님."

애써 눈물을 감추는 범행 스님의 어조는 어느덧 울먹이듯 떨리고 있었다.

"그래 그래, 이제 이 늙은 내가 어디를 간다고 한들 마음대로 갈 수 있겠는가. 저 그런데 말이야, 범행이."

금오 스님은 당신의 여명을 예감이라도 한 듯 제자들의 안부며 소식 따위를 물었다.

그렇잖아도 범행 스님이 여러 제자들에게 금오 스님이 편찮다고 기별을 해놓았던 터라 각지에 흩어져 있던 제자들이 팔달사로 하나 둘씩 모여들고 있던 중이었다.

맨 처음 팔달사로 달려온 제자는 예전에 속퇴를 하고 불교신문 편집국장 일을 하고 있는 박경훈이었다.

"너, 너는 월탑이라는 법명보다두 유찬이라는 법호가 더 많이 알려졌다면서?"

"아 아닙니다, 스님."

"네 애들은 다들 잘 크냐?"

"예, 스님."
"마누라 속은 안 썩히느냐?"
"예……."
"술은 여전히 마시구?"
"……예."
"오 참! 내가 순서를 어겼구나. 양친은 다 잘 계시구?"
"예, 스님."
"인석아, 술을 마시더라두 정신은 잃지 않도록 마셔야지."

병석에 누워계신 옛스승이 이미 속퇴를 한 옛제자에게 마치 친아버지처럼 안부를 물어오니, 박경훈은 스님의 그 깊고 깊은 사랑에 몸둘 바를 모를 지경이었다. 박경훈은 급기야 울먹이는 목소리로 금오 스님께 아뢰었다.

"제 걱정은 마시구요, 스님. 스님께서 어서 빨리 회복하셔야지요."

박경훈이 금오 스님의 두 손을 꼬옥 쥐어드렸다. 그러나 금오 스님은 힘없이 고개를 가로저었다.

"아니다. 아마도 이게 너를 마지막 보는 것 같다."
"무슨 말씀입니까요, 스님. 어서 회복을 하셔야지요."
"……그래, 너를 보았으니 됐다. 비록 속퇴를 했더라도 넌 부처님 인연이 막중한 사람이니 불사를 열심히 잘해야 한다."

"예, 스님. 명심하고 있습니다."

금오 스님이 병석에 누워 계시다는 기별을 받은 제자들은 부리나케 수원 팔달사로 달려왔다.

여러 제자들이 금오 스님 곁에 모여 앉은 가운데 월산 스님이 금오 스님께 병세를 여쭈었다. 한눈에 보기에도 금오 스님의 병세가 심상치 않음을 눈치챘기에 월산을 비롯한 여러 제자들의 속마음은 한결같이 침통해 있었다.

"스님, 좀 어떠하십니까?"

"이 몸이야 너무 오래 부려먹었으니 이제 고장이 날 때도 되었지."

"아니옵니다, 스님. 약 잡수시고 며칠 푹 쉬시면 기력을 회복하실 것이옵니다, 스님."

제자들의 위로에도 불구하고 금오 스님은 이미 죽음을 준비하듯 태연스런 모습이었다. 온몸의 기력이 쇠잔해 있었지만 옛날의 그 위풍당당했던 스승의 위엄은 여전하였다. 다름아닌 스님의 두 눈빛이 그 위엄을 여전히 담고 있었다.

"생자필멸이니 한번 태어나면 죽게 마련이요, 한번 만나면 반드시 헤어지는 법. 누가 이를 어길 수 있으며, 어느 누가 이를 거역할 수 있겠는가."

"스님, 왜 그런 말씀을 하시옵니까? 어서 기력을 회복하셔야지요."

"늙은 내 걱정은 하지들 말고 그대들 도 닦을 일이나 걱정들 하도록 해."

금오 스님은 병석에 누워서도 오히려 제자들의 공부걱정을 하는 것이었다. 그러나 제자들은 스님의 병환을 바라보고만 있을 수 없어 다른 곳으로 모셔가기로 마음을 먹었다.

그리하여 금오 스님은 제자들과 함께 청계산 청계사로 병석을 옮기게 되었다.

범행 스님도 수원 팔달사를 떠나 다른 제자들과 함께 청계사에 머물면서 금오 스님을 간병하기에 여념이 없었다.

"스님, 청계사로 오시니 기분이 한결 좋아지셨습니까?"

"……산승(山僧)이 산속에 들어온 것은 물고기가 물을 만난 격이지."

"이제 병환도 곧 나으실 테니 편히 지내도록 하십시오."

"이 청계사는 경허 큰스님께서 아홉 살에 어머니 손을 잡고 올라와서 득도하신 곳이야."

"예, 스님. 저희들도 잘 알고 있사옵니다."

"내 걱정은 그만들 하고 어서들 제자리로 돌아가서 화두를 열심히 들어야 할 것이야."

병석에 누운 마지막 순간까지도 제자들에게 화두를 들라 하였으니 금오 스님은 진정 참선수행에 전생애를 바친 대각이었다 하지 않을 수 없었다.
노스님의 마지막 분부에 제자들은 일제히 머리를 조아렸다.
"저희들은 스님의 분부대로 행주좌와 어묵동정, 늘 수행을 하고 있습니다. 염려마십시오, 스님."

청계사로 거처를 옮겨간 연후에도 스님의 병세는 조금도 나아지지 않았다.
이에 제자들은 눈물을 머금고 뜻을 모아 속리산 법주사를 스님의 열반처로 정하고 옮겨 모시게 되었다.
이때가 1967년, 스님의 세수 일흔둘이었다. 일생을 올곧은 수행자의 모습으로, 거지가 되는 것도 마다하지 않으시고 떠돌이 운수납자에의 참된 행장을 보여주었던 금오 스님.
스님은 이제 또다시 홀연히 운수행각을 떠날 채비라도 하듯이 극락왕생에의 문턱을 향해 나아가고 있는 것이었다.
1968년 초가을, 스님을 법주사 사리각으로 옮겨 모신 제자들이 온갖 효성과 정성을 다 기울여 간병에 여념이 없던 초가을이었다.
"다들 이리로 들거라."
스님의 분부에 월산, 탄성, 월성, 월만, 월고 등 제자들이 한자리

에 모였다.

  금오 스님은 아득한 눈길로 제자들을 하나씩 바라보고는 그들을 향해 조용히 오른쪽 손바닥을 펴 보이셨다.

  그러자 제자 월산이 글을 적어 스님께 바쳤다.

문득 본래사를 깨닫고 보니
부처와 조사가 다 어디 있는가.
뱃속에 하늘과 땅을 간직하고
몸을 돌려 사자후를 하더라.
불립,
불사,
불휴,
티끌 하나도 세울 수 없고
티끌 하나도 버리지 않으며
모든 일을 멈추지 않는다.

  제자 월산 스님이 적어 올린 글을 바치고 뒤로 물러서서 스님께 세 번 절을 하고 그 자리에 물러섰다.

  초가을의 스산한 바람에 흔들리는 풍경소리만이 산사의 고즈넉한 적막에 휩싸여 슬프고 아련한 울림으로 다가오고 있었다.

"……나는 이제 모든 일을…… 월산에게 부촉하노라…….."
스님이 유언을 시작하니 제자들이 소리 죽여 흐느껴 울었다. 월산 스님이 울먹이는 음성으로 스님께 아뢰었다.
"……바라옵건대 스님께서는 저희들을 위하여 더 좋은 말씀을 내려주십시오……."
"나는…… 무를…… 종으로 삼고 다른 일은…… 그대에게 부탁하노라……."
스님은 더 이상 아무 말씀 없이 자리에 누워 벽에 걸린 불(佛) 자를 가리키며 월산을 돌아보셨으니, 바로 이것이 월산에게 법을 전하는 전법이었다.

이로부터 꼭 열흘째가 되던 1968년 10월 8일, 음력으로는 팔월 열이렛날 오후 7시 15분.
우리의 큰스님 금오 대선사는 홀연 이승의 옷을 벗어던지고 속리산의 고요 속으로 떠나셨으니, 스님의 세속나이 73세요 법랍은 57세였다.
불교정화의 선봉장으로 조계종 부종정을 지내셨고, 총무원장과 감찰원장을 역임하셨는가 하면, 제6차 세계불교도대회에 한국 수석대표로 참가하셨던 금오 대선사의 찬란한 법맥은 월산, 범행, 월남, 탄성, 이두, 혜정, 월성, 월주, 월서, 월만, 월탄, 월조, 정일,

월태, 월포, 월담, 월룡, 천룡, 정월, 월나, 월고, 월선, 월복, 월은, 혜덕, 월두, 월학, 월영, 월덕, 월탑, 월타, 월국, 월전, 월문, 월석, 월지, 월다, 월구, 삼덕, 혜성, 월곡, 월마, 남월 등 기라성 같은 제자들에게 이어지고 있다.

시방세계를 투철하고 나니
없고 없다는 것 또한 없구나.
낱낱이 모두 그러하기에
아무리 뿌리를 찾아봐도 없고 없을 뿐이네.
(透出十方界 無無無亦無
個個只此兩 覓本亦無無)

대덕의 가르침을 흠모하는 후학들에게 아직도 생생하게 남아 있는 스님의 오도송(悟道頌)은 오늘도 후학들에게 큰생각 크게 먹고 크게 살라는 금오 큰스님의 유훈을 전해주고 있다.

"과연 모두가 없고 없을 뿐이네. 저 광대무변한 우주에서 바라보면 이 세상은 참으로 티끌중의 티끌이거늘 그 티끌에 달라붙어 사는 중생들은 저마다 제가 제일이라고 키자랑을 하느라 아귀다툼이니…… 허허, 참으로 가소롭구나."